LA MUJER
DEL FARO

Ann Rosman

La Mujer
del Faro

Traducción del sueco de
Sofía Pascual Pape

Título original: *Fyrmästarens Dotter*

Ilustración de la cubierta: Michael Trevillion / Trevillion Images
Diseño de la cubierta: Elsa Suárez Girard

Copyright © Ann Rosman, 2009
Por acuerdo con Nordin Agency AB, Suecia, y Pontas Literary & Film Agency, España
Copyright de la edición en castellano © Ediciones Salamandra, 2010

Publicaciones y Ediciones Salamandra, S.A.
Almogàvers, 56, 7º 2ª - 08018 Barcelona - Tel. 93 215 11 99
www.salamandra.info

ISBN: 978-84-9838-308-9
Depósito legal: NA-2.523-2010

1ª edición, octubre de 2010
Printed in Spain

Impreso y encuadernado en:
RODESA - Pol. Ind. San Miguel. Villatuerta (Navarra)

El remedio contra todo mal es el agua salada:
sudor, lágrimas o el mar.

KAREN BLIXEN

Las campanas de la iglesia de Marstrand llamaron a misa a las diez y media, aunque no se oyeron en Hamneskär, donde los dos albañiles polacos acababan de retomar el trabajo. Estaban reparando la pared interior de la vieja despensa cuando, de pronto, ésta cedió y se vino abajo. Fue como si al mortero ya no le quedaran fuerzas para soportar el pesado secreto que aquella construcción de piedra había guardado durante tanto tiempo. Al otro lado de la pared había otra estancia, en su día perteneciente a la familia del farero. En su oscuro interior yacía un cadáver. El rostro estaba vuelto hacia ellos, como si los hubiera estado esperando.

Los polacos gritaron y se santiguaron apresuradamente.

Faro de Pater Noster, Hamneskär, 2 de agosto de 1963

Ella le besó la frente y le pasó la mano por el pelo. Luego le cogió la mano y se la posó sobre su vientre. Le pareció distinguir una leve sonrisa en los labios del hombre y acarició el bello contorno de su labio superior. Notó una suave patadita en su seno, como si quien estaba allí dentro también quisiera despedirse.

El dolor la desgarraba. Lo cubrió con la manta para que no pasara frío.

Otro hombre la esperaba en la puerta. Había llegado la hora de marcharse. La mujer se volvió hacia él por última vez y se despidió agitando la mano. Incapaz de decirle adiós, murmuró:

—Nos volveremos a ver pronto, y contaré cada minuto hasta que llegue ese momento.

1

En Hamneskär, la pequeña isla inmediatamente al norte de Marstrand, reinaba una actividad febril. Faltaban dos meses para la reinauguración de Pater Noster. La silueta de poniente no era la misma desde que habían trasladado el faro de Hamneskär. De eso hacía un par de años y, desde entonces, la asociación Amigos de Pater Noster había bregado por reunir el dinero suficiente para la restauración del faro y su vuelta a la islita. Algunos habitantes de Marstrand se habían comprometido con la causa pero, en general, el interés de los isleños había sido escaso.

El capataz Roland Lindström estaba haciendo una breve pausa, disfrutando del sol de marzo, cuando Mirko llegó corriendo. El polaco de mayor edad, cuyo nombre Roland nunca conseguía recordar, apareció detrás de él, negando con la cabeza, preocupado. El hombre siempre olía a sudor agrio, hecho que pronto llevó a los suecos a llamarlo Svetlana, «sudor» en sueco. Roland no entendía que alguien pudiera oler siempre tan mal, pero Svetlana parecía por completo indiferente al tufo que lo envolvía. Llevaba puesta la misma camisa a cuadros grises y verdes cada día. Roland se preguntaba si tendría esposa allá en su país, Polonia. Porque, de ser así, ella debería habérselo dicho.

—¡Virgen santísima! —masculló Mirko quedamente en su idioma materno, y volvió a santiguarse.

—¿Qué pasa? —preguntó Roland, irritado porque lo interrumpieran estando sentado tan plácidamente al socaire de la casa roja del farero.

—Un hombre muerto.

Roland arrugó la frente. Aquel polaco no hablaba demasiado bien el sueco. Podría perfectamente estar refiriéndose a otra cosa. Tiró a regañadientes el café de la tapa del termo y volvió a enroscarla. Se metió un poco de rapé en la boca y se secó la mano en el pantalón de trabajo azul antes de ponerse en pie. Debo de haberle malinterpretado, pensó.

Estaban arreglando las casas y el cobertizo del faro, y en aquel entorno yermo también iban a construir un albergue que serviría como centro de conferencias. Era habitual levantar esa clase de centros en lugares de difícil acceso a los que, a poder ser, había que trasladar a los asistentes en lancha. Los rápidos botes neumáticos cruzaban las aguas a más de cuarenta nudos con doce pasajeros a bordo, y montarse en ellos era apasionante, aunque, desde luego, ni ecológico ni barato. En cuanto a Roland, si conseguía terminar las casas y el cobertizo a tiempo, el proyecto le aportaría una generosa y muy bienvenida bonificación que le ingresarían en su cuenta bancaria.

Roland cerró la puerta de la despensa. No tenían tiempo para más demoras y un cadáver significaría, sin lugar a dudas, un retraso. Por lo visto, el hombre llevaba muerto largo tiempo. Un mes más o menos no tendría mayor importancia, pensó. Al fin y al cabo, si aquella pared de piedra no se hubiera derrumbado nunca lo habrían descubierto. Pero, por otro lado, seguramente la policía también se daría prisa en recoger a aquel tipo. No tenía por qué ser un caso complicado. Aunque, claro, también era un poco raro que lo hubieran emparedado. Roland estuvo un rato sopesando los pros y los contras, hasta que finalmente se volvió hacia los polacos y les comunicó su decisión con su abierto acento de Goteburgo.

—Volveremos a levantar la pared. Nadie dirá nada de todo esto. ¿Lo habéis entendido? ¿De acuerdo, señores?

Esto último lo pronunció como pregunta, pero no había que engañarse: obviamente se trataba de una orden. Roland miró a los dos hombres, al tiempo que hurgaba en su bolsillo buscando el móvil. Le dio tiempo de empezar a marcar el número antes de que Mirko carraspeara. Como católico practicante que era, Mirko consideró su deber protestar. Un hombre tenía derecho no sólo a un entierro digno, sino a recibir sepultura en tierra consagrada. Aquel cadáver no había recibido nada así. Además, se trataba de un hombre casado, habría alguien que lo echaba de menos. Mirko se señaló la alianza para despejar cualquier duda. Roland entornó los ojos contra el sol de marzo y acto seguido les ofreció dos mensualidades a cada uno y volver a casa, a cambio de que mantuvieran la boca cerrada. Entonces Mirko tuvo que explicarle que no era cuestión de dinero, pero cambió de opinión cuando la oferta subió a seis mensualidades y la posibilidad de viajar a su país de inmediato. Seis mensualidades representaban mucho dinero. Pensó en su esposa y su hijita. Una vez se lo hubo traducido todo a Svetlana, se apresuraron a recoger sus escasas pertenencias. Roland los llevó a tierra en la lancha de aluminio del trabajo sin decir nada al resto de la cuadrilla. Apenas transcurrió una hora entre que descubrieron el cadáver y salieron del aparcamiento de Koön. Mirko no creía haber vivido antes tantas emociones en una sola hora.

Ahora, los dos polacos cruzaban en silencio el paisaje primaveral sueco en el Skoda azul de Mirko. El tráfico en la autopista en dirección sur fluía de maravilla. En Escania, la primavera estaba más avanzada. Los campos abiertos, el estallido primaveral de tonalidades verdes y su recién obtenida fortuna deberían haberlos hecho sentir alegres y despreocupados. Todavía faltaba una hora para que saliera el ferry que los llevaría de Ystad a Świnoujście y decidieron detenerse en un área de servicio cercana, donde había una vieja iglesia. Una pareja de pensionistas estaba en un banco de madera del área de servicio, comiendo bocadillos. La señora, que se había sentado sobre una servilleta para no ensuciarse la chaqueta de color claro, frunció la nariz cuando Svetlana pasó por su lado. Mirko vio con el rabillo del ojo cómo la mujer se inclinaba hacia su marido y le decía algo. El hombre sacó las llaves del bolsillo, apuntó el manojo hacia el coche y lo cerró pulsando el mando a distancia.

Mirko encendió dos cigarrillos y le pasó uno a su compañero. Al aceptarlo, Svetlana intentó ocultar que le temblaban las manos. Las impresiones de la mañana habían hecho mella en ambos. Se pusieron a pasear a lo largo de los muros encalados de la iglesia para estirar las piernas. Las golondrinas realizaban maniobras audaces alrededor del campanario. La grava del sendero rastrillado crujía bajo sus gastados zapatos de trabajo. Mirko respiró hondo, como a punto de decir algo, aunque pareció arrepentirse. Siguió reflexionando un rato, hasta que se pasó la mano por la barba de varios días, aplastó el cigarrillo y miró a Svetlana.

—¿Sabe Roland dónde vives? ¿Podría dar contigo de alguna manera?

Svetlana negó con la cabeza.

—Bien. Entonces vamos a hacer lo correcto.

Con pulso firme, Mirko marcó el número de emergencias en el móvil. Cuando, diez minutos más tarde, recorrían el último tramo hasta el ferry, el cielo les pareció más claro y despejado y, de alguna manera, los colores más luminosos.

Marstrand, agosto de 1962

La temperatura en aquella tarde de verano era agradable y el restaurante-balneario Societetshuset tenía un aspecto mágico, casi como sacado de un mundo de cuento en el que sólo había sitio para finales felices.

La elegante escalera de madera invitaba a los transeúntes a entrar, aunque los manteles de hilo y el jefe de comedor de pelo engominado y semblante severo sugerían que no todo el mundo sería bienvenido.

La propia escalera parecía exigir a quien la pisara que exhibiera una actitud y un comportamiento adecuados. En más de una ocasión, las camareras habían experimentado que la escalera tenía vida propia y era capaz de mover un escalón cuando la subían o bajaban con la bandeja llena a rebosar.

Contaban que, una vez, un joven criado de la isla de Marstrand se había arrodillado en el salón grande para pedirle matrimonio a una muchacha de la que no era digno. Para gran consternación de los padres y demás comensales, la chica había aceptado. Cogidos de la mano, los jóvenes abandonaron Societetshuset, pero al llegar a la escalera ambos tropezaron y cayeron, con tan mala suerte que se rompieron el cuello. Las camareras más veteranas opinaban que era aquella joven pareja la que se aparecía y sacudía la escalera.

Arvid se reclinó en uno de los sillones de mimbre del porche y bebió un sorbito de champán. Los banderines ondeaban indolentes en la suave brisa que olía a sal y algas. El sol poniente creaba un sendero dorado en la bocana norte del puerto de Marstrand. Era finales de agosto, pero el verano se alargaba y aún ofrecía noches cálidas.

Una pequeña embarcación con vela cangreja que entraba en el puerto deslizándose sobre el oro líquido llamó su atención. La vela estaba siendo arrizada con movimientos pausados y a medida que su superficie disminuía, también lo hacía el impulso del pequeño velero, que avanzó a una velocidad perfectamente mesurada hasta el muelle del balneario y atracó con suavidad. Arvid alzó la mano para resguardarse del sol y ver mejor a contraluz. Sólo había una persona a bordo, una mujer que en ese momento saltó a tierra. La embarcación respondió meciéndose cuando sus pies abandonaron la cubierta. La mujer se movía grácilmente y el vestido le bailaba alrededor de las piernas mientras se acercaba al porche con una cesta en la mano.

—¿Está todo a su gusto? —La camarera interrumpió sus pensamientos rellenando su copa de champán. Se inclinó exageradamente sobre Arvid y le mostró unos pechos abundantes—. ¿Qué le gustaría... comer? —Esbozó una sonrisa sugerente y pretendidamente seductora.

—Gracias, señorita, pero somos un grupo. Esperaré a que lleguen los demás para pedir. —Arvid intentó ocultar su disgusto.

—Entonces le deseo una feliz velada, porque yo ya termino por hoy. —La muchacha negó con la cabeza con aire desdeñoso y dirigió sus pasos a la cocina.

Arvid se volvió de nuevo hacia el sendero de luz dorada. El velero seguía allí, pero la mujer que lo había maniobrado de forma tan elegante había desaparecido.

El grupo llegó al porche entre risas y alboroto.

—Arvid, cariño, ¿hace mucho que esperas? —Siri exhaló una bocanada de humo y lo besó en la mejilla antes de sentarse a su lado. Estaba fumando un cigarrillo con una boquilla de marfil que dejó directamente sobre el mantel de hilo.

Arvid se apresuró a cogerla y pasó rápidamente la mano por la tela lisa para que no dejara ninguna marca.

—Verás, es que Gustav nos ha contado una anécdota divertidísima. —Siri le quitó la boquilla e hizo gestos a uno de los hombres del grupo, animándolo a contar la anécdota una vez más.

La camarera se acercó a la mesa. Paseó la mirada por la bocana hasta el pequeño velero fondeado allí antes de centrarse en la alegre mesa. Se volvió hacia Arvid.

—Me temo que olvidaron traerle las fresas cuando le sirvieron el champán.

Su voz era cálida y se correspondía de una manera exquisita con su aspecto. Llevaba el cabello rubio recogido en un moño, salvo por un mechón que se había soltado y culebreaba juguetonamente por su cuello bronceado. Sus manos, estrechas y asimismo morenas, sostenían un plato de fresas. Era ella, la mujer del velero. Tomó nota de todos los pedidos con amabilidad y cortesía, pero tenía un porte orgulloso y se movía con una seguridad poco habitual.

Siri interrumpió sus pensamientos dándole un codazo travieso en el costado.

—¿Me has echado de menos, Arvid?

Él reconoció el aroma de su perfume, demasiado denso.

La camarera dejó el plato delante de Arvid. Se movía con ligereza y a él de pronto le pareció reconocer algo en ella. Se preguntó cómo sería rodear su cintura con los brazos en un vals. Siri manifestó su descontento cogiéndole la mano.

—Querido, si realmente tienes que mirar a otras mujeres, al menos podrías esperar a que yo no esté a tu lado.

Arvid comprendió que se refería a la camarera. Palmeó paternalmente la mano de Siri antes de retirar la suya con amable determinación.

Cuando la camarera se alejó, Arvid se quedó como hechizado. Le había parecido muy sencilla y auténtica. Pensó en la elegancia con que había manejado su embarcación. El sol acariciaba el agua de la bocana del puerto con sus últimos rayos y una sensación cálida se expandió en su pecho.

2

Karin no dejaba de maldecir mientras arrastraba el cesto de la ropa del ascensor al piso. El sudor le pegaba el cuello de la chaqueta a la nuca y se retiró un rizo de la frente húmeda. Le sentaría bien una ducha o, mejor todavía, un baño. Entró y se quitó la chaqueta para colgarla en el armario ropero. La puerta parecía atascada y tuvo que tirar de ella con fuerza para lograr abrirla. Resultó que estaba bloqueada por la caja del detergente, que se volcó y formó una duna de polvo blanco en la moqueta del vestíbulo. Karin maldijo una vez más entre dientes.

—Hola. —Göran estaba sentado en el sofá con un folleto en la mano.

—Teníamos hora para lavar —contestó ella sin más—. Ahora tenemos un montón de ropa mojada y el resto sigue sucio. Y además la vieja Svedberg, que está loca, tenía hora justo después de nosotros. —La irritación crecía en su interior. ¿Por qué siempre tenía que ser ella quien se encargara de las tareas domésticas?

—He comprado un reproductor de CD. Ven a verlo. —Göran le enseñó un mando a distancia.

—¿Has oído lo que te he dicho? —Karin notó que se le aceleraba el pulso y sus mejillas se encendían.

—No tienes por qué ponerte así. Supongo que podemos reservar otra hora para hacer la colada.

Karin no se molestó en contestarle. Fue a la cocina y abrió la nevera. Un trozo de queso, un tubo aplastado de caviar y un plato con restos que deberían haberse consumido la semana pasada. Sacó el plato y, ayudándose de un cuchillo, echó la comida en el cubo de la basura. El cubierto rechinó contra la porcelana, un sonido que sabía que Göran detestaba. Luego dejó el plato en el fregadero, encima del montón de vajilla reseca. Su estómago rugía, pero intentó dominar la voz cuando dijo en dirección al salón:

—Creía que harías la compra.

Göran entró en la cocina y la abrazó por detrás.

—Lo haré mañana.

Ella se escabulló de entre sus brazos, presa de la decepción.

—Entonces, ¿qué crees que cenaremos hoy? Y no me digas pizza. ¿Y qué desayunaremos mañana?

—¿Por qué te enfadas tanto conmigo? —Parecía sinceramente sorprendido.

—Porque nunca haces la compra, nunca limpias, nunca cocinas, ni pretendes hacerlo jamás. Libras seis semanas. Al menos podrías aprovechar para hacer algo, ¿no?

—Pero trabajo muy duro las semanas que estoy fuera, ya lo sabes. ¿Ni siquiera me consientes que descanse cuando estoy en casa? —replicó él, consciente de que un ataque es la mejor defensa.

—Por supuesto, descansa. No tengo fuerzas para mantener esta discusión ahora. He de ir a hacer la compra.

Karin agarró la chaqueta y cerró la puerta del armario con tal fuerza y estrépito que resonó en el hueco de la escalera.

Göran era capitán de un buque mercante y trabajaba en turnos de seis semanas. Seis semanas a bordo y luego seis semanas de vacaciones. Llevaban así cinco años. Karin recordó que, al principio, él le había prometido que si su trabajo llegaba a desgastar la relación, se buscaría una ocupación en tierra. Pero, por alguna razón, nunca encontraba nada que valiera la pena. Ella lo había acompañado varias veces a bordo del barco y sabía que aquel trabajo le iba como anillo al dedo. Los marineros y el resto de la tripulación respetaban a aquel joven capitán. No sólo porque su familia fuera la propietaria de la embarcación, sino también por su genuino amor al mar y porque no le hacía ascos a sentarse a arrancar óxido con los marineros, ni a ayudar al cocinero en la cocina. Göran dirigía aquel gran buque con destreza y le encantaba subir al puente de mando por la mañana y ver salir el sol. A Karin le parecía injusto pretender que hiciera otra cosa, pero era difícil mantener una relación que siempre había que reiniciar cuando él estaba en casa y luego volver a suspender cuando se marchaba. Parecía morirse un poco cada vez que se interrumpía, como un viejo quinqué que rellenas de combustible una y otra vez y que, sin que lo detectes, pierde un poco de queroseno entre carga y carga y cada vez quema peor porque nadie se ha preocupado de cortar la mecha.

Durante las seis semanas que Karin estaba sola, siempre había comida en la nevera y una hora de lavandería reservada. En cambio, durante el período en que Göran estaba en casa y cuando todo debería ser más fácil puesto que eran dos para repartirse las tareas, sucedía al revés. La leche, imprescindible para el té de la mañana de Karin y que antes de irse a dormir estaba en la nevera, había desaparecido al día siguiente, porque Göran se la bebía durante la noche. O si no, Karin volvía a casa para descubrir que él no había hecho la compra, contrariamente a lo que había prometido. Como ese día.

Karin tiró de un carro de la compra. El carro chocó contra el contenedor de patatas con un chasquido, como si éste también hubiera tenido un mal día. Una señora mayor que examinaba cada naranja minuciosamente antes de meterla en la bolsa la miró con desaprobación. Karin estaba cogiendo patatas cuando vio que Göran entraba en el establecimiento.

—No estarás enfadada, ¿verdad? Ahora haremos la compra juntos —dijo.

A menudo, hacer la compra juntos significaba que ella compraba y él la seguía a unos pasos de distancia. Karin lo miró con una mueca de cansancio. ¿Realmente pretende que me lo crea?, pensó.

—Puedo ayudarte. ¿Qué nos hace falta? ¿Qué quieres que coja?

Era como tratar con un niño pequeño. Por un momento, Karin consideró pedirle que se encargara de elegir algo bueno para cenar, aunque, pensándolo mejor, decidió que no tenía fuerzas para mantener una discusión en la tienda. Lo más sencillo sería que ella eligiera algo y evitara recibir ayuda creativa de un Göran que, sin duda, diría que le apetecía «algo rico».

—¿Puedes ir a por el café? —acabó diciéndole.

Göran miró alrededor y luego se dio una vuelta entre los estantes.

Diez minutos más tarde, cuando Karin estaba considerando acercarse a una caja y pedir que lo llamaran por los altavoces, apareció con el café.

Karin echó una mirada al paquete. Un cuarto de kilo de café descafeinado de cultivo ecológico, seguramente carísimo y justamente lo que no necesitas si quieres espabilarte, pensó. Sin embargo, se resistió al primer impulso de acercarse al estante del café para cambiarlo. ¿Siempre había sido así entre ellos, o la relación acababa de descarrilar? Mientras avanzaban entre las neveras, Göran le dijo que se limitaran a comprar para la cena, puesto que él no sabía lo que haría al día siguiente.

La cajera, con su camisa roja, les sonrió amablemente y Göran se apresuró a pasar al otro lado para empezar a meter la compra en bolsas. ¡Qué listo, así se ahorraba tener que pagar!, pensó Karin mientras introducía su código PIN. Se abrochó la chaqueta fuera de la tienda y acababa de ponerse los guantes cuando sonó su móvil. Al quinto tono consiguió cogerlo sin quitárselos.

—¿Qué? ¿Cuándo? Sí, de acuerdo.

Göran la miró malhumorado, con las manos hundidas en los bolsillos de su anorak verde.

—¿Tienes que irte ahora? Pero si habíamos quedado en pasar un rato agradable, solos tú y yo, este domingo.

No sé cómo te lo tomarías si yo dijera lo mismo cada vez que te vas, pensó Karin, pero en cambio dijo:

—Han encontrado un cadáver en Hamneskär, cerca de Marstrand.

—¿En Hamneskär? ¿La isla del faro? O sin faro, mejor dicho. Pero ¡si ahí no vive nadie!

—Ya lo sé. Suena raro.

Cogieron el ascensor sin decir nada. Para sus adentros, Karin tuvo que reconocer a regañadientes que, en realidad, se sentía aliviada por poder irse. Dejó las bolsas con la comida sobre la encimera de la cocina y rogó que los artículos encontraran solos el camino hasta la nevera.

Sacó la mochila y las botas de montaña del armario ropero, y luego intentó elegir entre dos jerséis gruesos de cuello alto; finalmente, optó por meter ambos en la mochila. Se dio una ducha rápida y se vistió: ropa interior, jersey y tejanos. Se puso calcetines de lana y se calzó las botas. El invierno se obstinaba en quedarse, a pesar de que el calendario indicaba que ya era primavera. Su pelo rubio se erizó por la electricidad estática del jersey, aunque al final consiguió bajarlo ayudándose con las palmas mojadas. Se lo volvió a recoger en una coleta. Se puso la chaqueta náutica amarilla, una Musto Offshore, su preferida. Junto con sus pantalones correspondientes, la había resguardado de la lluvia y el frío tanto en aguas suecas como escocesas. Además, la chaqueta tenía incorporado un cinturón de seguridad que Karin solía utilizar cuando se veía obligada a subir a cubierta con mal tiempo. Se metió la hebilla del cinturón en el bolsillo de la chaqueta, donde siempre la guardaba. Göran refunfuñó al verla vestida de esa guisa, le parecía ridículo ponerse una chaqueta náutica si no pensabas salir a navegar.

Karin escudriñó la estantería antes de acercar una silla para sacar tres libros. Finalmente, se decidió por dos, que fueron a parar a la mochila, junto con una linterna y una libreta. Se despidió con un «hasta luego», sin siquiera darle un beso a Göran.

Diez minutos más tarde se sentaba en el coche caldeado de Carsten mientras fuera empezaba a caer una típica lluvia de Goteburgo, de gotas finas y frías, más parecida a una neblina húmeda que a lluvia de verdad. Las pequeñas gotas se colaban por todas partes y hacían que te helaras hasta la médula. Carsten la miró y sonrió al ver que se había traído una carta marina.

—Siento haberos estropeado la noche de domingo —dijo.

—Ya estaba estropeada —contestó ella, y se quitó la gorra que la protegía del viento, ya mojada en los escasos cinco metros que había recorrido hasta el coche.

—¿Tan mal están las cosas? —preguntó Carsten, de pronto serio.

Ella reflexionó y pensó que hacía tiempo que no se reía en compañía de Göran.

—¿Cómo estás tú? —inquirió, poniendo fin a sus preguntas.

El comisario de la brigada criminal Carsten Heed no solía trabajar sobre el terreno. Aunque hubiera querido hacerlo, el trabajo administrativo ocupaba la mayor parte de su tiempo.

—Bien, gracias, me he librado por los pelos del guiso de los domingos de Helene. El aviso me ha llegado como un regalo del cielo. —Rió con ganas.

Karin sonrió y notó que empezaba a relajarse. Subió la calefacción del asiento al máximo.

—¡Vaya tiempo tan mierdoso! —Era fácil darse cuenta de que Carsten era danés, sobre todo por el uso que hacía de la palabra «mierda». Echó un vistazo al cielo plomizo y movió la palanca de los limpiaparabrisas. No parecía haber una posición que se adaptara a aquella lluvia, y las escobillas chirriaban contra el cristal—. Bueno, pues como te iba diciendo, hemos recibido una llamada sobre el hallazgo de un cadáver en uno de los anexos de Hamneskär. Hombre. La policía marítima ya está allí para acordonar la zona. Estaban cerca del lugar.

—¿Acordonar? ¿Hamneskär? Pero si allí no vive nadie y la isla tiene la superficie de un sello.

—Según la policía marítima, en la isla hay una cuadrilla de trabajadores que están restaurando las antiguas viviendas del faro. No sé si pernoctan allí.

—Ya veremos —dijo Karin.

Carsten sonrió al ver los libros que ella había metido en la mochila. Entre lo que hojearon y leyeron se hicieron una idea de la pequeña isla a la que se dirigían. Karin leía en voz alta, pero procuraba echar un vistazo a la carretera de vez en cuando, para no marearse.

—Hay una Carta Real de 1724 que menciona la necesidad de un faro, pero dice que la isla es demasiado pequeña para ser habitada. En su lugar, levantaron un faro en la fortaleza de Carlsten, en la isla de Marstrand. Estuvo en uso durante un siglo, hasta que finalmente construyeron uno en Hamneskär. El constructor del faro fue Nils Gustav von Heidenstam, el hijo del poeta. El faro era de un tipo nuevo que llamaban «Heidenstam» o faro de miriñaque, pues parecía un miriñaque con su esqueleto cónico de hierro alrededor de un pilar. El uno de noviembre de 1868 se encendió por primera vez el faro de Pater Noster. Ese mismo año, el vigilante del faro (más tarde farero) Olof Andersson y su esposa Johanna se trasladaron a la isla. Vivieron allí más de veinte años.

Karin miró la fotografía de la pareja. La mujer estaba sentada en una silla, con el pelo recogido en un moño tirante y las manos sobre las rodillas. Tenía una mirada decidida. Llevaba un broche en el cuello y un vestido largo que le llegaba hasta las botas negras de cordones. El marido estaba de pie, detrás de ella, con una mano sobre el hombro de su mujer.

En Kungälv dejaron la autopista y enfilaron la carretera 168 en dirección a Marstrand, una vía mucho más pequeña y sinuosa. Una carretera típicamente sueca de los setenta.

—Bien... En 1964 el faro se automatiza y deja de tener farero, y en 1977 se clausura para ser sustituido por el de Hätteberget, que se encuentra a las afueras de Marstrand, y por el faro de Skallen, en la misma isla de Marstrandsön.

Karin levantó la vista. El repiqueteo contra el parabrisas había disminuido al llegar a la cima de Nordön. La ensenada meridional que discurría a lo largo de la carretera estaba helada y su superficie tenía el aspecto de un grueso cristal congelado. Resultaba casi imposible imaginarse que debajo pudiera haber agua y seres vivos, pensó Karin. Aquello podría haber sido la prolongación de un campo de cultivo, pues no se percibía ningún desnivel en la campiña cubierta de nieve. En el canal de Instö, entre Nordön e Instö, había un pasaje estrecho libre de hielo, constató cuando cruzaron el alto puente de Instö. Carsten redujo la velocidad.

—El faro de Vinga —anunció Karin, y señaló en dirección al cono de luz que barría el cielo a lo lejos. Se estremeció de placer. Desde que era una niña le había parecido algo muy especial salir a navegar de noche y dejarse guiar por los faros titilantes.

—¿Puedes llamar a Lasse, el práctico del puerto? Él nos llevará a Hamneskär. —Carsten le pasó su móvil—. No he introducido su número en la agenda, pero es el último que he marcado.

Karin cogió el teléfono.

La sarta de perlas que formaban las pequeñas islas conectadas mediante puentes hacía que se pudiera llegar de tierra firme a Koön. Si querías seguir hasta Mastrandsön tenías que tomar el ferry desde Koön y cruzar el pequeño estrecho. El sol teñía el cielo de colores maravillosos y, al fondo, se alzaba la fortaleza de Carlsten como una atalaya que velaba sobre las pequeñas casas. Karin estaba acostumbrada a verlo todo desde el mar. La sensación nunca era la misma si llegabas hasta allí en coche.

Carsten aparcó delante del edificio de la Dirección General de Navegación y quince minutos más tarde se encontraban a bordo de la embarcación del práctico, de color naranja, con Lasse al timón. Llevaba un jersey típico de pescador y les dio un apretón de manos cálido y firme. Karin se movía con soltura por el barco. Ya ni siquiera recordaba las veces que había ido en esa clase de embarcaciones en Kalmarsund y Helsingborg para recoger o dejar a Göran, o para saludarle a bordo del buque. El práctico solía abarloarse a un costado, luego izaban o bajaban las maletas, y finalmente subías por la escala que descolgaban desde la borda. Una vez le había dado una sorpresa a Göran. Habían hablado por la mañana y él había sonado tremendamente deprimido. Karin sabía que pasarían por Kalmar a lo largo del día y decidió saltarse las clases. Llamó al primer oficial del puente, que le prometió sincronizar la llegada del barco con su tren de Goteburgo sin decirle nada a Göran. Consiguió llegar a Kalmar y subir a bordo sin que él sospechara nada. El recuerdo la hizo sonreír.

El práctico se deslizó a través del puerto de Marstrand y tuvo que esperar a que el ferry cruzara el pequeño estrecho entre Koön y Marstrandsön. El hombre que gobernaba el ferry saludó alegremente.

—Mi vecino —aclaró Lasse.

—¿Que está casado con tu hermana o tu prima? —preguntó Karin con socarronería.

—Pues ni una cosa ni otra. Pero si crees que tengo un aspecto algo raro se debe precisamente a que la gente de aquí nos casamos con los primos del vecino y, de hecho, la mayoría de los que conozco no han cruzado siquiera el puente de Instö, ni han estado nunca en Goteburgo.

Lasse le sonrió. Karin se rió.

—Qué bonita está la ciudad en torno al puerto —comentó Carsten.

—Me temo que llamarla ciudad a estas alturas es una exageración, a pesar de que Marstrand sí fue, en su día, una ciudad. Sea como fuere, bonita lo es un rato. Siempre disfruto de las vistas, por muchas veces que pase por aquí durante el día.

Las antiguas casas de madera de colores pastel se extendían a lo largo del muelle adoquinado, aguardando a los veraneantes que en breve volverían a ocuparlas. Las terrazas estaban desiertas, pero empezaban a encenderse luces aquí y allá en las ventanas. Karin se preguntó cuántas serían encendidas por una mano humana y cuántas por un temporizador programado. Las casas se apretaban las unas contra las otras y trepaban por las laderas de la isla en dirección a la fortaleza. Unas pocas todavía tenían placas de amianto en el exterior y cortinas de encaje en las ventanas. Detrás de ellas se vislumbraban algunas casas antiguas, auténticamente de Marstrand, a cuyos habitantes les parecía innecesario encender las luces tan temprano y tenían intención de seguir a oscuras un rato más. Karin, que había paseado numerosas veces por las antiguas calles del pueblo, había tomado nota de que la gran mayoría de las viviendas estaba en perfecto estado, y que un elemento recurrente era la casa pintada de blanco con un balcón con estrellas talladas en la madera. Por lo visto, era obligatorio que en los balcones hubiera muebles blancos de estilo clásico con una cruz en el respaldo. También podían ser de teca, con cojines azul marino. Como si le leyera el pensamiento, Lasse dijo:

—Demasiado caras. —Apuntó con la cabeza en dirección a las hermosas casas y se encogió de hombros con resignación—. A los políticos les gusta hablar de lo importante que es mantener vivos los pueblos de la costa, a la vez que se quejan, por ejemplo, de que la escuela de Marstrand supone un gasto innecesario. La cruda realidad es que son pocos los que se pueden permitir vivir aquí, teniendo en cuenta el alza de los precios y el valor catastral galopante. Si quitan la escuela, no quedará más que una ciudad fantasma. Un decorado bonito. —Señaló una vieja edificación de color amarillo pálido—. Mi abuela nació allí. Mi hermana y su familia viven en la casa, pero no sé cuánto tiempo podrán seguir manteniéndola. En verano alquilan habitaciones para sacar un poco de dinero y poder pagar los impuestos.

Karin no podía más que darle la razón en cuanto a la transformación de la costa occidental. Habían desaparecido los viejos pescadores que, a pesar de sus toscas manos, limpiaban y preparaban el pescado con dedos sorprendentemente ágiles. También habían desaparecido, hacía tiempo, los secaderos y la mayoría de las casas de amianto. Si bien es verdad que las viviendas nunca habían estado tan bien conservadas, tampoco nunca habían estado tan vacías y oscuras como ahora. Lenta pero inexorablemente se iban extinguiendo las antiguas comunidades de pescadores. La última casa del lado derecho tenía un perfil muy familiar que a menudo aparecía en las postales de Marstrand. Carsten señaló una pequeña, gris, en el lado de Koön.

—¡Menuda ubicación!

Dejaron atrás la casa gris y Lasse dirigió la embarcación a través de la bocana norte, hacia el fiordo de Marstrand. Les comentó que aquella casa había sido anteriormente la residencia de verano de P. G. Gyllenhammar.

—Lyktudden o Lyktan. Aunque la mayoría la sigue llamando la casa de P. G. Por cierto, está en venta por unos cuantos millones. Supongo que se la quedará gente con mucho dinero pero poca raigambre. El que sienta envidia siempre podrá alegrarse pensando que los propietarios tendrán que pintarla bastante a menudo. No porque lo vayan a hacer ellos mismos, pero, aun así, es un esfuerzo. Fue la antigua vivienda de un farero y estuvo en uso hasta 1914. Originalmente, el faro estaba incorporado a la vivienda, todavía lo podéis ver. —Lasse señaló una construcción cuadrada de cristal en la esquina sudoeste de la casa—. En 1914 se construyó una garita separada. El nuevo faro era uno moderno de la marca AGA. A lo mejor ya habéis oído hablar de Gustaf Dalén, el padre de la tecnología farera sueca. Recibió el Premio Nobel en 1912 por su importante contribución a la ciencia. AGA son las siglas de AB Gasaccumulator, y era el nombre de la compañía de Dalén que fabricaba los faros. Los faros AGA tenían un sistema de automantenimiento, lo que significó que se acabara prescindiendo del personal del faro y se vendiera la casa. El anexo de cristal es lo único que queda, una reminiscencia de una época pasada.

El sol les recordó que ya había pasado la mayor parte del día cuando se introdujeron de lleno en el crepúsculo con Hamneskär en la distancia. Karin sintió una vaharada de felicidad que sólo un mar en calma lleno de oro líquido podía proporcionarle. Suspiró. Era increíblemente bello.

—Muy pocas veces se ve el fiordo de Marstrand tan calmo —dijo Lasse, y volvió la cabeza hacia Karin. Señaló con el dedo en dirección a los gneis delicadamente redondeados. El viento y el agua salada los habían esculpido durante milenios y, vistos desde aquella distancia, resultaba difícil imaginarse que fueran sólidos—. Cuando estás sentado en las rocas, ves que el mar se ralentiza, que se levanta y baja lentamente, como si no fuera de agua sino de aceite. Solemos decir que ondea.

—¿Que ondea? —dijo Karin—. Nunca lo había oído decir. —Repitió la palabra para sus adentros, la saboreó y le pareció que sonaba bonita, en cierto modo apacible.

—La isla de Pater Noster está formada por un montón de pequeños escollos e islotes. —Lasse les contó que el nombre de Pater Noster se debía a que los marineros que surcaban esas aguas solían rezar esa oración antes de atravesar los temidos escollos frente a

Marstrand—. El faro está situado en uno de los últimos islotes, pero la superficie de la isla en sí no supera los, digamos... doscientos cincuenta metros de largo por unos ciento cincuenta de ancho. Aquí fue donde emplazaron el faro de hierro más grande de la costa oeste, a treinta y dos metros sobre el suelo. Sorprendente, ¿verdad?

Karin lo escuchaba y absorbía cada pequeño detalle. Asintió con la cabeza.

—Pater Noster quiere decir Padre Nuestro en latín —aclaró—. Existen muchos islotes Pater Noster en todo el mundo, pero en realidad la isla se llama Hamneskär, el islote de Hamne. Es el faro el que se llama Pater Noster, aunque la gente de por aquí suele referirse también a la isla con ese nombre.

Una bote a motor pasó por su lado a toda velocidad.

—Roland Lindström, el capataz de Hamneskär —dijo Lasse—. Hoy en día, todo el mundo tiene mucha prisa.

La gente que se encargaba del faro debía de poseer un carácter especial. Karin pensó en la fotografía del farero y su esposa encontrada en el libro. Lasse les contó que la cuadrilla de albañiles que estaba reparando los edificios se había establecido en Hamneskär hacía un mes. Había tanto suecos como polacos. La idea era que estuviera todo listo para cuando trasladaran el faro de vuelta a la isla y fuese reinaugurado para el solsticio de verano.

—Una empresa constructora piensa edificar un albergue y un centro de conferencias en la isla —añadió Lasse mientras maniobraba con mano firme el timón a través del estrecho pasaje entre los espigones, tan cerca que podían tocarlos con la mano desde ambos costados del barco—. Hamneskär —anunció poco después, y Carsten y Karin desembarcaron en el pequeño muelle.

La isla presentaba un aspecto completamente diferente sin el conocido faro de Heidenstam. El práctico no les había preguntado qué los llevaba a la isla y Karin se preguntó si ya lo sabría. Cuando los hubo dejado en tierra y el sonido de su motor se fue apagando a lo lejos, les sorprendió el silencio y la calma. Además del barco de la policía, en el pequeño puerto había un bote de trabajo de aluminio, el mismo que los había adelantado antes en el fiordo. Un hombre que llevaba varios días sin afeitarse salió a su encuentro. Carsten se presentó sin darle tiempo a decir nada.

—Carsten Heed, brigada criminal de Goteburgo. Y mi colega Karin Adler.

—Muy bien —dijo el hombre con voz cansina.

—¿Le importaría decirnos quién es usted? —Karin le dirigió una sonrisa afable.

—Por supuesto. Disculpadme. Roland Lindström, capataz —dijo el hombre, y les ofreció una mano ruda—. La policía marítima está aquí. —Hizo un gesto con la cabeza en dirección al barco policial, gris azulado, y luego señaló las cintas de plástico con rayas azules y blancas que ondeaban al viento un poco más allá.

—¿Estaba usted allí cuando encontraron el cadáver?

El hombre esquivó su mirada y aparentó pensar la respuesta. A pesar de sus muchos años de trabajador perspicaz en el sector de la construcción no era muy hábil a la hora de poner cara de póquer.

—Bueno, sí, podríamos decir que sí.

—¿Fue usted quien nos llamó? —prosiguió Karin, sabedora de que quien había llamado para dar el aviso tenía un marcado acento extranjero.

—Eh, bueno, digamos que...

Carsten se fue a hablar con la policía marítima, mientras Karin sacaba su libreta. Anotó la fecha, el nombre del capataz y dónde se encontraban, ofreciendo de ese modo unos segundos más a Roland para pensar. Parecía necesitarlos.

—Vamos a ver, Roland. —Había llegado la hora de sonsacarle alguna respuesta—. Entonces, no fue usted quien llamó. Y sin embargo sabía que alguien había encontrado un cadáver. ¿Es correcto? —Karin alzó la vista y lo miró.

—Eh, sí, es correcto...

—Entonces me pregunto, y no creo que pueda sorprenderle, por qué no nos llamó usted.

El capataz suspiró resignado y le explicó la situación. Le habló de los polacos que habían encontrado al hombre y estuvo de acuerdo en que, naturalmente, habían hecho lo correcto. Lo único que se calló fue un par de detalles, entre ellos su bonificación, aunque ésta había resultado inútil.

La isla era pequeña y árida y las ensenadas estaban llenas de cantos rodados. Cerca del puerto, al cobijo de la casa del farero, alguien había construido un muro con piedras redondeadas, a cuyo resguardo se hallaba el único terreno de toda la isla. Cada resquicio en el muro había sido sellado para proteger aquella preciosa tierra transportada hasta allí en barco. Los pensamientos de Karin volvieron a la mujer del pelo recogido en un moño y botas negras. Tomates, pensó. En algún lugar había leído sobre un farero que cosechaba tomates todo el año porque siempre había luz y calor junto a la linterna, allá en lo alto, como en un invernadero.

La despensa era una construcción bonita, con cimientos de piedra natural y una fachada de madera pintada de rojo. Durante la guerra había servido como refugio para los fareros, de ahí su sólida puerta blindada. Un elegante arco romano la coronaba, y a ambos lados del pasillo de entrada había sendos muros de piedra. Sin duda, un refugio bienvenido para quien tuviera que meterse allí en momentos difíciles. Roland pasó por encima de la cinta policial y abrió la puerta. Sus ojos tardaron en acostumbrarse a la oscuridad, y Karin estaba a punto de sacar la linterna cuando él encendió el quinqué que colgaba de la pared interior. La suave luz se propagó por la estancia y parecía más adecuada que el haz cortante de la linterna.

—Es aquí —dijo Roland—. Tendría que haberlo advertido antes, puesto que sabía que cada familia residente en la isla tenía su propia sección en la despensa, y eran tres familias: la del farero, la del vigilante y la del ayudante. Sin embargo, la despensa sólo tiene dos secciones. Hasta hoy no había reparado en que la tercera sección estaba ahí, pero que alguien levantó una pared.

—¿Sabe cuándo construyeron la pared? —preguntó Karin.

—No. Calculo que mucho tiempo atrás.

Mientras se acercaban, Roland señaló con el dedo el muro derribado.

—Está ahí dentro.

Le pidieron a Roland que esperara fuera. Él pareció aliviado cuando le pasó el quinqué a Carsten y abrió la gruesa puerta. Una bocanada de aire fresco entró en el recinto, el tiempo que tardó en cerrarse la puerta de un golpe sordo. Con cuidado y en silencio, pasaron por encima de un montón de piedras desperdigadas por el suelo. La luz del quinqué, oscilando delante de ellos, los condujo hasta el cadáver.

—¡Oh! —exclamó Karin, e intentó fijarse dónde ponía los pies. Encendió la linterna.

—Debe de llevar tiempo aquí. La pregunta es cuánto —dijo Carsten.

—Está sorprendentemente bien conservado, pero tal vez se deba al salitre que impregna el aire —observó Karin, al tiempo que sacaba su móvil—. Voy a llamar a los técnicos.

3

Seis niños correteaban alrededor de la casa de Fiskaregatan. Waldemar se sentó en el sofá. Parecía agotado. Sus nietos se habían quedado más tiempo del habitual para una tarde de domingo y el nivel acústico era muy superior a lo que le parecía tolerable.

Alargó la mano para coger la copa de calvados.

Normalmente iba en avión al club de golf Gullbringa, pero la temporada todavía no había empezado.

O a lo mejor ha recibido la orden terminante de quedarse en casa, pensó Sara.

Miró a sus cuñadas, Diane y Annelie. No había dos hermanas tan diferentes entre sí como esas dos. Una era rubia, la otra morena. Hermanastras, se corrigió. Diane era hija de Siri, de su primer matrimonio. Trabajaba en marketing, o al menos eso decían cuando algún conocido preguntaba a qué se dedicaba. Luego se obviaba hablar de los detalles del trabajo, que consistía en repartir publicidad directa a media jornada, y se intentaba desviar hábilmente la conversación hacia el exitoso marido de Diane, Alexander, que era agente inmobiliario.

Alexander sólo trabajaba en «los barrios más elegantes», sobre todo Örgryte y Långedrag. Hacía una semana, Diane había llamado a sus padres para pedirles que la acompañaran a ver una casa en que estaban interesados ella y Alexander, precisamente en Långedrag.

Los hermanos de Diane, Annelie y Tomas, se habían preguntado cómo era posible que se pudieran permitir comprar una casa. Tuvieron la respuesta cuando Siri les contó que pensaba ayudarlos económicamente. Ella y Waldemar suscribirían la mitad del préstamo hipotecario, les había dicho sin pestañear.

—Hemos hecho una oferta por la casa —explicó Diane—. El agente inmobiliario cree que tenemos posibilidades de conseguirla. Al fin y al cabo, es un colega de Alexander y, por lo tanto, disponemos de información privilegiada. La casa es de una señora mayor. Y le encanta Alexander.

Diane se rió y se echó atrás la melena morena.

—Qué bien —añadió Tomas educadamente—. ¿Dónde está la casa?

—En Långedrag. Creía habéroslo dicho ya. —Fue Siri quien respondió tras dejar la taza de café sobre la bandeja con cierto énfasis.

—Sí, pero me refería al lugar concreto —aclaró Tomas, al tiempo que se servía más postre.

Diane describió la ubicación de la casa.

—Me parece que esa zona pertenece a Fiskebäck —dijo Sara.

Tomas le lanzó una mirada contrariada, una mirada que decía que ese comentario sobraba.

—No; está en Långedrag. A lo mejor no conoces el barrio tan bien como crees —comentó Diane en tono ligeramente altanero.

—Si giras a la izquierda y cruzas la vía del tranvía antes de llegar a la recta del almacén, entras en Fiskebäck —contestó Sara.

De pronto, Diane se interesó por la pequeña figurita de la cremallera de su bolso.

—De todos modos, tendremos que reformarla de arriba abajo. Me gustaría comprar diseño danés, tal vez porque nací en Dinamarca —dijo luego, mientras sacaba un espejito de mano para retocarse el brillo de labios. Y añadió—: Qué pena que ya no estés en la tienda de tejidos, mamá, porque podrías haberme hecho un descuento, ahora que voy a tener una casa entera necesitada de cortinas nuevas y otras telas.

—Supongo que no hace falta que la renovéis de arriba abajo, ¿no? —terció Waldemar.

—No, papaíto, pero queremos hacerlo. ¿Verdad que sí, amor mío? —La pregunta, más bien una afirmación, iba dirigida a su marido.

—Sí, desde luego —asintió Alexander, y se atusó el pelo castaño cortado estilo paje.

El resto de la pandilla de Alexander había acabado en el sector de las finanzas en Estocolmo, pero él había encontrado su nicho lucrativo como agente inmobiliario en Goteburgo.

Sara llegaba a sentir incluso malestar físico cuando lo oía presumir de cómo las señoras mayores caían rendidas a sus pies ante su prestancia y sus buenos modales. Por otro lado, a lo mejor le gustaban las mujeres mayores, pues al fin y al cabo Diane tenía, a sus cuarenta y cinco años, ocho más que él.

—Pero supongo que será complicado, con tres hijos y todo eso —observó Sara—. Me refiero a tener tiempo para todo. Nuestros vecinos no paran de esforzarse en reformar su casa. Y llevan así más de cuatro años.

—Ya, pero naturalmente no vamos a hacer el trabajo nosotros —contestó Diane, como si Sara acabara de soltar alguna insolencia—. Alexander tiene un montón de contactos. Albañiles y gente de la banca. Nos ofrecerán un préstamo en condiciones buenísimas y tendremos albañiles dispuestos a trabajar en negro. ¡Será perfecto!

—Sí, pero aun así os costará mucho dinero y os quitará tiempo —sentenció Tomas.

—Está muy bien que Diane y Alexander vayan a comprarse una casa. Y la verdad es que vosotros, sus hermanos, podríais echarles una mano —dijo Siri, antes de mirar a su nuera—. Además, tú, Sara, tienes todo el día libre.

—Sara está en casa por agotamiento, mamá —contestó Tomas, y dejó la cucharilla de postre en el platito.

—Ya, pero Diane también ha sufrido agotamiento —dijo Siri.

—No me lo parece.

—Pues sí. Cuando nació Estelle apenas pudo dormir. Eso también es una especie de agotamiento.

—No, no lo creo. Tal vez sea falta de sueño, o a lo mejor la depresión del puerperio.

—Dejémoslo así —zanjó Siri.

Waldemar cogió la botella de calvados para servirse otra copa. Una para él y otra para Alexander.

Sara recordaba con aversión la historia del nieto y la cooperativa de viviendas. Cuando Annelie, en su día, llamó a Tomas para contarle que sus padres lo habían arreglado todo para conseguirle al hijo de Diane una plaza en una cooperativa de viviendas y, además, habían empezado a ahorrar para la entrada, y no para los demás nietos, Tomas se enfadó y se negó a creerla. De hecho, le había colgado el teléfono y dejó pasar una semana entera antes de volver a hablar con su hermana. Dos meses más tarde, Tomas había encontrado por casualidad un extracto del banco en casa de sus padres. Resultó que Siri, además de haber abierto una cuenta de ahorro destinada a una futura vivienda para su nieto, realizaba mensualmente una transferencia a favor de Diane. Eso le había abierto los ojos. Annelie le había contado la verdad.

—¿No crees que ya es hora de que Matilda tenga un hermanito? —Diane lanzó una mirada sosegada, teñida de cierta malicia, a Annelie. Sabía que era una pregunta delicada, pero con habilidad simuló no darse cuenta.

—¿A qué viene esto? —respondió Annelie.

Sara la vio posarse las manos sobre el vientre, como un reflejo defensivo. Sobre aquel vientre en que, por alguna razón, no quería crecer otro hijo.

—Sólo digo que para un niño es bueno tener hermanos, porque así aprende a compartir las cosas —precisó Diane.

—¿Eso crees?

En el mejor de los casos, resultaba risible que la demanda de equidad viniera de Diane.

—Disculpa que lo haya preguntado, no pretendía ofenderte —zanjó ésta en tono cortante.

—¿Habéis pensado en tener más hijos? —insistió Siri—. Porque es mejor que no se lleven demasiados años entre sí.

—A lo mejor no todo el mundo puede tener hijos cuando quiere. ¿Alguna vez os habéis parado a pensarlo? —dijo Annelie.

—En nuestro caso, basta con que Alex menee los calzoncillos para que me quede embarazada —respondió Diane, y soltó una risita—. ¿No es así, mi amor? —Se volvió hacia su marido.

—Bueno, sí. Eso nunca ha supuesto ningún problema.

Alexander le guiñó un ojo a su mujer. A continuación se tumbó, se colocó uno de los cojines a la espalda y se ajustó los gemelos. Eran de oro blanco y habían costado 4.600 coronas. Sara lo sabía porque un domingo, durante una comida familiar en enero, había oído a Siri y Diane discutir al respecto en el vestíbulo, mientras ella estaba en el cuarto de baño.

—Por favor, mamá, son perfectos y se pondrá muy contento —había dicho Diane.

—Pero ¿no te parece que cuatro mil seiscientas coronas es mucho dinero para unos gemelos? ¿No hay otros?

—Pues es lo que cuesta comprar un par de gemelos en Engelbert, y eso que no he elegido los más caros. En el sector inmobiliario el aspecto personal es muy importante. Ninni Johnson le compró unos a su marido por ocho mil quinientas coronas, o sea que, en comparación, éstos salen bastante baratos.

No le contó que había elegido los segundos más caros. Mentar a Ninni, la hija de los Johnson, era como agitar una varita mágica, y Siri acabó cediendo: si Diane realmente creía que aquellos gemelos harían muy feliz a Alexander, ya lo arreglarían, naturalmente.

—Gracias, mamaíta. Entonces, ¿ingresarás cinco mil coronas en mi cuenta hoy? Me gustaría comprarlos mañana mismo, para que nadie se me adelante. —Diane ya había dado una paga y señal por los gemelos, convencida de que su madre se avendría a comprarlos, aunque lo más seguro era ir por ellos cuanto antes.

—Te ingresaré el dinero esta misma tarde.

—O ahora mismo. Podrías llamar al banco y pedir que hagan la transferencia, ¿no crees? Mientras tanto, me encargaré de entretener a los invitados.

—No hay invitados, sólo están Annelie y Tomas. Pueden entretenerse solos.

Fue entonces cuando Sara tiró de la cadena, se lavó las manos y se las secó bruscamente en la elegante toalla de marca. Cuando salió al vestíbulo, resultó evidente que Diane y Siri estaban sorprendidas, y Sara advirtió que empezaban a repasar lo que habían dicho, preguntándose qué podía haber oído ella de su conversación.

En aquel momento, lo único que Sara hizo fue sonreír fríamente.

Los niños estaban jugando en la terraza acristalada. Linnéa había convertido el escabel de los abuelos en un mostrador y se había erigido en jefa de un negocio que vendía de todo.

—Uno, dos, cuatro, ocho, doce —contaba, dándole piezas de Lego a Nalle a modo de cambio.

Los primos intercambiaban todo tipo de artículos visibles e invisibles de los estantes de la imaginaria tienda.

—Bueno, deberíamos irnos ya —dijo Sara, y le lanzó una mirada elocuente a su marido Tomas.

—Pues sí, no estaría mal tener un rato para nosotros en casa esta noche. Me espera una semana muy pesada, repleta de reuniones —dijo él, y se puso en pie.

—Oye, Tomas, por cierto, ¿llenaste el depósito de mi coche? —preguntó Waldemar desde el sofá.

Tomas se había puesto a buscar el jersey de Linnéa. Sara vio cómo se tensaba para mirar a su padre a los ojos.

—Te lo presté la semana pasada, ¿recuerdas? —prosiguió éste.

—¿Te refieres al día que fui por leña para vosotros? Pensé que... es posible que no, pero... por supuesto, me encargaré de llenártelo. No hay problema.

Sara se sonrojó y advirtió la mirada implorante de Tomas. Se apresuró a murmurar un «gracias por la comida» entre dientes y salió al vestíbulo para coger la ropa de abrigo de los niños. Annelie la siguió y posó una mano en su brazo. Sara no dijo nada, pero negó con la cabeza. Mientras buscaba los zapatos de Linus y Linnéa entre la montaña de zapatos de niños, aquél aprovechó para vaciar el bolso de mano de la abuela en el suelo del vestíbulo. Dos pintalabios, llaves, una cartera, perfume... Sara y Annelie recogieron los artículos, y justo cuando acababan de devolverlo todo al bolso, se fijaron en el anillo de oro que Linus tenía en la mano. Era demasiado grande para ser de Siri. Annelie leyó en voz alta la inscripción de la parte interior:

—Elin y Arvid.

Se miraron sorprendidas.

—Cuatro de octubre de 1962. Tiene que ser la fecha del compromiso, y catorce de junio de 1963, la del día de la boda. Elin y Arvid. ¿Sabes quiénes son? —preguntó Sara.

—Debe de ser el Arvid con el que mamá estuvo casada antes de papá, pero que murió. Aunque no sabía que Arvid hubiese estado casado antes, y menos aún tan poco tiempo antes.

Sara se encogió de hombros y Annelie devolvió el anillo al bolso.

De camino a casa, Sara no pudo reprimirse.

—¿Lo ha dicho en serio? No está bien de la cabeza.

Tomas parecía abatido cuando se habían marchado. Sara tenía ganas de decirle que debería mostrar más orgullo y empezar a hacerse cargo de las cosas. Su primera intención había sido mostrarse comprensiva, pero no pudo. Estaba muy enfadada. Le dio una patada a un montón de nieve en el sendero. Estaba duro como la piedra y se hizo daño en el pie.

—¿Tenemos que pagar nosotros la gasolina, cuando tú vas por leña para ellos, y encima llenarle el depósito? ¿No le hacen descuento a tu padre en la gasolinera que hay al lado de su antiguo taller de coches?

—Importación de coches; no era un taller. Importaba coches de Inglaterra y Alemania.

—Eso no importa ahora. De todos modos, él tiene más tiempo que nosotros y supongo que sabrá llenar el depósito solito. Y a mejor precio que nosotros.

—Ahora estás siendo injusta, Sara. No sé si te das cuenta de que estás hablando de mis padres. No entiendo por qué siempre tienes que meterte con ellos.

—¿Crees que soy injusta, cuando tus padres le compran una casa a tu hermana? Desde luego, empiezas a parecerme jodidamente ridículo y pusilánime.

Sara intentaba hablar en voz baja para que los niños no la oyeran. Empujaba el carrito de los gemelos cuesta arriba. Pesaba mucho, pero el esfuerzo le sentó bien, pues pudo dar rienda suelta a algunas de sus frustraciones.

—¿Sabes qué? Esta discusión no deberíamos tenerla tú y yo, porque el conflicto no está entre nosotros, sino entre tú y tus padres. ¡Me encantaría que te dieras cuenta de una maldita vez! Qué asco, de verdad. ¡Qué asco! —Esto último fue un bufido.

Karin había vuelto a casa a las dos y cuarto de la madrugada, y no tenía ningunas ganas de abandonar el calor de la cama cuando sonó el despertador de su móvil. Se quedó echada unos minutos más, pensando en el día anterior, antes de ponerse un chándal. En la planta baja del edificio de apartamentos había una pastelería, Kampanilen. Bajó las escaleras de las tres plantas de dos en dos y luego volvió a subirlas corriendo con una bolsa de pan crujiente. Se metió en la bañera para darse una ducha y maldijo al recordar lo que había olvidado comprar el día anterior. Champú. Menos mal que todavía quedaban unas gotas en el bote vacío.

Se sentó a la mesa del desayuno con una taza de té en un intento vano de reanimar su cansado cuerpo. Al final vertió el resto del té en el fregadero y se hizo un café con leche cargado. Por suerte, todavía quedaba café en el bote y no tuvo que usar el descafeinado recién comprado.

Hurgó en la caja donde guardaba de todo un poco. Entre el celo, las monedas, los botones de recambio y los vales de descuento hacía tiempo caducados encontró un bolígrafo que funcionaba y un post-it.

«Champú», apuntó, y después añadió algunos artículos más que faltaban.

—¿Me servirán el desayuno en la cama? —gritó Göran desde el dormitorio.

Qué mal lo tienes, pensó Karin, aunque dijo:

—Hay café y pan recién hecho, pero se sirve en la cocina.

Göran apareció con vaqueros y una camiseta, con el pelo encantadoramente de punta. Sus ojos azules se posaron en ella cuando se sentó a la mesa. Karin cortó una rebanada del pan aún caliente.

—Buenos días —dijo.

—¿Lo has hecho tú? —preguntó él.

—No; he bajado a la pastelería. Pan vikingo. —Señaló el pan integral—. También he comprado bollos, por si los preferías. —Supongo que cree que debería hacer el pan, como su mamá, pensó. Él se lo había insinuado alguna vez antes, pero si tanto le gustaba el pan hecho en casa, también cabía la posibilidad de que él mismo pusiera manos a la obra.

—¿Tenemos mermelada? —preguntó Göran.

—Un segundo, ahora mismo se lo pregunto a la camarera —respondió Karin, y agitó la mano simulando llamar la atención de alguien.

—¿Qué pasa?

—¿Tú has comprado mermelada? —preguntó Karin, y se dijo que ella no llevaba un hotel.

—¿Ya estás de mal humor? —Göran se inclinó sobre la mesa y le dio un golpecito en la mano con un dedo de una manera un tanto irritante.

—No estoy de mal humor, pero podrías echar un vistazo en la nevera antes de preguntármelo a mí. No sé si tenemos mermelada. He de marcharme dentro de diez minutos.

—¿Tienes que ir a trabajar? Pero ¡si fuiste ayer, y era domingo!

—Imagínate que yo te digo lo mismo a ti. ¿Podrías dejar de trabajar las seis semanas y quedarte en casa conmigo? —Su tono sonó amargo. Ojalá se lo hubiese dicho de otra manera.

—¡Lo sabía! —saltó Göran, triunfante—. Apenas llevo una semana aquí y ya empiezas a machacarme con mi trabajo. ¡Es tan jodidamente típico de ti! ¡Eres una egoísta! ¿Cuántas veces vamos a tener que pasar por esta discusión? —Puso los ojos en blanco.

Ésta es la última vez, quiso responderle Karin, pero no lo hizo.

—Esto no funciona —dijo en cambio—. Me rindo, no puedo más. —Su voz sonó débil, como un susurro. Entonces carraspeó y tomó carrerilla—. Ya no puedo más. Lo siento mucho, pero es así. —Su voz sonó fuerte y firme, como si ésta también se hubiera decidido. Ahora ya lo había dicho. Se hundió en la silla de la cocina y posó los brazos sobre la mesa.

—¡Otra vez con lo mismo! Siempre se trata de ti, de ti y de nadie más. Pero ¿y yo qué? —Göran se puso de pie y gesticuló en una pose teatral—. ¡Ya no puedo mááás! —la imitó—. ¿Cómo crees que me siento yo? Eres tan condenadamente egoísta... —Cruzó los brazos con gesto arrogante, esperando que llegara el contraataque. Pero éste no llegó.

Cinco años, pensó Karin, mientras salía de la cocina con su taza de café. ¿Cómo había acabado su relación de esa manera?

Göran la siguió cariacontecido hasta el salón, con su rebanada de pan sin mermelada en la mano.

—Ahora en serio, Karin. ¿Y todo lo que he hecho yo por ti? ¿Te acuerdas alguna vez?

Las réplicas de mártir y víctima de Göran le resultaban trasnochadas, como sacadas de una comedia sueca de los años treinta. Él parecía creer que discutir un poco era, en cierto modo, un entretenimiento. La misma discusión, una y otra vez.

De pronto, Karin se encendió. La rabia brotó y ella se negó a contenerla. Cinco años de desilusión reprimida corrían por sus venas. ¡Ya basta, joder! Lanzó la taza de Höganäs contra la pared, y el café y los pedazos de porcelana volaron por los aires. Göran se volvió sobresaltado.

—Pero ¡estás loca o qué! ¿Qué haces? —Miró sorprendido los restos de la taza y el café que resbalaba por la pared blanca.

—¿Qué es exactamente lo que tú has hecho por mí? ¿Qué? ¡Dime aunque sólo sea una cosa! Pero ¡si hasta te olvidaste de mi cumpleaños! Casi estamos en mayo, y yo cumplo años en enero —le espetó en la cara, como un gato bufando.

—Pero si te llamé, ¿no te acuerdas? No te regalé nada porque no encontré el regalo perfecto, sólo por eso. De hecho, todavía lo estoy buscando.

Su serena contestación no hizo más que acrecentar la irritación de Karin. Recordó la mañana de enero de hacía dos años, cuando cumplió los treinta. La madre de Göran había aparecido en el hueco de la escalera cantando «Cumpleaños feliz, cumpleaños feliz». La maravillosa mamá de Göran que, a pesar de tener duras jornadas como jefa de unidad en un hospital, nunca descuidaba los pequeños detalles. La iba a echar más de menos que a Göran.

Ahora no tenía ganas de replicar nada. ¿Qué podía decirle? Ya estaba todo dicho, más de una vez, además. Lo miró apenada. ¿O sea que todo había terminado? Él ni siquiera lo había comprendido todavía. Retiró una silla de la mesa del comedor y se sentó. Llegaría tarde a la reunión con Carsten en la comisaría, pero lo mejor sería terminar con todo aquello de una vez. Le escribió rápidamente un SMS a Carsten, lo envió y puso el móvil en silencio.

Göran prosiguió:

—Es muy propio de ti volver a sacar lo de tu cumpleaños. Lo único que te preocupa son ese tipo de tonterías, diría que es lo más importante para ti. Que no te regalé nada por tu cumpleaños. Dime qué quieres e iré a comprarlo ahora mismo.

—Eso no es verdad, y lo sabes. Si realmente es lo que piensas de mí, lo mejor será que nos separemos ya, de una maldita vez. Creo que queremos cosas distintas... —Karin buscaba las palabras.

—No puedes cortar conmigo. Estamos prometidos, y tú me juraste que estaríamos juntos. —Göran le enseñó la mano izquierda, donde llevaba la alianza.

Karin recordó cómo había sido el inicio de su relación. La sensación burbujeante de excitación en el estómago, las interminables conversaciones telefónicas, las cartas. La añoranza y las ganas de que volviera cuanto antes durante el primer período de seis semanas en la mar. Sus bellos ojos azules y sus tiernos abrazos. Su madre, que al principio le había parecido antipática, pero que poco a poco se había ido ganando la confianza de Karin, hasta convertirla en su hija, casi tanto como Göran era su hijo, o por lo menos así lo había sentido ella.

Pensó en el día en que se habían prometido, tan falto de romanticismo, cuando doblaron el cabo Wrath, en Escocia. El cabo de la ira, qué ironía prometerse precisamente allí, de todos los lugares del mundo. Göran había conseguido perder su alianza cuando fondearon en una ensenada, apenas unas horas más tarde, pero había comprado una nueva cuando llegaron a Lerwick, en las islas Shetland. Llevaban cinco años peleándose por culpa de sus períodos en la mar, y Karin tenía la impresión de haber pasado los últimos seis meses intentando romper la relación. No había motivo para seguir alargándolo más.

Cuando finalmente abandonó el piso sintió un profundo alivio, como si hubiera cargado con una pesada mochila durante mucho tiempo para, al final, acabar examinando su contenido y llegar a la conclusión de que no había nada en ella que necesitara de verdad. Desde luego, se sentía terriblemente mal por hacerle tanto daño a Göran, pero no podían seguir así. Habían acordado que él se quedaría unos días en casa de sus padres, mientras ella se mudaba. Seguramente cree que todo se arreglará en cuanto me haya tranquilizado, pensó, y puso el coche en marcha. La radio emitía una canción de Mauro Scocco: «Creía que el amor estaba aquí... y volví.» Estuvo pensando en esa letra mientras recorría el barrio de Majorna rumbo a la comisaría.

Goteburgo, 1962

Siri se retocó el pintalabios antes de abrir la puerta y entrar. Con paso decidido, pasó junto a Irene, la secretaria de Arvid, que la llamó.

—Oiga usted, señorita, el señor está ocupado.

Siri se detuvo bruscamente y se volvió hacia la mujer. La miró de arriba abajo, con todo el desprecio que pudo.

—Él nunca está demasiado ocupado para verme.

Acto seguido, irguió la cabeza y abrió una hoja de la doble puerta de caoba. Sorprendida, miró a los cuatro hombres que estaban sentados alrededor de la mesa.

—¿Sí? —dijo Arvid, solícito.

—Venía a preguntarte si querías almorzar conmigo —contestó Siri, y rodeó la mesa para colocarse a su lado. Posó las manos enguantadas en sus hombros.

Arvid se las retiró con gesto brusco y se puso en pie.

—Lo siento mucho, pero estoy muy ocupado. A lo mejor podrías pedírselo a Irene, o a una de las chicas. —Y, sin más, se zafó hábilmente de las manos de ella, se dirigió hasta la puerta, la abrió y echó a Siri con cajas destempladas.

Irene no dijo nada cuando Siri salió del despacho, aunque se la veía muy satisfecha, pero al final no pudo contenerse:

—Ha sido una reunión algo breve, me parece a mí.

Siri ni siquiera se dignó mirarla. Abandonó la oficina dando un portazo. A mí nadie me trata de esta manera, como a una cualquiera, pensó, y se retiró una mota de polvo imaginaria de la manga del abrigo.

Carsten había comprendido la situación inmediatamente. Ya eran las once cuando Karin llegó, y no era sólo el cansancio lo que había enrojecido sus ojos. Entró en su despacho con dos tazas de café, le tendió una y fue directamente al grano.

—Quiero que sigas con esta investigación, Karin. —Alzó la mano libre para que no lo interrumpiera—. Eres la indicada para ello, para ir ganando experiencia. Cuando estabas de guardia en nuestra brigada, siempre llegabas al lugar del crimen el primero...

—La primera —lo corrigió ella, y tomó un sorbo de café; los dientes le rechinaron en señal de protesta.

—Sí, lo sé. El café lleva cierto tiempo hecho. Lo siento. —Carsten dejó su taza sobre el escritorio y prosiguió—. Has participado en varias investigaciones con la brigada criminal. Siempre te hemos visto con buenos ojos y te tenemos en cuenta. Considéralo un comienzo. Lo primero que tenemos que esclarecer es cuándo murió. A mi juicio, lleva mucho tiempo muerto. Me temo que tendrás que dedicarte a labores detectivescas de lo más tradicionales. Bien, ¿qué me dices?

Karin cerró la puerta y se acercó a su escritorio. Cogió una carpeta de plástico y escribió «Pater Noster» en la etiqueta. Su primera investigación. Empezó pasando a limpio las anotaciones del día anterior. Luego hizo una lista de las personas de contacto.

Había sido un violento fin de semana de primavera en la ciudad y el cadáver de la despensa apenas tenía prioridad. Permaneció de pie mientras llamaba a la forense Margareta Rylander-Lilja. Habían trasladado el cadáver al departamento de medicina forense de Medicinarberget. Aún no habían tenido tiempo de hacerle la autopsia. Le pareció que Margareta titubeaba.

—Sé lo que quieres preguntarme y no me gusta hacer conjeturas, pero creo que llevaba mucho tiempo allí. —Margareta hablaba pausadamente y con mucho tino, nunca se precipitaba, y si se escuchaba con atención, se podía detectar en su voz un atisbo de acento de Dalarna que, con el tiempo, había ido puliendo.

—Si tuvieras que decir algo, ¿cuánto tiempo, más o menos? —preguntó Karin, y pensó que el plazo de prescripción de un asesinato en Suecia era de veinticinco años.

Se hizo el silencio, hasta que Margareta finalmente contestó.

—Yo diría que entre veinte y cuarenta años. Pero volveré a llamarte cuando disponga de información más exacta. Hasta entonces, podríais examinar su ropa para intentar situarla en el tiempo. Me alegro de que te encargues tú de la investigación. Ahora mismo estoy esperando una visita, pero tendrás noticias mías.

Karin se quedó con el teléfono en la mano, contenta y reconfortada por las palabras de la forense, y rogó poder cumplir todas las expectativas depositadas en ella.

Estaban sentados en el despacho de Carsten, preguntándose qué razón podía haber para emparedar a alguien, y por qué aquel desdichado no había opuesto resistencia.

—Supongo que ya estaría muerto cuando lo hicieron —dijo Karin.

—Pero ¿por qué molestarse en emparedarlo? Así, a bote pronto, parece bastante más sencillo hundirlo en el mar —objetó Carsten.

El móvil de Karin sonó, interrumpiendo la conversación.

—Sí, hola... Por supuesto. —Echó un vistazo a su reloj—. Me va bien.

Colgó y le sonrió a Carsten.

—Era un policía jubilado de Marstrand. Sten Widstrand. Ha oído hablar del cadáver y piensa que podría echarnos una mano. Iré hasta allí para que me cuente lo que sepa.

—¿Podrías llevarte a Folke? —le preguntó Carsten.

Karin soltó una risita, hasta que se dio cuenta de que Carsten hablaba en serio.

—Preferiría que no.

Suecia era un país precioso, no podía decirse otra cosa al ver el paisaje desde la cubierta del ferry entre Koön y Marstrandsön a las diez de la mañana. Tal vez era su linaje sueco lo que lo hacía sentirse así. A pesar de que se había criado en Rinteln, una pequeña aldea alemana de cuento con antiguas y bellas casas entramadas, allí nunca se había sentido como en su hogar. Cuando sus padres le contaron que era adoptado fue como si de pronto todo encajara, pero también fue entonces cuando empezó la búsqueda. Al menos estaba obligado a intentar averiguar sus orígenes.

Había estudiado periodismo y, después de un tiempo trabajando para un diario de tirada considerable, había decidido intentarlo por cuenta propia. Como periodista *freelance*, solía enviar sus artículos por correo electrónico a sus clientes alemanes, que le pagaban con transferencias a su cuenta mientras él proseguía con sus viajes. Había estado en Dinamarca los últimos seis meses y ahora se hallaba en Suecia. Había escrito un total de catorce artículos sobre aquel país: casas de campo rojas, impuestos sobre inmuebles y toda clase de tecnicismos acerca de la compra de viviendas. La demanda de artículos había sido mayor de lo esperado. Cuando escribió sobre Österlen, la venta de bienes inmuebles a ciudadanos alemanes había subido considerablemente. Sin embargo, el interés alemán por la compra de bienes inmuebles en Suecia no había sido recibido de manera unánimemente positiva. Puestos a elegir, la población local prefería tener vecinos suecos.

La oficina de turismo de Marstrand todavía no había iniciado la temporada, pero él había conseguido encontrar una familia dispuesta a alquilarle el apartamento del sótano de su casa en la ciudad. No era muy grande, sólo tenía una habitación y una cocina con una bonita y antigua estufa de leña. El baño estaba recién reformado y el lavadero lo compartía con la familia. Éste tenía incluso una trascocina con calefacción en el suelo de gres y un secadero donde podía tender a secar su equipo de buceo. Compartía entrada con un gato atigrado, aunque el minino entraba por la trampilla de la puerta.

Encendía la estufa casi a diario. Le gustaba llegar a casa, así como la rutina de coger el cesto de la leña, ir a la leñera y llenarlo. Incluso solía llenarle un cesto a Sara, la mujer de la familia que le alquilaba el sótano. No solía hablar con ella, simplemente le dejaba el cesto cubierto con un saco de yute delante de la puerta principal.

Al lado de la estufa había un cajón hecho de ladrillos para guardar la leña. Cogió unos periódicos y unas ramas secas y encendió el fuego. Cuando empezó a arder, lo alimentó con leña nueva. Acomodó el resto de la madera en su sitio. El calor del fuego era maravilloso, tan genuino que incluso calentaba el alma, y él prefería cocinar allí que en la cocina moderna.

Tal vez fueran estas reflexiones lo que hacía que sus artículos fueran especialmente apreciados; su capacidad para ver las pequeñas cosas, para fijarse en los detalles y mostrarlos, para lograr que los lectores compartieran con él el chisporroteo de la leña de abedul y percibieran el aroma y el borboteo de la sopa sueca de guisantes secos con tocino.

Al final había descubierto el nombre de su madre biológica, que era lo que lo había llevado a Marstrand. No había sido sencillo y le había costado más de un euro. Del padre todavía no sabía nada, pero se había vuelto muy hábil a la hora de buscar y encontrar viejos hechos ocultos, olvidados o de sobra sabidos. Sin duda, todo habría sido más sencillo si hubiera hablado sueco, pero sus ojos azules y su semblante franco le habían abierto puertas insospechadas en más de una ocasión. Las asociaciones locales, los registros eclesiásticos y las pequeñas bibliotecas con bibliotecarios entusiastas y competentes solían ser verdaderas minas de oro.

Había visto varias veces a la mujer que ahora sabía que era su madre biológica. Sin embargo, no sabía cómo acercarse a ella, ni siquiera si debía hacerlo. Alquilar el sótano de sus familiares había sido un primer paso. Solía observarla cuando hacía la compra en la tienda o paseaba por el muelle. En una ocasión, al ver que a ella se le caía el pase del ferry, se había acercado corriendo para recogerlo y sus manos se habían rozado. Después, él se preguntó si sus manos lo habrían reconocido, si habrían percibido la sangre que corría por sus venas. La mujer le había dado las gracias con una sonrisa y él se había quedado allí, siguiéndola con la mirada, mientras ella se alejaba deprisa en dirección al ferry. Hasta que éste zarpó con ella a bordo, él no abandonó el muelle para seguir las indicaciones que le habían dado en la biblioteca.

La biblioteca de Marstrand ocupaba la planta baja del ayuntamiento, un edificio de piedra, sencillo pero elegante, situado en una plaza abierta donde la copa de un gran álamo plateado desplegaba su sombra. Unos porches decorados elegantemente con colores desconchados, muy necesitados de cuidados y de un pincel, aguardaban pacientemente, mientras sus propietarios discutían si había que pintarlos con las antiguas y fiables pinturas al aceite o con las aparecidas en el mercado en los últimos años.

Dando un paseo desde la adoquinada Långgatan hasta el álamo plateado se podía admirar, además del ayuntamiento, la parte trasera de Societetshuset e, inmediatamente a la derecha, la vista se abría hacia el mar y la bocana norte. Con el álamo plateado a las espaldas, si se alzaba la vista se podía ver la colina coronada por la fortaleza de Carlsten. La ladera escarpada de la misma ascendía esforzadamente con sus viejas casas bajas apiñadas a ambos lados de la estrecha calle.

Markus había empezado por la casa-museo local. Al otro lado de una cerca blanca, detrás del ayuntamiento, había un edificio de madera también blanca que albergaba la casa de cultura, donde en ese momento se exhibía una exposición fotográfica, «Marstrand, ahora y entonces». Apreciaban sus preguntas, sobre todo porque mostraba interés, tanto por lo que se ocultaba bajo el agua como por encima. Eran muchas las embarcaciones que se habían hundido alrededor de Marstrand por culpa de los famosos escollos, los Kopparnaglarna, que había allí fuera. A Markus le encantaba pensar en todos aquellos tesoros ocultos bajo la superficie del mar, de difícil acceso, que a veces se conservaban mejor precisamente gracias a la ausencia de oxígeno.

Markus había tardado dos semanas en revisar el archivo fotográfico de la casa-museo, pero después de cuatro días ya había obtenido un resultado. Antes incluso de conocer a la entusiasta gente de la institución había encontrado una serie de fotos interesantes de 1963 que, en principio, consideró obra de un fotógrafo profesional. En ellas salían todos los invitados a la fiesta celebrada en el chalet del doctor Lindner en Klöverön, a finales del verano de aquel mismo año. El chalet estaba situado en un lugar precioso, muy cerca del canal de Albrektsund, pero fue el velero con cuatro personas a bordo, más que los ilustres invitados del doctor Lindner, lo que despertó el interés de Markus. Las parejas invitadas habían sido retratadas una a continuación de otra al borde del canal, mientras, al fondo, el velero se iba moviendo en dirección sur, con dos mujeres y dos hombres a bordo. Ahora sabía que la mujer que iba sentada con el rostro vuelto hacia el fotógrafo en la foto número 5 era su madre. La pregunta era cuál de los dos hombres era su padre.

4

A Karin le habría gustado otro compañero, pero ahora iba irreme-
diablemente sentada en el coche con Folke al volante. No sólo estaba
irritada por la compañía, sino también porque Folke se había negado
a desviarse para comprar un café en el McDonald's de Kungälv. Su
compañero había visto un documental en el que explicaban lo que te
pasaba si consumías comida basura, y ahora se lo estaba explicando a
Karin con todo detalle y en un tono aleccionador. Además de ser un
ávido lector de la revista *Råd & Rön* (Consejos y Hallazgos), algo que
no pasaba inadvertido a nadie que estuviera cerca de él, también era
un suscriptor fervoroso de *Kropp & Själ* (Cuerpo y Alma). Karin
pensó que sería un día muy largo si empezaban enemistándose de
buena mañana, e incluso se preocupó por explicarle que lo único que
pretendía era una dosis de cafeína. Se moría de ganas de tomarse un
café cuando aparcaron en Koön y hubieron de esperar el ferry que
los llevaría a Marstrandsön. El ferry de la línea azul, que avanzaba a lo
largo de un cable, parecía salir a horas de lo más extrañas.

—Siete minutos después de cada cuarto —le había dicho el
chaval moreno del quiosco cuando compraron el billete. Y, al ver
que Karin no se quedaba muy convencida, sacó un horario, buscó la
página que correspondía a su ferry y se lo tendió—. De Koön a
Marstrandsön: doce y siete, doce y veintidós, doce y treinta y siete y
doce y cincuenta y dos.

Karin le dio las gracias y se metió el horario en el bolsillo.

El ferry iba lleno de albañiles y obreros que probablemente habían estado almorzando y ahora volvían a la isla. Tanto polacos
como suecos. Karin miró a un hombre que tenía enfrente. Llevaba

pantalones azules y un jersey blanco de punto con un pequeño emblema en el lado izquierdo del pecho. Escondía la calva bajo una gorra con visera, también ésta de la marca adecuada. Una voz aguda a espaldas de Karin le hizo dar un respingo.

—¡Hola, Putte! —Un hombre con una mujer joven del brazo se abría camino entre los trabajadores de peto. Saludó como si se dirigiera a una persona con problemas auditivos.

—¡Vaya! ¡Hola! ¿Qué haces tú por aquí? —El hombre bien ataviado tenía una voz afectadamente nasal. Todos quieren jugar a ser P. G. Gyllenhammar, pensó Karin.

—Quería dar una vuelta por Marstrand para enseñárselo a mi mujer. —El hombre animó a ésta a que diese un paso adelante.

A Karin le pareció la clase de tipo que piensa en su mujer como tal y nada más.

—Irina —se presentó ella, y tendió la mano.

Llevaba un vestido corto y zapatos de tacón alto y fino. Un calzado muy adecuado para pasear por las calles adoquinadas; Karin se sonrió. Sus labios de color carmín eran anormalmente gruesos, al igual que sus pechos, y el cabello rubio platino se oscurecía en las raíces. El marido, que la tenía cogida de la mano, parecía muy orgulloso de ella.

—Putte —saludó el hombre de la gorra, tocándose la visera—. *Enchanté* —añadió en su mejor francés de colegio, y besó la mano de la mujer.

—¡Uyuyuy! Me temo que tendré que separaros —bromeó el marido de Irina.

Karin suspiró y negó con la cabeza. ¡Dios mío! El hombre prosiguió con la conversación, ignorando por completo la presencia de la mujer.

—Como verás, me he casado.

—Sí, eso me han contado. ¡Felicidades! Ha sido buena idea hacer una excursión por aquí.

—Desde luego. ¿Cómo te van los negocios?

—Pues bien. La verdad es que jodidamente bien —contestó el llamado Putte.

—¿Cuántas embarcaciones tenéis ahora?

—Oh, me parece que son once, y luego tenemos unas cuantas en copropiedad —explicó Putte, subiendo la voz para que el mayor número de personas oyera cuán bueno era como hombre de negocios.

¡Dios mío!, pensó Karin. Folke se había quedado mirando el agua y los pájaros, aparentemente indiferente a la conversación que tenía lugar a unos pasos.

—Bueno, pues nosotros hemos expandido nuestro mercado a Polonia. Como ya sabes, contratamos mucha mano de obra allí.

—Sí, es verdad. Qué interesante —comentó Putte, aunque no parecía decirlo en serio.

—¿A lo mejor podríamos pasar a saludar a Anita?

—Sí, claro, no estaría nada mal, pero justo hoy va a ser un poco complicado. —Y carraspeó.

Karin no pudo evitar sonreír. Putte no tenía ningunas ganas de que lo visitaran aquel hombre y su nueva esposa.

—Tengo una propuesta de negocios que hacerte que a lo mejor podría interesarte.

—Veré si puedo arreglarlo para hablar de nuestros proyectos. ¿Tienes una tarjeta para que pueda llamarte al móvil?

El hombre rebuscó en sus bolsillos, pero no encontró ninguna y tuvo que contentarse con recibir la tarjeta con estampación azul en forma de ancla que le tendió Putte. El ferry atracó en Marstrandsön y se levantaron las barreras para que los pasajeros desembarcaran.

Había llegado el momento. Lo comprendió con una mezcla de tristeza y alegría. Se quedó un rato mirando el sobre que sostenía en la mano arrugada, hasta que finalmente se puso el abrigo, salió y cerró la puerta con llave. Al llegar al buzón se detuvo y miró alrededor. Por la calle, la gente caminaba a paso ligero. Algunos se apresuraban más, sobre todo los que se dirigían a la parada del autobús y el tranvía. Todo el mundo parecía tener prisa en estos tiempos, porque el que tiene prisa es importante y necesario para la sociedad: hay alguien esperándolo precisamente a él. Un niño en la guardería, un posible jefe para una entrevista de trabajo, una reunión, la consulta de un médico. La gente que camina a paso lento es o bien mayor, o bien está desempleada o enferma.

La mujer sacó el sobre con veneración y lo dejó caer en el buzón de correos, después de asegurarse de que el sello estaba bien pegado. Hizo una leve reverencia, como si el buzón fuera el ataúd en un entierro; en cierto modo, el símil se ajustaba peligrosamente a la realidad. Luego se dio la vuelta para regresar a casa. Ahora les tocaba a otros tomar el relevo.

La casa era una de las que todavía tenían placas de amianto en la parte exterior. «Widstrand», ponía en el blanco buzón metálico. «No se admite correo comercial», advertía una pegatina enganchada justo encima del dibujo de una barca roja en el mar; ésta era demasiado pequeña en relación con el anciano que aparecía de pie en cubierta. Folke abrió la puerta de la cerca de madera sin esperar a Karin, que iba detrás de él. Al cerrarse, la puerta le golpeó la espinilla.

—¿Es demasiado complicado para ti sostenerme la puerta, Folke? —le espetó con acidez.

—¿Qué? Oh, disculpa.

Dos gatos de porcelana de ojos azules y un lazo rosa alrededor del cuello estaban sentados vueltos el uno hacia el otro entre las cortinas de encaje. En el sendero de grava había un viejo ciclomotor cubierto con una funda.

Las piedrecillas crujían bajo sus pies. Tenían el tamaño exacto para meterse entre el dibujo de la gruesa suela de sus botas y más tarde Karin tendría que sacarlas con un palito. Llamó con los nudillos a la puerta de madera lacada. El cristal de la ventanilla vibró, pero no se oyeron pasos en el interior. Un débil aroma a bollos recién hechos se filtró por los resquicios. Karin volvió a llamar.

—¡Ya voy, un momento! —exclamó un hombre, y acto seguido elevó la voz—: ¡Elise, llaman a la puerta!

Una señora menuda de cabello corto y cano y ojos vivaces abrió con el codo. Llevaba puesto un delantal a rayas manchado de harina que casi daba dos vueltas alrededor de su delgado cuerpo.

—Entrad, entrad. ¿Podríais cerrar la puerta, por favor? —Hablaba en voz muy alta y usaba las manos harinosas para explicarse.

Karin dio un paso adelante sobre el suelo de madera y se preguntó si la alfombrilla estaba puesta allí para que la pisasen o sólo para decorar. El empapelado del vestíbulo era de los años setenta y en la pared de la derecha había un estante con colgadores para los abrigos y una pequeña banqueta con mullidos cojines rosa. Karin esquivó la alfombrilla y empezó a desatarse las botas con cuidado de no rayar el suelo de madera con las piedrecillas incrustadas en sus suelas. Folke empujó la puerta, pero ésta no se cerró, sino que volvió a abrirse.

—Tiene que levantar el tirador a la vez que la cierra —le explicó la señora del delantal. Se oyó un timbre proveniente de la cocina, pero ella no pareció oírlo.

—El timbre de la cocina —la avisó Karin, y señaló con el dedo en la dirección del sonido.

La anciana la miró y sonrió sin entender.

—¡Elise! ¡Que ha sonado! —berreó el hombre cuyo rostro todavía no habían visto.

Eso hizo que la menuda mujer abandonara el vestíbulo a paso rápido. Oyeron cerrarse la puerta del horno y una bandeja de metal que resonaba contra la placa de la cocina antes de que la mujer volviera a aparecer, envuelta en aroma a bollos. Karin aspiró hondo.

—Sten está en la sala de estar, entrad, por favor. —Señaló una puerta con la manopla amarilla de ganchillo que sostenía en la mano.

Un hombre de cabello ralo, camisa blanca y chaleco beige de punto, estaba sentado en una butaca de brazos de madera. A su lado había un par de muletas. Calzaba unos calcetines de rombos metidos en unas sandalias horribles; las correas luchaban por contener sus pies hinchados. Karin se adelantó y le tendió la mano. El hombre llevaba un reloj de pulsera sorprendentemente moderno.

—Sentaos, por favor —dijo.

Folke y Karin tomaron asiento en un tresillo de felpa burdeos; parecía nuevo. Sten y Elise pertenecían a la generación que no utilizaba el salón salvo cuando recibía visitas, lo que evitaba que el suelo se desluciera. Karin pensó en su propia generación, la de los setenta, que derribaba las paredes entre la cocina, el comedor y la sala para unificarlo todo en un único espacio.

La mesa de madera pulida entre el sofá y la butaca de Sten estaba puesta con una preciosa vajilla de porcelana blanca con motivos dorados.

—Elise traerá bollos y café en un periquete. ¿Supongo que tomaréis café?

—Sí, gracias —dijo Karin, y advirtió que el cutis del hombre estaba surcado de cicatrices. Sus ojos gris claro se posaron en ella. Era un color de ojos bonito, aunque les faltaba calidez y su mirada era escrutadora. La nariz parecía cubierta de pequeños granitos o verrugas. Karin intentó no mirarlo demasiado.

—Entiendo que puede parecer extraño que os haya llamado, pero en un lugar tan pequeño como éste resulta difícil mantener un secreto. En cuanto la policía acudió a Pater Noster, la gente empezó a hablar y especular sobre lo que podía haber ocurrido.

—Hamneskär —lo corrigió Folke.

—¿Disculpe? —dijo Sten.

—Me parece que se llama Hamneskär, ¿no? Si lo he entendido bien, Pater Noster es el nombre del faro. Y usted ha dicho Pater Noster refiriéndose a la isla.

Karin clavó la mirada en Folke. Sten parecía sorprendido y tardó un instante en contestar.

—Sí, es cierto que la isla se llama Hamneskär, pero aquí la mayoría también la llama Pater Noster.

Karin comprendió que lo mejor sería cambiar de tema y se volvió hacia Sten.

—O sea que usted trabajó en la policía, ¿verdad?

Sten les explicó que antes había una comisaría en Marstrandsön, atendida por tres agentes. Un banco, dos zapateros, tres tiendas de comestibles; sí, había habido de todo en la isla.

—Pero eso fue antes de los tiempos de los grandes recortes —añadió.

Elise apareció con una bandeja de café y bollos recién hechos. Qué gente tan adorable, pensó Karin cuando la anciana sirvió café humeante en todas las tazas, antes de tomar asiento en la butaca más alejada. Se había quitado el delantal, pero había conseguido que la harina le manchara la frente y el pelo.

—Estos bollos estaban exquisitos. Por cierto, tiene harina en la frente —dijo Karin.

—¿Qué? —preguntó Elise.

—Los bollos estaban muy buenos —dijo Karin, esta vez en voz más alta.

—Están —la corrigió Folke—. Los bollos están buenos. Mañana podremos decir que estaban buenos, pero ahora están buenos.

—A mi colega le interesa la lingüística —explicó Karin, y suspiró.

—¡Qué interesante! —dijo Elise—. Me alegra saber que os han gustado los bollos.

—¿De qué es el relleno?

—Manzana y canela, y un poco de mantequilla.

Mucha mantequilla, pensó Karin, y tomó un sorbo de café. La combinación de café y bollos recién hechos era perfecta. No obstante, tomarlos era un pecado. Además, en realidad debería estar almorzando, pero no pudo reprimirse y cogió otro bollo. Hum, deliciosamente crujiente por fuera y caliente y untuoso por dentro. Podía abstenerse de comer ricas salsas y emparedados por la noche durante medio año y su peso no variaba. Pero si se tomaba un solo café con algún dulce después de cenar, encima con mala conciencia, enseguida le empezaban a apretar los pantalones. Intentó alejar cualquier pensamiento relacionado con el peso y las tallas y disfrutar sin más de los bollos. De hecho, también podía dar la vuelta a la argumentación: bastaba con pensar en lo triste que Elise se pondría si Karin no probaba sus bollos. En realidad, comiéndose otro más lo que hacía era complacer a la anciana. Se trataba de un sencillo acto de bondad. Folke parecía tener la boca llena de actos de bondad y Karin aprovechó la ocasión para pedirle a Sten que le contara lo que había oído en el pueblo.

Sabía que habían encontrado un cadáver en Pater Noster. En los años en que había trabajado como agente de policía tan sólo unas pocas personas habían desaparecido sin volver a dar señales de vida. Todavía tenía sus nombres apuntados en una lista guardada en una carpeta que ya estaba sobre la mesa. Karin echó un vistazo a la lista. Había nueve nombres. Seis hombres y tres mujeres.

—¿Aparece la persona en cuestión? —preguntó Sten.

Karin empezó a anotar los nombres en su libreta, al tiempo que consideraba cuánta información podía darle al policía jubilado.

—¿No tendrá por casualidad alguna fotografía de las personas desaparecidas? —preguntó.

—¡Ya caigo! —dijo Sten—. O sea que no sabéis quién es el hombre, ¿verdad? —Sus ojos se posaron en Karin.

Ella suspiró. Ya se había filtrado que se trataba de un hombre. Por otro lado, su anfitrión era agente de policía, o al menos lo había sido, como habría precisado Folke. Éste abrió la boca para decir algo, pero Karin se apresuró a adelantársele. Nunca se podía saber lo que saldría de aquella boca y, en todo caso, cualquier pregunta precipitada de Karin sería mejor que otra meditada de Folke.

—No —dijo—. No sabemos quién es. —Miró a Folke y luego a Sten.

—Solapa número cinco —dijo Sten—. Hay fotografías de todos en la solapa número cinco de la carpeta. —Sonrió y luego les habló brevemente de cada uno de los casos.

Elise negaba con la cabeza cada vez que oía uno de los nombres, y de vez en cuando intercalaba un «qué triste» o «tan joven».

Folke y Karin revisaron las fotografías.

—¿Lo reconocéis? —preguntó Sten.

Karin comprendió que sería un chisme de primera si el policía podía ir contando por ahí a quién habían encontrado en la despensa de Pater Noster. A pesar de que se trataba de un ex policía, antes habría que informar a la familia y a los allegados.

—Es difícil determinar si se trata de alguno de éstos —contestó Folke vagamente.

Un comentario inusualmente sensato, viniendo de quien venía.

—De hecho, no tiene por qué ser uno de estos hombres —agregó Karin—. Podría ser cualquier otro cuya desaparición ni siquiera fue denunciada en su momento.

Sten los escudriñó con sus ojos grises. Parecía decepcionado.

—Si queréis, os puedo prestar la carpeta, siempre que me la devolváis. Supongo que no está del todo bien que la guarde en casa, pero son cosas antiguas, ya sabéis... —Se masajeó las piernas doloridas—. Espero que os sirva de algo, contiene todos los informes y las circunstancias relacionadas con la desaparición de esas personas.

Karin le dio las gracias, tanto por la carpeta como por el café. Sten hizo ademán de levantarse, pero se hundió en la butaca con una mueca de dolor. Ella le estrechó la mano y le prometió volver. Elise los acompañó hasta el recibidor. Se frotaba las manos como si se hubiera puesto una crema que no acababa de absorberse bien.

—Deberíais hablar con Marta —dijo con cautela.

—¿Quién es Marta? —preguntó Karin.

—Marta Striedbeck. Conoce prácticamente todos los casos.

Sten estaba en el vano de la puerta, apoyado en sus muletas, y miraba a su mujer con indisimulada irritación.

—¿Vive por aquí? —se apresuró a preguntar Karin, para que Elise no tuviera tiempo a arrepentirse.

—Vive en Koön, en Slottsgatan. La calle detrás de Konsumbutiken.

—Coop —dijo Folke.

—¿Cómo? —preguntó la anciana.

—La tienda se llama Coop Nära.

—Por supuesto, sí, así es como la llaman ahora. Cambia de nombre muy a menudo. Bueno, sea como sea, ella vive a una o dos manzanas de la tienda.

Karin le dio las gracias y agitó la mano en un saludo cuando Elise cerró la puerta. La cortina de la ventana de los gatos de porcelana se movió y los dos avanzaron calle abajo antes de empezar a hablar.

—¿Lo has reconocido? —preguntó Karin.

Folke se detuvo y abrió la carpeta. Pasó las páginas lentamente. Con minuciosidad, como de costumbre.

—No, la verdad es que no. Podría ser éste... o éste... o...

Los hombres de las fotografías los miraban a través del tiempo, pero ambos policías no podían determinar si el cadáver encontrado en la despensa de Pater Noster era alguno de ellos.

Todos los informes los había escrito un tal I. Fredelius, salvo el de Arvid Stiernkvist, redactado por el propio Sten. Se trataba de informes breves y concisos, de un máximo de dos folios mecanografiados, pero el de la desaparición de Arvid en un accidente de navegación tenía cuatro páginas y estaba hecho de forma concienzuda y rica en detalles. De pronto, sonó el móvil de Karin. Contestó y levantó el pulgar en dirección a Folke, a la vez que señalaba el teléfono.

—¡Caramba! Por supuesto. ¡Gracias! —Y colgó—. Era Roland Lindström, el capataz de Pater Noster. Nunca adivinarías lo que han encontrado.

Marstrand, 1962

Arvid volvía a estar sentado en el porche de Societetshuset. Cuando apareció la camarera se sintió decepcionado. No era ella. Al principio, resistió el impulso de preguntar, pero más tarde se rindió.

—Disculpe, señora, pero la camarera que estaba aquí el sábado pasado...

—¿Hubo algo que no estuviera a su entera satisfacción? —Era una mujer mayor y pareció preocuparse. Su semblante era amable pero decidido, el delantal impecablemente planchado.

—No, no, en absoluto. Verá, es que tendría que haberle dado una propina, pero...

—Sábado —repitió la camarera, y se quedó pensativa, ahora con expresión de alivio—. ¿Recuerda la hora? —preguntó.

Arvid le dijo quién era él y cuándo habían estado allí.

La voz de la mujer sonó cálida y respetuosa cuando comentó:

—Es una chica muy aplicada, aunque, teniendo en cuenta la buena crianza que ha tenido, no es de extrañar.

—¿Buena crianza? —Arvid consideró hasta dónde se podía permitir preguntar sin que resultara sospechoso.

—Se llama Elin Strömmer y es hija de Axel Strömmer, el farero de Pater Noster.

¿Elin Strömmer? Claro, la hermana de Karl-Axel. Sólo habían coincidido en un par de ocasiones; en los últimos años, Arvid había estado muy ocupado con los asuntos de la empresa.

—Si me disculpa, señor Stiernkvist. —La mujer hizo un gesto con la cabeza en dirección al grupo que requería sus servicios.

—Naturalmente, por supuesto.

Cuando ya se alejaba, la camarera se volvió de pronto hacia Arvid.

—¿Quiere que le diga algo de su parte? —Sus sabios ojos azules se posaron en él.

Arvid dudó antes de sacar un sobre del bolsillo interior, en el que introdujo un billete antes de cerrarlo.

—¿Podría darle esto? —Le pareció detectar decepción en los ojos de la mujer al ver el billete, y se preguntó qué hubiera pensado de haber sabido que el sobre también contenía una carta.

Había pasado un buen rato puliendo las frases de la breve misiva, sin saber muy bien cómo expresarse. A pesar de que sólo se trataba de cuatro líneas, había tardado el mismo número de noches en escribirla. Ahora ya era demasiado tarde para arrepentirse. A saber cuándo recibiría Elin Strömmer aquella carta.

El médico juntó las manos y las posó sobre el historial clínico que tenía sobre el escritorio. Putte lo miró y de pronto comprendió.

—¿Cáncer? —preguntó, adelantándose.

—Así es.

—Mierda. ¿De qué tipo?

—De estómago. Tiene que dolerte.

—Va y viene. Supongo que sospechaba que me pasaba algo, pero me negaba a darle importancia. Mis padres murieron ambos de cáncer.

—Realizaremos más pruebas... —La boca del médico se movía, pero Putte no estaba seguro del significado de sus palabras, que no penetraban en su cerebro—: Tratamiento... radiación... órganos vitales... citostáticos...

Una hora más tarde, se encontraba en el aparcamiento del hospital sin saber muy bien qué hacer. Cuando aquella misma mañana había cruzado las puertas de cristal automáticas, era un hombre lleno de esperanza y con un futuro por delante; ahora, al salir, era otro. El olor a asfalto de las obras en los alrededores le provocó náuseas. No recordaba haberse sentido nunca tan mal por culpa de un olor. Ya con otros ojos, alzó la mirada al cielo. Una golondrina sobrevolaba el aparcamiento cuando de pronto empezó a bajar en picado, en dirección a la entrada del hospital. El sol primaveral brillaba y las campanillas de invierno y los crocos brotaban de la tierra húmeda a pesar de que estaban en el lado norte.

Se puso en cuclillas y miró la tierra negra del arriate que había frente a la entrada de urgencias. Recogió un puñado de tierra y cerró los dedos alrededor del mantillo húmedo. «Polvo eres y en polvo te convertirás.» No sabía de dónde había salido esa asociación, pero lo llevó a soltar la tierra rápidamente. Se incorporó y se limpió las manos en los pantalones oscuros, ensuciándolos, pero ése era un problema muy menor. Él nunca había sido un dechado de virtudes, de eso era muy consciente. Aunque, si se arrepentía e intentaba arreglar las cosas antes de que fuera demasiado tarde, sin duda se le tendría en cuenta. ¿O no? La cuestión era si ya era demasiado tarde. Había un montón de cosas de las que tenía que hacerse cargo y no sabía cuánta arena quedaba en su reloj.

Se dirigió al coche con paso decidido. Pulsó el mando a distancia, abrió la puerta y se sentó. Arrancó y salió de la plaza de aparcamiento marcha atrás, antes de mover la palanca de cambio a la posición D, de *drive*. De pronto, apareció un hombre empujando una silla de ruedas en la que iba una mujer extremadamente obesa. Llevaba un vestido con un estampado de pequeñas flores muy desfavorecedor; recordaba más a una tienda de campaña que a una prenda de vestir. ¿Cómo diablos había conseguido caber en aquella silla de ruedas?, fue lo primero que le vino a la cabeza a Putte, pero al punto recordó que había decidido ser una persona mejor e intentó sentir simpatía por aquella señora que tal vez estaba enferma. Desde luego, pesada sí era, pues la silla avanzaba muy despacio. En lugar de frenar y dejar que cruzaran el paso de peatones del hospital, Putte pisó el acelerador. El hombre hizo recular la silla de ruedas precipitadamente y lo maldijo con el puño en alto. La mujer berreó a pleno pulmón. Seguro que a ellos les queda más tiempo que a mí, pensó, y salió del aparcamiento.

5

Putte miró el sobre escrito a mano. Luego le dio la vuelta y echó un vistazo al remitente. Rolf Larsson. El nombre no le sonaba. No ocurría demasiado a menudo que recibiera una carta como las de antes. Ahora se utilizaban más los e-mails, que, al fin y al cabo, no eran lo mismo. Una carta era como más auténtica, parecía escrita con mayor esmero y consideración. No era sólo el gesto de darle al *enviar*.

Sus zapatos dejaron unas pisadas sucias en el suelo de gres. Abrió el sobre de camino a la cocina. Contenía una breve carta y otro sobre. Leyó las escasas líneas manuscritas de pie en el umbral de la cocina: «Estimado Per-Uno.» Sin duda, el remitente no lo conocía. Nadie lo llamaba nunca Per-Uno. «En 2004, mi padre compró los bienes de la herencia tras la muerte del capitán de barco Karl-Axel Strömmer. Cuando mi padre murió recientemente, revisé sus cosas y encontré una carta dirigida a usted. La adjunto. Si tiene alguna pregunta que hacerme, me encontrará en este número...»

Putte se quitó los zapatos y no le prestó atención al número de teléfono. En vez de eso, dirigió la mirada al otro sobre. Su nombre estaba escrito con esmero en una caligrafía anticuada y sinuosa. Per-Uno Lindblom. Qué solemne. No quería romper el sobre y fue a la biblioteca a por el abridor de cartas que guardaba en el escritorio de estilo inglés. La maqueta de barco que Karl-Axel le había regalado cuando obtuvo su título de capitán de buque mercante colgaba del techo en dos ganchos de latón. Lo habían colgado juntos, Karl-Axel y él, después de largas discusiones sobre la dirección que debería señalar la proa. ¿El barco iba al norte, hacia Lysekil o algún otro puerto de Bohuslän, o hacia el oeste, quizá a Dinamarca o Inglaterra? ¿O tal vez rumbo sur, hacia Alemania? Habían tardado medio día en determinar la carga, el destino y los supuestos vientos estacionales que se encontraría en su ruta. Al mismo tiempo, siguieron reformando la habitación, que antes había sido la de uno de los niños, para convertirla en biblioteca. Karl-Axel y él habían montado los revestimientos de madera oscura. El trabajo los tuvo ocupados mucho tiempo y a Anita le había parecido innecesario malgastar medio día en discutir la ruta del barco en miniatura, en lugar de terminar la habitación. Desde entonces, Putte no había cambiado nada, lo único que había hecho era instalar un faro con regulador de voltaje, también siguiendo las instrucciones de Karl-Axel, solamente para que iluminase la embarcación.

Putte lo recordaba como si fuera ayer. A los quince años había abandonado a su madre llorando y se había hecho a la mar. Su primer viaje fue a Río. El enorme buque blanco hacía escala en Goteburgo cuando él se enroló. *Svenska Amerika Liniens M/S Ryholm.* Mientras subía por la pasarela, un hombre sonriente le dio la bienvenida a bordo. Primer oficial de puente Karl-Axel Strömmer. Estaba bronceado y era musculoso, aparte del marinero más competente que Putte había conocido. Lo acompañaba en las guardias cuando a Karl-Axel le tocaba gobernar el buque. Putte se había criado sin padre y Karl-Axel nunca tuvo hijos. Los dos se entendieron inmediatamente y Karl-Axel le enseñó al chico todo lo que sabía. Desde aquel día, habían hecho el camino juntos, y cuando Putte finalmente consiguió el título de primer oficial, acompañó a Karl-Axel, que por entonces ya era capitán, en sus viajes.

Karl-Axel nunca fundó una familia. Algunas navidades las celebraba en casa de Anita y Putte, pero era como si el desasosiego se apoderase de él en cuanto bajo los pies tenía algo que no fuera una embarcación balanceándose o dormía en algún lugar que no fuera un barco. Con los años, su barba se había tornado blanca y los niños empezaron a llamarlo abuelo. Eso lo había conmovido tanto que a veces tenía que «salir a limpiar la pipa», como decía entonces. A Putte le costaba creer que por las venas del anciano corriera otra cosa que no fuera agua salada.

Siempre había pensado que Karl-Axel fijaría su residencia en algún lugar cálido, con vistas al mar y acceso a un pequeño barco. Un corte seco dejó al descubierto la parte interior forrada del sobre verde claro. Sacó la carta y empezó a leer. Luego la releyó. Karl-Axel, qué viejo zorro eres, pensó al dirigirse a la vieja maqueta de barco. Fue muy fácil desmontar el puente de mando. Putte lo dejó sobre el escritorio y encendió el foco para ver mejor. En el lugar del puente había una tachuela de latón de la cual colgaba un cordel fino y embreado que desaparecía en el interior de la embarcación. Tiró de él con mucho cuidado. Cada vez que tiraba, se oía una rozadura que provenía del casco. Al final del cordel, apareció un papel amarillento pulcramente doblado. Logró sacarlo ayudándose con el abrecartas. Lo desdobló despacio y leyó.

Entre los cerros de Neptuno y la montaña del Monzón,
sus cimas a veces nevadas
y siempre mudando de color.

A través de la nebulosa de aguanieve y lluvia
te damos la bienvenida al hogar de tu infancia de blancos
destellos.

La belleza de la novia es manifiesta.
El novio está a su lado, orgulloso,
mas nunca se le ve llegar.

Una herramienta de tiempos pretéritos
cerca del lugar donde tantos descansan en paz

Le dio la vuelta al papel amarillento. Nada. Al principio se sintió desconcertado, pero luego la expectación creció en su interior. Un mapa del tesoro. Típico de Karl-Axel, pensó. Le encantaba buscar tesoros y a menudo le había hablado de piratas y riquezas escondidas. Había sido un narrador de historias maravilloso, con sus gestos aparatosos y su talento para imitar diferentes acentos y dialectos. Entonces, Putte volvió a leer el poema, o lo que fuera aquello. La montaña del Monzón, eso le sonaba. Sin embargo, el monzón era un viento. ¿A lo mejor había una montaña con ese nombre? Lo que sí existía era un modelo de barco que se llamaba Monzón o, mejor dicho, Monsun, pero no encajaba... Sonó el móvil y Putte dejó el papel a un lado.

A lo largo del día, leyó los versos varias veces, sin acercarse a la solución de la adivinanza. Tal vez debería hacer una búsqueda en internet. Los chicos le habían mostrado en varias ocasiones cómo se hacía, pero él no acababa de entender aquellos buscadores o como se llamaran. Él prefería buscar en las enciclopedias de toda la vida, internet le parecía poco fiable y, además, la conexión no siempre funcionaba. En el mundo de Putte, los ordenadores no eran más que objetos caprichosos. Los chavales solían reírse de él e intercambiar miradas cuando decía cosas así. En cambio, Putte sabía quién era infalible cuando se trataba de cultura general y concursos de preguntas: su esposa Anita. Las horas transcurrieron hasta que ella finalmente llegó a casa. Le planteó el acertijo como «una curiosidad», sin contarle lo que era, aunque él tampoco lo sabía.

—Vuelve a leerlo, esta vez despacio —pidió Anita, cuando se lo hubo leído una vez.

Putte lo hizo. Su esposa fijó la mirada en la esquina del estucado del comedor, al tiempo que hacía girar la copa de vino tinto.

—Los cerros de Neptuno y la montaña del Monzón —repitió para sí. Se quitó las zapatillas de una patada y posó los pies en la silla de comedor que tenía al lado.

—El monzón es un viento, como ya sabrás —dijo Putte—. Neptuno es el dios del mar. Pero y todo lo demás, ¿qué significa?

—Los cerros de Neptuno y la montaña del Monzón, debe de referirse al mar.

—El mar —repitió él—, sí, podría ser, desde luego.

—¿De qué se trata? —preguntó Anita mientras retiraba la mesa.

Putte se quedó pensando qué contestarle. Cuando ella volvió de la cocina con café y unos trozos de chocolate en una fuente, él ya se había decidido.

—Creo que es una especie de mapa del tesoro que Karl-Axel preparó.

Su mujer se rió, pero se contuvo al ver el semblante de Putte.

—¿Lo dices en serio?

Él asintió con la cabeza y le pasó la carta. Tuvo la sensación de que, en aquel preciso instante, estaba ocurriendo algo, como si se abriera una puerta o se vieran por primera vez. Tal vez era así, quizá no se habían visto hasta entonces, y realmente llevaban mucho tiempo sin verse, puede que el día a día se hubiese precipitado en una espiral y, de pronto, descubrieran que los años habían pasado y los chicos se habían hecho mayores. Estuvieron hablando hasta bien entrada la noche y Putte tuvo que ir a por nuevas velas para el candelabro de plata de cinco brazos. Ni ella ni él recordaban el tiempo transcurrido desde la última vez que habían hablado así. Cuando las primeras luces del alba alcanzaron el muelle de piedra de Marstrandsön, Putte y Anita se fueron a dormir juntos.

Sara se despertó con el cuerpo revolucionado, como si hubiera estado corriendo y no lograse desacelerar. Echó un vistazo a los números rojos de la radio despertador: 3.38. Algo la había despertado. Entonces oyó que Markus, el periodista alemán que había alquilado el apartamento del sótano, cerraba la puerta principal. ¿Llegaba a casa a esas horas de la noche? La vida nocturna durante marzo en Marstrand no era para tirar cohetes, sobre todo en un día laborable.

Todavía le quedaban unas maravillosas horas de sueño, un sueño que realmente necesitaba. Pero si se había tomado una pastilla para dormir antes de acostarse, ¿por qué se había despertado? ¿Debería haberse tomado dos? Tomas dormía profundamente y su respiración era regular. A su lado dormía su hijo, boca arriba, con los brazos extendidos a ambos lados. El chupete se le había caído de la boca. Sara levantó el edredón, pero no lo encontró. Cerró los ojos y volvió a posar la cabeza sobre la almohada. Intentó imitar la respiración profunda de Tomas, suponiendo que eso la ayudaría a relajarse y así podría dormirse. Vuelve a mí ahora mismo, sueño. Con un poco de suerte, debería poder dormir dos horas más, hasta que Linus y Linnéa le reclamaran la papilla.

Volvió a mirar el reloj: 4.14. Retiró el edredón y bajó los pies al frío parquet. Luego buscó las zapatillas y se las puso. Linnéa dormía apaciblemente en la cuna. Los pensamientos se confundían en la cabeza de Sara. Se puso el albornoz y salió del dormitorio. La lluvia repicaba contra el pasillo acristalado. Se oyó un coche con la radio puesta a un volumen impropio. El repartidor de periódicos solía aparcar en mitad de la calle y luego corría en medio de la oscuridad y la lluvia hasta los tres buzones de las casas más cercanas. Eficiente, pensó Sara cuando oyó que el buzón se cerraba de golpe. Así ahorra tiempo y, además, sigue escuchando la radio.

Eficiente era precisamente lo que ella había sido en el trabajo, hasta que su cuerpo dijo no, basta ya, y se paró. Tan increíblemente eficiente que la habían tenido que sustituir por tres asesores. Desde entonces, intentaba volver lenta, muy lentamente, a la vida. La sensación de prisa constante no la abandonaba, a pesar de que llevaba en casa más de once meses y no tenía ningún horario que cumplir. Tenía que acompañar a los niños a la guardería a las nueve y luego recogerlos a las tres, pero, por lo demás, no tenía nada programado. ¿Qué podía costarle eso?, se preguntó, aunque ya conocía la respuesta: muchísimo.

Vestida con un pijama de franela, se había quedado de pie en medio del pasillo acristalado, incapaz de encontrar el sosiego necesario para sentarse. Se sentía atrapada. La presión en el pecho, ya tan conocida, llegó con tal fuerza que la postró de rodillas y la obligó a tomar aire a jadeos. Le dolía. Se sentía insignificante y sola en el mundo. La ansiedad cayó sobre ella sin piedad, alojándose en cada una de sus células. ¿Y el sentido?, le preguntaba. ¿Qué sentido tiene tu vida? Carece de sentido, ¿verdad? Vas a morir, todos moriremos, ¿no es así? Los pensamientos se arremolinaban, y visualizó a Linus, Linnéa y Tomas con los ojos cerrados y los rostros pálidos y flácidos. Ellos también morirían, sus seres queridos, lo que más amaba.

Notó que su estómago empezaba a reaccionar. Se puso en pie, pero tuvo que apoyarse en la pared cuando se le nubló la vista. Era un efecto secundario de las pastillas que tomaba. Por muy despacio que se incorporase, siempre se le nublaba la vista. Aferrada a la blanca barandilla de madera, bajó la escalera lo más rápido que pudo. Apenas le dio tiempo a sentarse en el váter y agarrar el cubo metálico. Parecía pipí y, sin embargo, lo que salió eran heces. Fue como abrir dos grifos, pues pronto empezó a vomitar. Le brillaba la frente por el sudor frío. Al rato, se le calmó el estómago y dejó el cubo en el suelo de gres azul con cuidado de no hacer ruido. Cogió un trozo de papel higiénico y se secó la frente y la boca.

Permaneció sentada un buen rato, con la espalda encorvada y el rostro apoyado en las manos. Al final, el asiento del váter se le hincó en los muslos, que empezaron a dolerle. Se incorporó, abrió el grifo y dejó que el agua corriera un rato para que saliera muy fría. Se humedeció la cara y luego bebió metiendo la cabeza bajo el grifo. Enjuagó el cubo, se domeñó un mechón de pelo con las manos húmedas y se miró en el espejo. Un par de ojos inyectados en sangre y bordeados de círculos morados la miraban vacilantes. ¡Dios mío, qué mal aspecto!

Notó algo suave contra sus piernas desnudas. El gato. No ronroneó, como solía hacer, sino que se frotó mansamente y la miró meditabundo. Subió la escalera hasta el piso superior con la mano apoyada en la barandilla. Con movimientos rápidos y diestros encendió el calentador de agua y, mientras ésta se calentaba, sacó un tazón grande, una bolsita de té, miel y leche. Tomas se levantaría pronto para ir a trabajar, de modo que aprovechó para prepararle el desayuno, ya que estaba despierta. Así, él podría irse rápidamente y ahorraría tiempo. El banco de la cocina con sus mullidos cojines invitaba a sentarse, pero Sara se dejó caer en una silla con una taza de té en las manos. El reloj del horno marcaba las 5.36. Se quedó mirando la lluvia mientras el té se enfriaba y las gotas repiqueteaban contra el tejado metálico del porche. El coche estaba aparcado en en el sendero de entrada, con el morro hacia la casa, constató. Se calzó unas botas de agua en los pies descalzos y salió corriendo bajo la lluvia para sacar el coche y aparcarlo en la calle, así Tomas no tendría que maniobrar marcha atrás y se ahorraría unos minutos. Él estaba en el vano de la puerta del dormitorio cuando Sara volvió a entrar. Tenía el pelo revuelto y llevaba a Linus en brazos.

—Pero Sara, cariño, ¿qué haces? —le preguntó con preocupación.

—Hola, mi niño, ¿ya estás despierto? —Sara acarició la cabeza de su hijo, sorteando así la pregunta.

—¿Qué hacías fuera?

Ella alzó el periódico que había recogido en el buzón, pero no le dijo que había sacado el coche. Su hijo extendió las manos hacia ella.

—¿Quieres papilla, Linus?

Él sorbió el chupete con fuerza y asintió con la cabeza.

—¿Qué hace el coche aparcado en la calle?

—He aprovechado para sacarlo cuando he salido a por el diario.

—¿También me has preparado el desayuno? Pero, Sara, deberías descansar. Es por eso que estás en casa. Para cuidarte y dormir. Podía haberme preparado el desayuno yo mismo, aunque has sido muy amable.

—No puedo dormir. Me he despertado porque estaba demasiado acelerada. —De repente empezó a sollozar—. Y encima no paro de llorar. ¿Cuándo se acabará esto?

—Ahora mismo, las cosas son como son. Por eso estás en casa. ¿Quieres que no vaya a trabajar y me quede contigo?

—No, no hace falta.

—¿Mamá?

Sara se secó las lágrimas y miró a su hijo.

—¿Sí, cariño?

—Caricia para Linus.

Ella acarició la mejilla de su hijo, que le correspondió. Las cálidas manos del niño rozaron sus mejillas. Primero una, luego la otra. Las lágrimas volvieron a sus ojos. Cogió una caja del armario y sacó el paquete de papilla. Encendió un fuego de la cocina y vertió agua en una cacerola. Añadió el polvo y sacó la batidora del cajón. Su hijo le rodeó el cuello con los brazos y apoyó la cabeza contra la suya.

Se echaron en la cama con el plato de papilla. Sacó a Linnéa de la cuna y la metió también en la cama. La niña se acabó la papilla, todavía medio dormida. Linus volvió a dormirse tras acurrucarse a su lado. Sara intentó disfrutar del calor de sus pequeños cuerpos. Echó un vistazo a la radio despertador y oyó que Tomas ponía el coche en marcha. Sara debería estar sentada a su lado, de camino al trabajo. Se preguntó qué pensarían de ella sus compañeros.

—¿Dónde están tus zapatos, Linus? —Eran las ocho y media, y todavía les quedaba tiempo para hablar con los pájaros y estudiar los caracoles de camino a la guardería.

—Aquí. —Sus alegres ojos azules brillaron bajo la gorra a rayas.

—Sí, es verdad. Qué bien. ¿Nos vamos? —Sara abrió la puerta.

—Adiós. Miau. —Linus se volvió al llegar a la puerta y agitó la mano.

El gato atigrado de pelaje rojo se hundió aún más entre los cojines del sofá. Ahora podía relajarse, pues sabía que durante un rato largo nadie iría a golpearle la cabeza con un coche de juguete.

—Ahora vamos a... —empezó Sara, y su hijo terminó la frase:

—¡A la guardería! —gritó alegremente. Por suerte, al niño le encantaba la guardería—. Con los amigos —añadió, lo que hizo sonreír a su madre. Hablaba muy bien, teniendo en cuenta que sólo tenía dos años. De los dos, Linnéa era la más taciturna, a pesar de ser la mayor.

—Hoy es martes. Os toca salir a pasear. ¡Qué emocionante! —Sara se volvió hacia la niña, que asintió con la cabeza.

—¡Hola, Linus! ¡Hola, Linnéa! —Se oyeron unos gritos alegres. Eran Ida y Emil, que se unían al grupo desde la calle perpendicular.

—Hola, ¿qué tal todo? —Hanna, la madre de los niños, le dio un abrazo.

—Ahora no. —Sara hizo un esfuerzo para que su voz no se quebrase.

—Pero ¿qué pasa...? —Hanna se sorprendió—. ¿Puedo hacer algo por ti?

No llores, no llores, pensó Sara, mientras avanzaban por la acera adoquinada en dirección al centro de educación preescolar de Marstrand. Puedes hacerlo, se ordenó. Siempre podrás llorar cuando llegues a casa.

—Hablar de otra cosa. —Parpadeó para ahuyentar las lágrimas.

—De acuerdo. Disculpa. Por cierto, ¿cuándo piensan arreglar esta porquería? —Hanna retiró la pesada barrera de la guardería—. Vale, ya sé de qué podemos hablar. Si tuvieras que mantener un encuentro sexual con uno de estos tres hombres, ¿a quién elegirías? ¿A tu suegro Waldemar, al estupendo y exitoso marido de Diane, Alexander, o al tío Ernst de la residencia de ancianos, ya sabes, el que tiene muchos lunares?

Las opciones de su amiga la hicieron reír.

—Estás enferma, ¿lo sabes? —le dijo.

—Vaya, pues yo creía que la enferma eras tú —contestó Hanna.

Los niños cruzaron la verja de la guardería dando botes, salvo el pequeño Emil, que siguió sentado en su carrito. Cumpliría un año en diez días y todavía se quedaba en casa con su madre.

Las aulas de la guardería tenían nombres infantiles, como Gaviota, Mejillón y Golondrina.

Sara colgó la chaqueta de Linus en la Estrella de Mar y dejó los zapatos en su casilla. Le puso las zapatillas azules, mientras él le acariciaba la mejilla. A Linnéa la ayudó Amanda, la ayudante de la clase de cinco años.

—Mamá —dijo Linus un momento antes de que las lágrimas volvieran a los ojos de Sara. El niño tenía una extraña capacidad para presentir cuando su madre no estaba bien.

—¿Sí, cariño? Ahora mamá se tiene que ir, y Linnéa y tú os quedaréis aquí jugando con vuestros amiguitos.

La maestra había cogido a Linnéa de la mano y ahora cogió a Linus en brazos.

—Vamos a desearle un feliz día a mamá —dijo—. Nos despediremos de ella desde la ventana, ¿de acuerdo?

Sara agitó la mano y les lanzó besos antes de volverse y emprender a paso ligero el camino de vuelta a casa.

Se sentó a la mesa de la cocina y empezó a hojear el diario sin ver nada. Las lágrimas caían sobre las páginas.

—¡Ya basta! —se ordenó en voz alta—. ¡Ponte las pilas! No puedes quedarte aquí sentada lloriqueando. De acuerdo, pensémoslo bien. ¿Qué es lo que me pasa? ¿Me duele algo? No.

Sí, pensó luego. El alma. Siento que está hecha trizas y que tardará mucho tiempo en remendarse. Tiempo del que no creo disponer.

Llamaron a la puerta. Sara se secó las lágrimas rápidamente y se sonó la nariz. Era Markus, su inquilino alemán.

—*Hello* —dijo él—. *Sorry to disturb. Can I borrow your computer?*

Sara lo dejó entrar y encendió el ordenador del estudio. Markus tenía problemas con su cuenta de correo electrónico y solía usar el ordenador de Sara para enviar sus e-mails. Espero que no encuentre las claves de la banca electrónica, pensó cuando lo dejó a solas. Cinco minutos más tarde, Markus le dio las gracias y se fue.

Sara se puso los pantalones del chándal, una camiseta y una sudadera. Se ató las zapatillas deportivas y salió a correr. Cuesta arriba, lejos de todas las casas, lejos de la gente. La ansiedad la perseguía. Incrementó el ritmo y poco después el asfalto bajo sus pies fue sustituido por la grava. Sus pulsaciones aumentaron, pero ahora podía culpar al esfuerzo de la carrera y no al ataque de ansiedad. El sendero estaba embarrado y resbaladizo. Sara corría sin hacer caso de los charcos que se habían formado. La humedad caló las zapatillas, que acabaron tan mojadas que con cada paso el agua se le metía entre los dedos de los pies. Al principio estaba fría, pero sus pies la fueron calentando poco a poco. El único ser vivo que se encontró en el camino fue un enorme sapo inmóvil en medio del sendero.

Tenía sabor a sangre en la boca cuando llegó a Engelsmannen, el cabo con vistas al fiordo de Marstrand. A lo lejos se vislumbraban Åstol y Klädesholmen. El paisaje era precioso, pero ella no tenía la calma suficiente para sentarse y disfrutarlo.

El viento traía consigo aroma a sal y tierra. Inspiró el aire fresco e intentó respirar con bocanadas pausadas y profundas. Un aire curativo que ha sobrevolado el mar, pensó.

—Tómatelo con calma. Con calma y con sensatez —se dijo en voz alta, al tiempo que pensaba que una persona que habla consigo misma no puede estar en sus cabales.

Las rocas, con sus líquenes verde pálido, parecían recién lavadas tras la lluvia nocturna. De todas las grietas brotaban pequeñas hojas verdes. La naturaleza volvía a despertar a la vida gracias al sol, a pesar de que las noches seguían siendo frías. Apoyó las manos y la frente contra la piedra, como si quisiera transferir su desasosiego y su miedo a la roca gris y, a cambio, imbuirse de la calma de la montaña. Se arrodilló, y parecía estar rezando; en cierto modo eso es lo que hacía. ¿Debería llamar al médico para que le aumentara la dosis diaria de pastillas?

En lugar de volver corriendo a casa, se desvió a la izquierda al llegar al pie de las rocas del lado norte de Koön. Era casi imposible ver el sendero; incluso los que sabían de su existencia, a veces tenían problemas para encontrarlo. Hacía un año, habían enterrado el cableado eléctrico en esa zona, pero la naturaleza se había encargado de cubrir rápidamente las huellas dejadas por las excavadoras. La sal y el viento habían desgastado la escalera de hierro forjado, que bajaba traicioneramente resbaladiza. No había barandilla, tan sólo un fino cable de acero que oscilaba sospechosamente cuando te agarrabas a él. Las antiguas fortificaciones militares estaban diseminadas por doquier, imposibles de descubrir desde el mar.

A mitad de la escalera, Sara pasó por delante de un búnker con una puerta de acero oxidada. Siguió hasta el pie de la escalera, y estaba a punto de volver a subir cuando vio a una pareja cerca de la cabaña. Era la primera vez que veía a alguien allí. Las cabañas eran propiedad del Club de Pesca de Goteburgo, pero aquellos dos desde luego no eran pescadores. Se detuvo sorprendida. ¿Qué sucedía? Estaban discutiendo, la mujer gesticulaba con los brazos. Sara estaba demasiado lejos para oír lo que decían y ellos estaban demasiado ensimismados para verla. Instintivamente, dio unos pasos atrás y se escondió detrás de un bloque de piedra. ¿Por qué habían ido hasta allí para discutir? La mujer rebuscó en su bolso y le ofreció un pequeño objeto al hombre, el cual, tras cierta insistencia, acabó aceptando. Desde su posición, Sara no podía ver qué era. El hombre miró el objeto, se lo metió en el bolsillo, se volvió y se alejó. La mujer corrió tras él y lo agarró del hombro, pero él se limitó a negar con la cabeza. Luego, Sara vio cómo el hombre se subía a un bote de aluminio y se alejaba rápidamente.

El corazón le latía con tanta fuerza que, por un segundo, llegó a temer que se oiría. Sumida en sus pensamientos, volvió a subir la escalera. Cuando llegó arriba, se detuvo y respiró hondo, dio la espalda a Åstol y el horizonte azul y volvió corriendo al bosque. No aminoró la marcha hasta los alrededores de su casa. Mantuvo la mirada fija al frente para que nadie que hubiera salido al jardín pretendiese entablar una conversación con ella.

El chorro de la ducha caía sobre su cara, los ojos cerrados. Sara subió la temperatura del agua y se hizo un tratamiento capilar de treinta segundos, aunque en realidad le hacía falta aplicarse una mascarilla de verdad. Sólo eran las diez y media y la reunión en Kungälv no era hasta las dos. El secador de pelo zumbaba cuando descubrió la vela que ardía sobre la mesa de la cocina. Sólo quedaba un cabo muy pequeño, luego empezaría a arder el diario. Sara la había encendido mientras desayunaba con los niños y llevaba encendida desde entonces. Tenía un problema con la memoria, era incapaz de acordarse de nada y mezclaba las cosas. Fue así como empezó todo, cuando, un buen día, en la oficina, no logró recordar los nombres de sus compañeros de trabajo más cercanos. En aquel momento había comprendido que algo iba mal.

Tomas la llamó y se ofreció para acompañarla a la entrevista en la Seguridad Social, pero Sara le dijo que no. No tenía por qué dejar el trabajo por algo así. ¿Cómo no iba a poder hacerse cargo ella sola? A las dos y un minuto en punto se abrió la puerta con cierre codificado de la oficina de Kungälv.

—Sara von Langer. —Una mujer la llamó en voz muy alta, a pesar de que sólo había dos personas más esperando en la sala.

La mujer, que se presentó como Maria, llevaba un jersey a rayas con mangas demasiado largas y una falda marrón descolorida, con dos grandes bolsillos delanteros. A Sara le recordó una falda que había donado con motivo de una recolecta de ropa cuando estudiaba en la universidad, y de eso hacía ya muchos años.

La mujer tenía el pelo corto en punta y teñido de un rabioso rojo, semejante a un cepillo de cerda basta. Se sentaron en una sala anónima con unas cortinas tristes y un viejo retroproyector en una esquina. Las paredes tenían un color «champiñón mustio» o algo parecido. Una moqueta de linóleo, práctica y sin duda resistente, cubría el suelo, y a lo largo de las paredes habían colocado unas librerías, seguramente sobrantes de algún otro lugar, ahora tristemente vacías. La mujer había apretado el botón que encendía una lamparita roja encima de la puerta, del lado de la recepción, que indicaba que la sala estaba ocupada. Sara tuvo la sensación de que la habían convocado para interrogarla.

—Bueno... Vamos a ver, Sara. Tengo que rellenar estos impresos para que podamos hacernos una idea de tu situación. —Maria señaló unos papeles con casillas impresas y ella notó que el aliento le olía a tabaco—. Así que adelante, cuéntame.

Poco a poco, empezó a explicarse con la mayor objetividad posible. Intentaba expresarse de manera especialmente clara, pero la mujer, al otro lado de la mesa, no paraba de interrumpirla.

—¿En qué trabajas?

Sara deletreó el nombre de la empresa y luego explicó a qué se dedicaba y los proyectos interesantes en que trabajaba. Viviendas para plataformas de petróleo y de gas natural. Proyectos de gran envergadura cuyo coste iba de los cincuenta a los mil millones de coronas.

—¿Ah, sí? —dijo Maria sin mayor interés. No parecía escucharla—. ¿Y tú sola has llevado proyectos así?

—¿Sola? No, la verdad es que hay bastante gente implicada. Hasta seiscientas personas. Yo me ocupo de la parte económica y del sistema de gestión de proyectos.

—La economía del proyecto —resumió Maria. Sara le miró las uñas amarillentas por la nicotina mientras garabateaba en el papel—. Y tú que tienes tan buena preparación, ¿cómo es que no puedes trabajar? —Se bajó las gafas hasta la punta de la nariz y le lanzó una mirada crítica.

—Ahora mismo no me siento bien. —Sara se mordió la mejilla por dentro. Vaya eufemismo.

—Todo el mundo puede trabajar. Al menos media jornada, ¿no te parece?

¡No!, deseó gritarle Sara. Realmente no lo creía. No te enfades, contesta con calma y no ye vayas por las ramas. Se aclaró la garganta y respondió:

—Ahora mismo estoy en baja forma, deprimida, y necesito un poco de ayuda. Es difícil cuando no paras de llorar en el trabajo. No parece muy profesional. —Recordó la reunión en que había fingido que se le había metido algo en el ojo y fue al servicio. Una vez allí, no pudo reprimir las lágrimas, aunque al final se armó de valor, se retocó el maquillaje y volvió sonriente a la reunión.

—Llorar es normal. ¿Procedes de un hogar donde no estaba permitido llorar? —preguntó Maria.

—No, no creo, pero...

—Podrías tomarte una pastilla y luego ir a trabajar.

La mujer prosiguió con su discurso y, al final, clavó el cuchillo donde más dolía:

—Veo que tienes hijos pequeños. Ellos necesitan a su madre. Ahora no puedes ponerte enferma. —Sonrió y dejó el bolígrafo sobre la mesa.

Ya no hubo manera de detener las lágrimas que empezaban a resbalar por sus mejillas. ¿Realmente tenían que decirle esa clase de cosas? Porque no era que ella no quisiera trabajar, sino que ahora mismo no podía. Debería haber ido acompañada por alguien capaz de refutar esos argumentos. Sara sencillamente no tenía fuerzas para hacerlo y ahora aquella bruja, con aquel pelo horroroso, la estaba humillando.

—Recupérate, ¿de acuerdo?

Maria le dio un abrazo enérgico y la condujo hasta la puerta, que al cerrarse a sus espaldas accionó el cierre codificado.

Sara se abotonó la chaqueta y se anudó la bufanda, pero no sirvió de nada, porque el frío acabó colándose en su cuerpo. Se sentía tremendamente inútil. Se hundió en un asiento del autobús 312 con destino a Marstrand. A medio camino, recordó que había olvidado el coche en Kungälv.

Roland Lindström había metido el hallazgo en una bolsa de plástico. Sin duda se trataba de la misma en que había guardado sus bocadillos, porque olía a salchicha y dentro todavía quedaban migas. Había tomado la barca del trabajo de Pater Noster a Marstrand, y ahora estaba amarrada con el motor funcionando y la marcha puesta, golpeando la proa contra el muelle de piedra una y otra vez.

—Lleva grabados dos nombres y una fecha —dijo Roland, y le pasó la bolsa con el anillo de oro a Karin.

—¿Dónde lo encontró? —preguntó Folke.

—No fui yo, fue uno de los compañeros. Tendré que consultársele y volver. —Roland miró a Karin.

—Lo —corrigió Folke—. No se dice consultársele, se dice consultárselo.

—Vaya. No es sólo policía, sino también policía de la lengua —replicó Roland, pero a Folke no pareció hacerle ninguna gracia.

En cambio, ella no pudo evitar sonreír, aunque evitó que Folke lo advirtiera.

—Aquí tiene el número de mi móvil. —Karin le dio su tarjeta de visita, al tiempo que se metía la bolsa de plástico con la alianza en el bolsillo.

—Le doy el mío también —dijo Folke, y lo anotó en una hoja que arrancó de su agenda. Karin lo miró sorprendida, no era propio de él hacer algo así.

Roland echó un vistazo al papel.

—Semana nueve —dijo—. Pues tendrá que apañársela sin ella. Porque se dice «ella» y no «él», ¿verdad?

—Sí, y los ciudadanos de Marstrand pronto tendrán que apañárselas sin el muelle si su barca sigue golpeándolo mucho más tiempo —contestó Folke, y miró reprobador hacia la barca de aluminio que no paraba de dar topetazos.

—Gracias, Roland —interrumpió Karin, y agarró a su compañero del brazo antes de que pudiese decir nada más—. ¿Nos largamos, Folke?

Roland los siguió con la mirada mientras se alejaban. Luego subió a su bote y salió marcha atrás. Puso proa a la bocana norte a bastante más velocidad que los cinco nudos permitidos en el puerto.

—Cuando dices «nos largamos», ¿a qué te refieres exactamente? —preguntó Folke.

Una pareja de ancianos que se acercaban por el muelle cogidos del brazo los miró. El hombre saludó con la cabeza y se tocó la visera de su gorra marinera. Un viejo perro labrador los seguía con paso cansino.

Karin sonrió y le devolvió el saludo, antes de bajar la voz y replicarle a Folke:

—¿Hablas en serio? ¿A qué te dedicas tú, Folke? —Notó cómo se le encendían las mejillas, al parecer ofendido.

—No sé de qué me estás hablando.

—Estamos realizando una investigación, ¿no? —dijo Karin en tono cortante.

—Es cierto, pero yo creo que es importante que la gente se exprese de manera correcta.

—En eso coincidimos, pero para mí la corrección implica mostrarse amable y cortés. No puedes dedicarte a corregir a las personas todo el tiempo. Es de mala educación y la gente se molesta, lo que, a su vez, conlleva que no tenga ganas de hablar con nosotros ni de ayudarnos.

—Alguien tiene que explicarles cómo hay que hablar. Si no, todo el mundo acabará diciendo cosas como «de puta madre». Porque «de puta madre» es algo negativo y, por lo tanto, no puede ser bueno, ni molar. Por cierto, ¿qué significa «molar»? ¿Te has dado cuenta de cómo hablan los niños hoy en día? Recuerdo cuando...

Karin decidió interrumpirlo antes de que volviera a contarle lo difícil que era tener que andar siete kilómetros para llegar al colegio y, además, por la nieve, puesto que nadie la quitaba.

—Sí, claro, pero, a fin de cuentas, la lengua es un ente vivo y se desarrolla constantemente. De lo contrario, todos hablaríamos en sueco antiguo. ¿Es así como te gustaría que fuera? —preguntó Karin.

—Suelo escuchar un programa de radio muy interesante en la cadena P1. Se llama *La lengua*. Un profesor que participa siempre dice que...

Karin desconectó y respiró hondo un par de veces. Cuenta hasta diez, pensó. Robban, ponte bien cuanto antes.

Robert Sjölin, Robban para los amigos, era el compañero de Karin y quien la había convencido, después de tres años en el servicio de guardia, para que se pasase a la brigada de reconocimiento. En realidad, no fue un paso tan grande. En el servicio de guardia, su cometido como responsable de la sección había sido aclarar qué había sucedido en el lugar de los hechos. Si no se conocía el autor material del crimen, la brigada de reconocimiento se hacía cargo del caso o, si no, terminaba en la mesa de la brigada de investigación criminal. Karin había colaborado a menudo con Robban y sus colegas de la brigada y, finalmente, él consiguió convencerla de lo cómoda que estaría y lo bien que encajaría allí. De eso hacía más de un año. El trabajo discurría ágil y sin problemas; la verdad, hasta ese mismo día no había comprendido hasta qué punto sin problemas. Ahora, Robban estaba enfermo en casa y ella estaba allí con Folke. Lo mejor sería sacarle el mayor provecho posible a la situación.

—¿Tú qué dices, Folke? ¿Volvemos al ferry a ver si encontramos un sitio donde almorzar y decidir nuestros próximos pasos?

Folke masculló algo a modo de respuesta, pero apretó el paso. Karin se lo tomó como un sí. El viejo y conocido café Berg, con mesas y sillas montadas en el muelle, estaba al abrigo del viento y recibía el sol primaveral. Folke tomó asiento en una de las sillas que se habían secado. Karin se sentó enfrente. Cerró los ojos y disfrutó del cálido sol unos momentos, antes de levantarse de un brinco: la humedad ya le había traspasado los pantalones.

—Mierda —masculló, y al punto se arrepintió del improperio, temiendo una reprimenda de Folke, que sin embargo no dijo nada.

La cosa no mejoró cuando constataron que, lamentablemente, en aquella época del año el café sólo abría los fines de semana. Al final acabaron en el café Matilda, también en el muelle. Unas sillas mojadas aguardaban a los clientes alrededor de una mesa inestable sobre los adoquines. El camarero pasó un trapo por las sillas y la mesa y les puso cojines.

—Un café —pidió Folke, y cuando el camarero se alejó preguntó—: ¿Es que no vamos a poder pedir comida de verdad?

—Pero querido Folke, el otro sitio también era un café. Podrías haberme dicho que no querías comer en un café —respondió Karin, que había pedido café con leche, y no pudo reprimirse—: Tengo que preguntártelo. Cuando dices «comida de verdad», ¿a qué te refieres exactamente? ¿Existe la comida de mentira? —Se preguntó si habría ido demasiado lejos y señaló un cartel que ponía «Menú del día, 99 coronas», absteniéndose, eso sí, de comentar lo desvergonzadamente caro que le parecía.

En cambio, Folke no se calló nada.

—Noventa y nueve coronas, bebida no incluida, por un almuerzo. Sería caro en condiciones habituales, pero sin bebida... Tengo una fiambrera en la comisaría.

—¿Ah, sí? ¿Te parece que volvamos a recogerla?

Finalmente pidieron el menú del día.

A pesar de que eran muy diferentes, tenían que poder trabajar juntos como policías. Al fin y al cabo, tenían un mismo objetivo, o al menos deberían tenerlo. ¿Por qué Folke se lo ponía tan difícil? ¿La consideraría él igual de pesada? En tal caso, ¿era porque era chica y más joven que él? ¿O porque había asumido el mando? Decidió dejar que Folke tomara alguna iniciativa. Se sacó el anillo del bolsillo sin retirar la bolsa de plástico y se lo dio.

Él lo giró para leer la inscripción grabada en el interior.

—Siri y Arvid, tres de agosto de 1963. Es posible que se trate del mismo Arvid que aparecía en la lista de desaparecidos de Sten.

—Y razonó—: Si la pareja se casó en la iglesia de Marstrand, debería aparecer en los antiguos registros parroquiales. —Miró a Karin, que asintió con la cabeza. El registro civil sueco era conocido por su minuciosidad y se remontaba a tiempos inmemoriales.

—Nos acercaremos a la iglesia después de comer —dijo ella, y tomó un sorbo de su café con leche. Contempló el pequeño estrecho entre Koön y Marstrandsön. El ferry iba y volvía con regularidad, ilustrando a la perfección el ritmo lento de aquella diminuta sociedad. Era como si el tiempo avanzara más despacio que en Goteburgo, como si tuviera más valor. A pesar del sol hacía frío si se estaba quieto, y la humedad en el trasero no mejoraba la cosa. Karin estaba tiritando.

El camarero se acercó con dos platos de salmón escabechado y patatas en salsa de eneldo que despedían un aroma delicioso y estaban muy bien presentados.

—Podría ser peor. —Karin miró a Folke, que asintió con la cabeza.

—No está mal —dijo Folke, y tomó un bocado más de su plato. Era lo más positivo que había dicho en todo el día.

Un grupo de mamás con carritos que paseaba por el muelle se instaló en la mesa de al lado. Una de ellas se subió el jersey y empezó a darle el pecho a su hatillo, un niño, a juzgar por las ropas azules. Karin rogó que Folke no soltara ningún comentario y se puso nerviosa al ver que se levantaba, pero para su alivio se dirigió al interior del café. Volvió enseguida con un gran vaso de agua que, para sorpresa de Karin, dejó delante de la madre lactante.

—Vaya, ¡qué servicio! Muchas gracias. —La madre le ofreció una sonrisa de oreja a oreja.

Folke se sentó y siguió comiendo su salmón escabechado como si nada.

—Mi hija acaba de tener un hijo —explicó al notar la mirada inquisitiva de Karin—. Siempre le entra mucha sed cuando da de mamar.

—No lo sabía. Que habías sido abuelo, me refiero. ¡Felicidades!

Era un tema de conversación neutral, pensó Karin, y se esforzó por hacer unas preguntas más, antes de que volviera a hacerse el silencio. Era sorprendente lo poco que se le ocurría preguntarle a un abuelo reciente. Sin duda, a una abuela le hubiera preguntado más cosas, sobre el alumbramiento y sobre la madre, pero ¿a un abuelo? Bueno, tampoco tenía por qué ser ella la que siempre sacara adelante el trabajo y los temas de conversación. ¿O sí?

La iglesia de Marstrand estaba, muy oportunamente, en Kyrkogatan, la calle de la Iglesia. El bello y blanco edificio de piedra era de la Edad Media y a través de sus gruesos muros se oía débilmente *Ya llega la primavera*. Mientras esperaban, Karin leyó la tabla conmemorativa dedicada al pastor de la iglesia Fredrik Bagge que colgaba en la pared. La música de órgano se apagó y del recinto salió a paso lento una procesión de gente vestida de negro, la mayoría pertrechada con bastones o andadores. Su vestimenta contrastaba abiertamente con los muros blancos del edificio y los hinchados brotes de los árboles.

Karin seguía oyendo el cántico en su cabeza. La letra le parecía preciosa. Sobre todo la estrofa «Los rayos de sol se acercan, y todo vuelve a nacer». ¿O era «todo revive»? No lo recordaba. Fuera como fuese, era bonito. El cortejo fúnebre se dirigió lentamente hacia una vieja casa de madera roja, más abajo en la misma calle.

—¿Crees que es la casa rectoral, la casa de cultura, o algo así? —Karin miró a Folke.

—Algo así.

Un chaval joven con unos zapatos bastos y una camisa por fuera de los vaqueros resultó ser, contra todo pronóstico, el director del coro. Les contó que la iglesia pertenecía a la parroquia de Torsby y les dio el número de teléfono de la secretaría.

—De todos modos, lo podéis encontrar en el tablón de anuncios. —Señaló un tablón cubierto por un cristal en la esquina de Kyrkogatan y Drottninggatan—. Ahí aparecen todos los números y las personas de contacto.

Karin le dio las gracias y se sintió estúpida por no haber visto el tablón antes. Pidió a Folke que llamara a la parroquia de Torsby. Un contestador automático le indicó el horario de atención, de hecho, era en ese momento, pero al parecer se les había olvidado quitar el contestador. Karin llamó al siguiente número de la lista del tablón de anuncios. Tras unos minutos de música de órgano, la transfirieron a una mujer que contestó con cautela a la mitad de sus preguntas.

—¿Dices que eres policía? Creo que será mejor que hables con la parroquia de Torsby directamente. Un momento.

Lo primero que hizo la persona que contestó fue preguntarle con aspereza cómo había conseguido el número directo, aunque luego, en cuanto supo que era policía, su tono se moderó considerablemente. Karin le explicó que tenían una alianza con dos nombres y una fecha grabados.

—Todos los que se casan son inscritos en el registro de matrimonios, siempre y cuando la boda se celebre en la iglesia de Marstrand o dentro de nuestra circunscripción parroquial. Puesto que hace tanto tiempo de ese enlace, tendré que bajar al archivo y buscar el libro de registro de aquel año. ¿Puedo volver a llamarla? —le preguntó la mujer, que se llamaba Inger.

Lo hizo media hora más tarde.

—Ya he encontrado el libro de registro de 1963, lo tengo aquí. Veamos. ¿Me ha dicho el tres de agosto?

—Sí, y los nombres que tengo son Siri y Arvid. —Karin tapó el auricular y le dijo a Folke—: Cruza los dedos.

Oyó cómo la funcionaria hojeaba el libro.

—No, lo siento, aquí no hay nada.

Karin no pudo reprimir su decepción.

—Qué pena. De todos modos, gracias. —Negó con la cabeza en dirección a Folke, a punto de colgar el teléfono.

—¡Un momento! Aquí hay algo. Sí, es correcto. Qué raro, no aparece en orden cronológico, sino después del cinco de agosto, pero la boda se celebró el tres. Bien, aquí tengo a una Siri y un Arvid casados en la iglesia de Marstrand.

—¿De verdad? ¿Qué más pone? —Karin notó cómo se le aceleraba el pulso.

Braütigams, Goteburgo, 1962

La música de piano se propagaba a través del local, acompañada por un leve murmullo y el tintineo de cubiertos contra platos y de tazas contra platillos. Casi había abandonado toda esperanza cuando se abrió la puerta. No supo si era fruto de su imaginación, pero le pareció que el murmullo cesaba y el pianista se detenía un instante entre un acorde y el siguiente. Entonces ella vio su brazo levantado. Él miró a los hombres sentados en el local y constató que la miraban admirados. Tal vez ellos también comprendieron entonces que las mujeres que lucían perlas auténticas y vestidos caros no podían medirse con ella. Aquellas mujeres nunca podrían comprar lo que ella tenía.

Se puso en pie y retiró la silla de la mesa para que ella se sentase. Allí estaba, por fin, frente a él. Era todavía más hermosa de lo que recordaba. Llevaba el pelo rubio recogido y un vestido azul sin mangas con un cinturón debajo del pecho. Ella le sonrió y todo a su alrededor desapareció. Miró sus ojos verdes con destellos ámbar.

—Yo, yo... —No se le ocurría nada apropiado que decir. Él, que en su vida cotidiana hablaba con todos los clientes de la empresa y era conocido como un hombre elocuente y de mucho mundo—. Es como si el tiempo se hubiera detenido —dijo por fin—. Quiero decir... siento como si hubiera espirado y ya nunca más tuviera que volver a inspirar.

6

—¿Hola? ¿Sigue ahí? —preguntó Inger, de la secretaría de la parroquia de Torsby.

—Sí, sí, claro, sigo aquí. —Karin no podía ocultar su excitación.

—Veamos. Siri y Arvid contrajeron matrimonio en la iglesia de Marstrand el tres de agosto de 1963.

—¿También tiene sus números de identificación? —preguntó Karin.

—Sí, por supuesto.

—Un segundo, por favor. —Dejó el móvil sobre el ancho muro que cercaba la iglesia y sacó su libreta. La abrió por una hoja en blanco, se colocó el teléfono entre la oreja y el hombro y empezó a tomar nota.

Folke no hizo ademán alguno de ayudarla. Karin rebuscó en el bolsillo de su chaqueta, ¿qué había hecho de su *manos libres*? Anotó el número. Tras colgar, se volvió hacia su colega.

—Tenemos el número de identificación de Siri. ¿Llamas tú o llamo yo a comisaría para pedirles que la busquen en el registro civil?

Él carraspeó y contestó:

—Llama tú. —Se paseaba con los brazos a la espalda, mirando las palomas que rondaban con movimientos entrecortados delante de la iglesia.

Se comporta como un jubilado, pensó Karin, y se preguntó cuántos años de servicio le quedarían todavía. Marcó el número y Marita contestó a la primera.

—¡Hola, Karin! ¿Cómo va todo?

—Bueno —dijo Karin con un leve gruñido.

—Me han dicho que has sacado a pasear a Folke.

Miró de soslayo a su compañero.

—Se podría decir así, Marita; ya hablaremos. Necesitamos ayuda con un número de identificación.

—Querrás decir que tú necesitas ayuda... Me imagino que Folke no se estará matando a trabajar.

—Así es.

Karin oyó los ágiles dedos de Marita en el teclado del ordenador.

—Siri von Langer —dijo Marita—. ¿Todavía estáis en Marstrand? O, mejor dicho, ¿en la isla de Marstrand, en Marstrandsön? Supongo que para vivir ahí necesitas tener un *von* o un *van* en el nombre. ¿Comprobarás que es correcto?

—Claro —prometió Karin, y pensó en Elise, tan dura de oído, y en sus fantásticos bollos. Ella no se llamaba ni *von* ni *van*.

Marita le proporcionó una dirección y un número de teléfono en Mastrandsön. Von Langer. Debió de volver a casarse, pensó Karin. Folke seguía observando los pájaros y ella, irritada, consideró la posibilidad de dejarlo al cuidado de las palomas mientras se iba a ver a Siri von Langer.

—Fiskaregatan —anunció, una vez hubo colgado—. De hecho, Siri vive aquí, en Marstrand. ¿Cómo planteamos esto? —añadió.

—No sé, ¿tú qué opinas? —contestó Folke. Al ver que no era precisamente la respuesta que esperaba Karin, rectificó—: Deberíamos informarle del cadáver que hemos encontrado y preguntarle si puede venir a Goteburgo para identificarlo.

Aquello parecía sacado de un manual, pero no era lo más adecuado cuando se trataba de hablar con personas que habían perdido a un familiar.

—Entenderás que eso no podemos hacerlo. Ni siquiera estamos seguros de que sea él, y no creo que sea conveniente que un familiar lo vea, ¿o tú qué piensas?

Karin ni siquiera se molestó en mostrarse considerada cuando le explicó que ella dirigiría la entrevista. ¿Cómo podía ser que Folke se hubiera hecho policía? Ojalá Robban hubiera estado con ella en su lugar. Éste tenía la capacidad de elegir las palabras adecuadas, aunque en ese momento no hubiera podido, puesto que se había quedado afónico y estaba en casa con unas anginas que habían mutado en sinusitis.

. . .

Al otro lado de la calle, enfrente de la iglesia, había una peluquería, y Karin prácticamente ordenó a Folke que entrase y preguntase cómo se llegaba a Fiskaregatan. Mientras tanto, aprovechó para llamar por teléfono.

—Hola, Robban, soy Karin. ¿Cómo estás?

La voz de Robban sonó como un graznido. Karin le explicó la situación y mencionó las penosas clases de lengua de Folke. Robban se rió con ganas, hasta que la risa se transformó en un ataque de tos y tuvieron que colgar. Sin duda, tardaría un día más en volver al trabajo, pensó Karin decepcionada. Lo que significaría que tendría que seguir al lado de Folke el Emprendedor.

Por lo visto, Folke no había entendido bien las indicaciones del peluquero, porque tras media hora de paseo por las calles adoquinadas todavía no habían encontrado Fiskaregatan. Al final, un hombre en una motocicleta, que llevaba impreso «El-Otto» en su chaqueta de trabajo azul los ayudó.

La casa era un suntuoso chalet de principios del siglo pasado de madera pintada de blanco y grandes ventanales con marcos bellamente ornamentados. Cada uno de los peldaños que llevaban a la entrada estaba hecho de un bloque entero de granito de Bohus, flanqueados por una barandilla de hierro forjado. En la puerta de doble hoja había un elegante letrero de latón que ponía «Von Langer».

Karin no sabía lo que había esperado, pero Siri resultó ser una mujer elegante, de cabello moreno cortado estilo paje y discreto maquillaje. Sus zapatos de tacón resonaron contra el suelo de gres del vestíbulo. Su porte era erguido y llevaba un exquisito vestido gris que le iba un poco ceñido. En el cuello asomaba un pañuelo de Armani. Se presentaron y Karin le preguntó si podía dedicarles unos minutos. A juzgar por el vestido, estaba a punto de salir de casa, pero Karin se equivocó, porque Siri von Langer los invitó a entrar. La casa parecía sacada de una revista de interiorismo, con empapelado de Laura Ashley y tapicerías a juego. Bella y elegante, aunque sin personalidad, salvo por algunas fotografías de los nietos que colgaban en la pared sobre el sofá. Unas alfombras persas auténticas cubrían el parquet en espiga y una chimenea francesa dominaba el salón desde una esquina.

—Preciosa —dijo Karin, y señaló la chimenea.

—Italiana, si no me equivoco —aventuró Folke, para gran sorpresa de Karin.

—¡Bravo! —Siri aplaudió encantada—. Es verdad. La encontramos en la Toscana, cuando estuvimos allí. Es ciertamente fantástica. Me enamoré de ella al instante, y la compramos. —La mujer miró admirada su chimenea.

—Tiene una plátina maravillosa —observó.

¿Plátina?, pensó Karin, a punto de echarse a reír. Debió de querer decir pátina. No hay nada como dárselas de culto con palabras que no conoces. Karin lanzó una mirada suplicante a Folke, que acababa de abrir la boca, pero que, sorprendentemente, consiguió cerrarla sin soltar una temible lección de lengua. Siri siguió hablando de la chimenea. Su voz sonaba constreñida, probablemente porque metía barriga todo el rato. Al final, Karin apenas si podía concentrarse en sus palabras, más preocupada por la respiración forzada y por la manera en que la mujer se volvía para coger aire cuando creía que no la miraban.

—El problema fue que cuando finalmente conseguimos traerla, nadie era capaz de instalarla. Es obvio que en Italia construyen usando otra técnica. Tuvimos que traer a un hombre de allá para que la instalara. Dos semanas tardó en hacerla encajar.

Y sin duda, no fue barato, pensó Karin, al tiempo que intentaba encontrar una manera educada de plantearle el motivo de su visita. Durante todo el camino había cavilado cómo formularlo. Puesto que el hombre llevaba muerto tanto tiempo, debería resultar más fácil que comunicar una muerte reciente, pero para ella la situación era poco habitual y le costaba encontrar las palabras adecuadas. ¿Qué le dices a alguien cuyo marido desapareció hace más de cuarenta años y, de pronto, quizás ha aparecido emparedado en una despensa?

—Como ya le hemos dicho, somos de la policía. ¿Tal vez podríamos sentarnos?

—¿Quieren tomar algo? —ofreció Siri.

Karin se lo agradeció pero rehusó, y se sentaron en el sofá gris con cuidado. La anfitriona se sentó en una silla Emma.

Karin cogió aire y empezó:

—¿Usted no será, por casualidad, la Siri que se casó con Arvid Stiernkvist?

—Sí —dijo ella con voz queda.

Juntó las manos sobre las rodillas.

Karin miró a Folke que, por una vez, parecía dispuesto a comportarse.

—Su esposo Arvid desapareció hace muchos años, ¿no es así? —preguntó en un tono inusualmente suave.

Siri asintió con la cabeza. En ese momento, se oyeron pasos en la escalera de madera lacada blanca que conducía al piso superior. Un hombre alto hizo su aparición. Parecía haber estado durmiendo. Se pasó una mano por el pelo ralo y miró extrañado a las visitas.

—Mi esposo, Waldemar —dijo Siri, y presentó a Karin y Folke como agentes de policía.

—¿La policía? ¿Ha ocurrido algo? —Waldemar pareció inquietarse.

—No, claro que no. Tú ve a descansar un poco más —dijo Siri.

Él se colocó al lado de su esposa y posó una mano sobre su hombro. Karin no sabía si continuar, ni cómo, con el marido delante. Tenía la sensación de que Siri hablaría con ellos si se quedaban a solas, pero Waldemar no parecía tener intención de marcharse. Folke se volvió hacia Siri y dijo:

—Hemos encontrado un cadáver en Hamneskär que creemos que podría ser de su ex marido. —Y explicó brevemente los detalles del hallazgo.

Para gran sorpresa de Karin, fue Waldemar y no Siri quien pareció más impresionado. Se tambaleó y se agarró al respaldo de la silla Emma en que estaba sentada su esposa. Palideció como si hubiera visto un fantasma. Karin se apresuró a socorrerlo y el hombre se dejó conducir lentamente hasta el sofá, donde se hundió en el asiento.

—Creo que prepararé un poco de té. —Siri se levantó, cruzó el salón y desapareció tras unas decorativas puertas acristaladas. Los cristales eran emplomados y de colores vivos, con un dibujo de la jungla en que aparecía un papagayo sentado en una rama.

Karin buscó la mirada de Folke e hizo un gesto con la cabeza hacia Waldemar antes de seguir a Siri a la cocina. La anfitriona llenó el hervidor de agua y sacó unas tazas de té antiguas, blancas y con preciosos dibujos azules, que colocó sobre una bandeja. Karin le preguntó si podía ayudarla en algo. La mujer negó con la cabeza.

—Siento que les hayamos traído esta noticia... —se disculpó Karin, vacilante.

La cháchara no era su fuerte. Le hubiera gustado ser más hábil en esa clase de situaciones delicadas, pero, en general, solía despreciar a la gente que sólo hablaba por hablar.

—Qué bonita es su casa. Tiene mucho estilo —dijo al final.

—Sí, desde que los niños se fueron disponemos de más tiempo, para nosotros y para la casa. Aunque desde entonces han ido llegando los nietos.

—¿Cuántos hijos tiene?

—Tres. Un hijo y dos hijas. Nuestro yerno trabaja de agente inmobiliario y está muy solicitado. Él...

Las puertas de los armarios de la cocina estaban pintadas de un color fuerte que Karin llamaba «rojo inglés». Se dijo que aquel tono intenso contrastaba mucho con la mujer que acababa de enterarse de que habían encontrado el cadáver de su primer marido. Karin sabía por experiencia que las personas a quienes acaban de comunicar la muerte de un pariente reaccionan de maneras muy diferentes. No obstante, en este caso la conmoción no incluía la muerte en sí. Sólo el hecho de que lo hubieran encontrado después de tanto tiempo y, además, en la despensa de Pater Noster. Los pensamientos de Karin volvieron a la cocina cuando Siri sirvió el té, cogió la bandeja y se dirigió al salón. En mitad de la alfombra se detuvo. Folke y Waldemar la miraron.

—Las cucharillas —dijo Siri confusa—. Me he dejado las cucharillas.

—Ya voy yo.

Karin volvió a la cocina y vio las cucharillas sobre la encimera. Ésta era de madera maciza y tenía una cocina empotrada. Unas botellas se alineaban sobre una fuente de cerámica cuadrada con gatos pintados. Aceite de oliva Grappolini extra virgen, vinagre balsámico curado extra y aceite a la trufa. Karin cogió las cucharillas, pero una se le escapó y cayó al suelo. Se arrodilló para recogerla y vio el bidón de cinco litros de aceite de oliva del supermercado Hemköp que había debajo de la encimera. En ese momento, le resultó más bien cómico que hubieran encontrado al difunto marido de Siri en una despensa. De todos los lugares, era el más inadecuado para encontrar un cadáver. Volvió al salón con las cucharillas.

—¿Cree que podrá soportar un par de preguntas más? —le preguntó a Siri, que daba sorbitos a su té.

—Es que hace tanto tiempo de aquello... —contestó, y dejó la taza sobre la bandeja con cuidado.

—¿Recuerda la fecha en que se casaron?

—No... sí, el tres de agosto de 1963... —contestó algo confusa.

Karin se inclinó y le acarició el brazo.

—Tranquila. Es fácil olvidar algo después de tanto tiempo.

—¡Yo no he olvidado nada! Sé que el pastor se llamaba Simon Nevelius. ¿Cuánta gente hay capaz de recordar algo así? —bufó Siri, ofendida, y apartó el brazo con gesto rápido.

—Disculpe, pero tenemos que preguntárselo para intentar averiguar qué pasó. Sabemos que se llevó a cabo una investigación cuando acababa de ocurrir todo, pero, si no le importa, nos gustaría que nos lo contara usted.

Siri les habló sin titubear del accidente de navegación. Las palabras salieron de su boca con premura y precisión. Que iban cuatro a bordo, pero que dos se habían caído al mar en el fiordo de Marstrand y habían desaparecido.

—Como ya le he dicho antes, encontramos el cadáver en Pater Noster. ¿Tiene alguna idea de cómo pudo acabar allí?

Siri negó con la cabeza y dijo:

—A lo mejor consiguió llegar a tierra firme, o tal vez se ahogó y el mar arrastró su cuerpo hasta las rocas. No lo sé. Pero ¿qué hacía su cuerpo en la despensa?

Karin decidió ignorar la pregunta y, en su lugar, considerar las posibilidades que tenían de identificar al hombre sin que Siri fuera a reconocer el cadáver.

—Si bien es cierto que tenemos la alianza, nos gustaría saber si recuerda a qué dentista iba su marido.

—Pues la verdad es que no lo sé. —Sostenía la taza entre ambas manos sin beber; las manos le temblaban ligeramente.

Waldemar se inclinó y, con delicadeza, le quitó la taza y la dejó en la bandeja.

—¿Tiene alguna fotografía de Arvid, una foto de la boda, por ejemplo?

Siri parecía ausente y simuló que seguía cavilando para sus adentros cuando contestó:

—¿Dónde puede haber alguna foto? ¿En el desván, tal vez? Bueno, podría echar un vistazo allí, a ver qué encuentro. Pero ¿no cree que podría identificarlo yo misma?

Karin pensó en el aspecto que tenía el cadáver y escogió sus palabras con tacto.

—Un cuerpo cambia bastante después del fallecimiento. No es seguro que pueda identificarlo y tal vez sea preferible poder recordarlo tal como era en vida.

Siri asintió quedamente con la cabeza y de pronto pareció recordar que también era la anfitriona.

—¡Bueno, pero si no se han tomado el té! —Echó un vistazo a su reloj y dio un respingo—. ¡Dios mío! Vamos a una fiesta de aniversario, sesenta años, en casa de los Waldrin a las siete, y necesitamos tiempo para arreglarnos.

Karin miró el reloj. Eran las tres. ¿Realmente necesitaban cuatro horas para emperifollarse?

—¿Supongo que habrán oído hablar de la familia Waldrin? —Y sin esperar respuesta, añadió—: Gente maravillosa. Multimillonarios, sí, pero increíblemente naturales y sencillos. Los conocemos muy bien. Todo Marstrand estará ahí.

Karin dudó que todo Marstrand fuera a asistir al festejo. Sin embargo, no pudo resistirse y preguntó:

—O sea que ofrecen una fiesta de puertas abiertas para todo Marstrand. Qué amables.

—No, por Dios, no, por supuesto que no. Pero toda la gente que conocemos está invitada —contestó Siri y, sin siquiera coger aire, preguntó—: ¿Hace mucho frío fuera?

—Hace un tiempo típico de primavera. Variable. Frío al viento, pero calor al sol —contestó Karin.

—Entonces será mejor que lleve mis pieles, no me conviene enfriarme.

Karin no creía que el frío tuviera nada que ver con la elección de vestuario.

—Mira que no acordarse ipso facto de la fecha de su boda —dijo Folke cuando volvieron al coche para regresar a Goteburgo. Era un hombre con sentido para los detalles, pero, lamentablemente, no para manejarse en contextos más amplios. O al menos así lo veía Karin.

—Aunque al final la recordó. Y no olvides que se acordaba del nombre del pastor oficiante. ¿Tú te acuerdas de eso, Folke?

Él lo pensó antes de admitir:

—No, la verdad es que no.

• • •

Contra todo pronóstico, Karin encontró un aparcamiento enfrente del piso de Gamla Varvsgatan. Era lunes por la tarde y semana par, por lo que tocaba barrer Karl Johansgatan, que atravesaba todo el barrio de Majorna. De vez en cuando, se saltaban la limpieza, pero, en cambio, lo que muy pocas veces fallaba eran las multas de aparcamiento si se dejaba el coche donde se suponía que había que barrer. Dos minutos después de que Karin aparcara, tres coches con sus conductores estresados doblaron la esquina, buscando sitio en vano. ¡Qué suerte había tenido al salir del trabajo antes que de costumbre!

Metió la llave en la cerradura y abrió la puerta. No se molestó en encender la luz del recibidor, recogió el correo del suelo, se dirigió a la cocina y lo dejó sobre la encimera, al lado de la cafetera. El aparato no era suyo, sino de Göran. Colgó la chaqueta en el respaldo de una silla y abrió uno de los armarios. Los platos eran de él y los vasos de ella, o sea que estaba claro. Pero ¿qué haría con lo que les habían regalado o habían comprado juntos? Cerró el armario y se sentó. No, era demasiado deprimente quedarse en el piso.

Podía darse una vuelta hasta el velero amarrado en el viejo puerto de Långedrag. Aunque si cogía el coche hasta allí, sería imposible encontrar sitio para aparcar a la vuelta. Da igual, pensó. ¿Qué gracia tiene tener coche si no lo puedes usar?

Media hora más tarde, aparcó en el puerto viejo de Långedrag y subió al velero. En cuanto estaba a bordo, se le pasaba todo.

—Hola, barco —dijo quedamente, y dio una palmadita en la fría cubierta metálica. Aquel velero era suyo, y eso era una suerte. Nunca había podido separarse de él—. Hoy sólo seremos tú y yo —añadió, sentada en cuclillas con la mano apoyada en la cubierta—. Göran ya no saldrá a navegar con nosotros. —Miró alrededor para asegurarse de que nadie la oía. Sin duda, podía ganarse fácilmente fama de chiflada si alguien la veía hablando con su barco.

Abrió las escotillas y bajó las dos escalas de madera. Olía ligeramente a gasóleo y queroseno. Los olores relajaron su cuerpo.

Empapó en alcohol una bolita de algodón que luego metió en la estufa redonda de acero inoxidable. El modelo, de la marca Reflex, era bueno y daba un calor muy agradable. Además, estaba colocada en un lugar muy ingenioso, en medio del barco, y tenía un fuego protegido por una pequeña rejilla que le permitía cocinar. La rejilla iba especialmente bien cuando hacía mal tiempo, porque impedía que la olla volcara con los vaivenes del casco. Ya había abierto el gasóleo y cuando metió el encendedor, aquél empezó a arder alegremente. Llenó el hervidor de agua y lo colocó sobre el fuego. Luego se echó en uno de los sofás y disfrutó del sedante balanceo.

El silbido del hervidor la despertó. Deshizo la mochila y se preparó unos bocadillos con el pan que había llevado. El té y los bocadillos siempre sabían mejor en el barco. Fuera había oscurecido y el quinqué de queroseno sobre la mesa esparcía una luz agradable. Puso un CD. Evert Taube en versión de Sven-Bertil. Alargó la mano para coger la carta náutica que había en la mesa de navegación. Göran solía decirle que era una desordenada y que las cartas náuticas no se dejaban sobre la mesa estando amarrados en puerto, pero a Karin siempre le había parecido un detalle entrañable. Pasó el dedo por la carta desde Lysekil, pasando por el interior, hacia Malö, y luego, de nuevo mar adentro, en dirección a Käringön y Gullholmen. Luego siguió rumbo sur, pasando por Klädesholmen, el faro de Idegran, que era como decían «pino» en Bohus, y por el fiordo de Marstrand. Cerró los ojos y se imaginó los lugares. Leyó los nombres de los fiordos, las islas y los islotes, mientras Sven-Bertil cantaba las fantásticas canciones de su padre.

¿Quién viene remando hacia aquí en medio de la tormenta?
Una señorita, señor Flinck, llega sola en la barca.
Sopla el viento, el viento del noroeste ruge.

Karin había oído esas canciones desde que era niña. En su infancia había pasado los veranos en el velero de la familia y por las noches solía meterse en la cabina junto con sus padres para planificar la ruta del día siguiente. Ya pasaba de su hora de dormir, pero como mostraba tanto interés, sus padres la dejaban quedarse despierta.

Su padre conocía muy bien la historia de la provincia de Bohus, y las islas cobraban vida en la carta náutica cuando le hablaba de ellas. La provincia de Bohus era una cámara del tesoro para la que su padre le había dado la llave. El barco de sus padres parecía más bien un pesquero que un velero y, de hecho, había sido un barco de arrastre. Los viejos pescadores alzaban los puños, amenazantes, en los puertos al ver pasar a los veraneantes en sus botes de plástico, mientras que dejaban pasar de buen grado aquel barco de arrastre azul que, aunque de plástico, también tenía dos velas rojas y ajadas y el aspecto tradicional adecuado. Su padre solía hablar con los pescadores, y Karin escuchaba e intentaba entender aquel dialecto, mientras recogía caracolas y piedras. Solía encontrar las caracolas más bonitas precisamente donde los viejos limpiaban sus redes.

Sonrió al recordar aquellos tiempos. El tío Åke de Lilla Kornö, que cada solsticio de verano tocaba el acordeón y había guardado durante todo un invierno el jersey que ella se había olvidado para devolvérselo al verano siguiente. Fritz, el capitán de puerto de Ramsö, al sur de Kosteröarna, que nunca hacía ascos a un buen whisky antes de caerse redondo a bordo del siguiente barco visitante. La tía Gerda de Kalvö, que hacía pan en su horno de piedra e invitaba a Karin y su hermano cuando iban a comprarle cangrejos a su marido Sture. Aquellos viejos pescadores y sus esposas habían sido los últimos de su género, y con la mayoría de ellos en la tumba desapareció toda una época. Ya ninguno de los pocos supervivientes salía a pescar.

Habían encontrado el barco del tío Sture a la deriva un precioso día de octubre. A sus ochenta y siete años, había querido vaciar la mitad de sus cestas de bogavantes y debió de caerse al agua en el intento. Nunca encontraron el cuerpo del pescador. El padre de Karin había dicho entonces que seguramente el tío Sture había querido que sucediera así. Al verano siguiente, Karin se negó a bañarse, porque no paraba de pensar en el tío, que estaría en algún sitio bajo el agua. Cuando pensaba en Arvid Stiernkvist y Pater Noster, volvía a experimentar esa misma extraña sensación.

Entonces fue cuando cayó en la cuenta. Aquél podría ser su hogar: el velero. Allí viviría. De hecho, conocía a varias personas que vivían a bordo de sus barcos. Miró alrededor. Era un Knocker-Imram, un barco francés de acero poco común, de 32 pies de eslora. En realidad, aquella embarcación de apenas diez metros de largo y tres de ancho contenía todo lo que necesitaba, salvo una ducha y una lavadora. Debajo de la cubierta, bajando la escalera, había una mesa de navegación a la izquierda y un lavabo a la derecha. A continuación, había una pequeña cocina a la izquierda y una estufa a la derecha. En medio, había una mesa con bancos a ambos lados, suficientemente largos para dormir sobre ellos. En la parte delantera, en el camarote de proa, había una especie de cama triangular y en la popa, además, dos literas. Disponía de espacio suficiente de almacenamiento y de una pequeña nevera de buena capacidad si la llenaba con orden y criterio.

Abrió el mueble bar de la cocina y escogió con exigencia entre las botellas de whisky de malta. Al final, se decantó por un Ardbeg de diecisiete años. En su día lo había comprado en la destilería de la isla de Islay, en la costa oeste de Escocia. Con este barco, pensó. Y con Göran. Se sirvió una copa y añadió una pizca de agua. Decidió brindar por su nuevo hogar y roció unas gotas en la cabina. Luego se puso unos zapatos y salió a cubierta, donde volvió a rociar unas gotas, esta vez en el agua del muelle. Soy ridícula, pensó, aunque el ritual le sentó bien.

Se quedó sentada un instante sobre la cabina, mirando el cielo estrellado antes de bajar, moderar la estufa y lavarse los dientes en la pequeña cocina. Puso el despertador del móvil a una hora más temprana de lo habitual, para que le diera tiempo de pasar por el piso y darse una ducha antes de ir a trabajar. La oscuridad que se hizo cuando apagó el quinqué le resultó acogedora y agradable. Avanzó a tientas hasta el camarote de proa y se deslizó debajo del techo. Las sábanas estaban frías y húmedas y Karin se acurrucó en posición fetal. Unos minutos más tarde, cuando ya había entrado en calor, se durmió con el sonido de la lluvia que repiqueteaba contra la cubierta.

Faro de Pater Noster, septiembre de 1962

Su madre siempre le había dicho que nada llegaba gratis. La esposa de un farero, como lo era su madre, sabía cuidar de sí misma. Los padres confiaban en su Elin, a pesar de que también habían notado el cambio operado en ella.

Desde luego, no pensaba dejarse llevar así como así, pero sin embargo, cada vez que veía a Arvid sentía un extraño calor interior. No podía evitar sonreír al pensar en él.

Elin había puesto unas reglas muy claras desde el principio, pensando que eso lo haría desistir. Pero él no se había hartado, simplemente había respetado sus deseos.

Habían salido a pasear, aunque nunca por Marstrand. Habían pasado largas veladas hablando, habían salido a navegar y leído juntos. A ella le encantaba echarse con la cabeza sobre sus rodillas y escuchar mientras él le leía en voz alta. Las palabras sonaban diferentes cuando salían de su boca, los personajes cobraban vida, de pronto eran de carne y hueso. Él era el héroe, el caballero, y ella la princesa.

Arvid sentía la misma fascinación que ella por la música de Evert Taube, y habían bailado y cantado sus canciones.

Un día, él la acompañó a casa para conocer a sus padres. El farero lo estudió con ojo crítico, pero no vio nada más que un hombre serio que lo ayudaba a lanzar cohetes en medio de la niebla y que escuchaba interesado los detalles sobre el funcionamiento del faro. Su madre puso la mesa con la vajilla para las ocasiones especiales y sirvió café y siete clases de pasteles.

Poco a poco, él empezó a creer que lo que veía era la Elin persona, no sólo el cuerpo.

7

Justo antes de las nueve de la mañana del miércoles, un Jaguar verde oscuro se metió en el aparcamiento del departamento de medicina forense de Medicinarberget y aparcó en diagonal, ocupando dos plazas. Descendió Siri von Langer, vestida con pantalones negros, una americana rosa pálido y zapatos a juego de Channel. Karin salió a su encuentro, sorprendida de que Waldemar no la acompañara.

—Suelo usar el Volvo, pero esta mañana Waldemar ya lo había cogido —le explicó Siri, como si Karin hubiera comentado la elección del coche.

—¿Quiere que llame a alguien para que la acompañe? —preguntó ella.

—Waldemar está mal de los nervios. Ya está bien así.

Karin metió un permiso de aparcamiento en el Jaguar. Siri cerró el coche y echó a andar al lado de ella con la espalda bien erguida y aferrada a su bolso de mano. Tenía un aspecto resuelto. Karin se preguntó si habría llegado a contarle a Waldemar su cometido. Seguramente no. La acompañó a la sala de reconocimientos y se mantuvo en un segundo plano. La luz estaba encendida y había dos sillas para las visitas. Siri se quedó de pie, mirando al hombre que yacía allí.

—Arvid, Arvid —dijo—. Qué mal aspecto tienes... ¿Quién hubiera dicho que acabarías así? —Titubeó levemente antes de acercarse al cadáver y sentarse en una silla.

—¿Dónde está su alianza? —preguntó de pronto.

Karin pensó que no volvería a tener una oportunidad mejor para hablarle del anillo que habían encontrado.

—Luego nos sentaremos en otro lugar para repasarlo todo. Tómese el tiempo que necesite.

—Sí, gracias. Espero que no te lo tomes a mal si te pido que me dejes sola.

—No, en absoluto. Esperaré fuera. —Karin abandonó la habitación.

Diez minutos más tarde salió Siri.

Karin había elegido una estancia donde pudieran sentarse, pero desprendía tal tufo a recortes presupuestarios e indolencia generalizada que no se vio con fuerzas para quedarse allí.

—Disculpe, pero el ambiente aquí está muy cargado. ¿Nos sentamos fuera, en un banco?

En cuanto se abrieron las puertas automáticas, el aire les pareció más liviano. Siri parecía más relajada cuando se sentaron bajo un cerezo japonés de flor rosada. Las hojas de las hinchadas campanillas de invierno se marchitaban en los arriates del lado sur del hospital. Entre las campanillas había grupos de narcisos que cualquier día soleado acabarían por abrirse. Siri miró en derredor, como si esperase encontrarse con alguien en particular. Entonces sacó un espejo de bolsillo de un estuche dorado y se retocó el pintalabios.

—¿Dónde está el anillo? La alianza de Arvid —volvió a preguntar.

Karin pensó en la manera de explicarle que Arvid no llevaba el anillo puesto. Lo mejor sería decírselo tal cual.

—El anillo se encontró después de que apareciera el cadáver.

—¿Puedo recuperarlo?

—Por supuesto. En cuanto los técnicos hayan terminado con él. —Karin respiró hondo—. Habrá que hacerle una autopsia.

Siri la miró a los ojos.

—¿Realmente es necesario?

—Ya nos hemos desviado de las normas permitiéndole ver a Arvid antes del examen forense.

—¿No crees que ya me habéis obligado a pasar por suficientes contratiempos? —Siri se enderezó.

—Necesitamos averiguar cuándo falleció. Lo siento, pero así es el procedimiento.

—¿El procedimiento? ¿Eres consciente de que conozco al jefe de policía?

—No, no lo sabía, pero todo esto obedece al fin de que la familia y las autoridades obtengan respuestas a sus preguntas. Para que tú, para que usted, pueda seguir adelante con su vida.

—Yo ya he seguido adelante. No quiero continuar hurgando en el asunto —contestó Siri—. Esta tarde hablaré con la funeraria. ¿Cuándo pueden recoger el cuerpo? —Sus preguntas eran frías y precisas. Se examinó la mano y giró su anillo, de manera que un enorme pedrusco ocupara el lugar central entre otras tres piedras menores.

—La llamaré en cuanto lo sepa —dijo Karin.

Siri se puso en pie y ella la acompañó hasta el coche.

Un hombre con un teleobjetivo las miraba desde la distancia.

El trayecto entre Medicinarberget y la comisaría era corto, pero las obras y las numerosas clases escolares que hacían turismo tuvieron la culpa de que aquella mañana el desplazamiento fuera cualquier cosa menos breve.

Karin le estaba ofreciendo un resumen de los acontecimientos de la mañana a Carsten, cuando alguien llamó a la puerta y los interrumpió. Jerker, un técnico forense, acababa de volver de su luna de miel y parecía encontrarse insultantemente bien. Sostenía un pequeño objeto entre el pulgar y el índice. Karin reconoció la alianza que Roland, el capataz de Hamneskär, les había llevado.

—Luego os daré el informe, pero pensé que os gustaría volver a verlo una vez más. O, mejor dicho, que os gustaría saber algo más sobre él. —Jerker había adoptado una expresión misteriosa.

—¿Lo habéis pasado bien en la luna de miel? —preguntó Karin.

—Fantástico, gracias. Sol y playa.

Estaba claro que Jerker se moría por contarles algo que no guardaba relación con el viaje de novios. No sabía sobre qué pie apoyarse y, al final, se sentó en la punta de una butaca, como si fuera a marcharse en cualquier momento y no tuviera la calma suficiente para sentarse correctamente, esto es, con el cuerpo apoyado en el respaldo.

—Después de haber buscado una alianza en demasiadas joyerías, no pude evitar pensar en el asunto del tío de Pater Noster.

—Arvid —precisó Karin.

—Sí, lo sé. He estado leyendo el informe a escondidas. Echadle un vistazo a mi anillo. —Jerker se quitó la alianza. Una franja blanca atravesaba su dedo anular izquierdo, allí donde no le daba el sol—. Nunca llegamos a prometernos, sino que nos casamos directamente, lo que significa que sólo hace dos semanas que llevo este anillo. No obstante, mirad todos los rasguños que ya tiene, y fijaos en la inscripción grabada en el interior.

Karin miró. Carsten se inclinó para ver mejor.

—¿Y bien? —lo animó a proseguir.

—Pues que Arvid tampoco parece haberse prometido antes de casarse, a juzgar por la inscripción del anillo. Sólo aparece una única fecha. Si echamos un vistazo al exterior del anillo, veremos que, si bien aparecen algunos rasguños en la superficie, éstos son muy peculiares. —Jerker parecía excitado y, a la vez, sorprendido por el tibio interés que despertaban sus hallazgos—. Ahora volvemos a coger mi anillo. Quitaos los vuestros también y así entenderéis lo que quiero decir.

Karin se removió un poco en la silla, viendo cómo Carsten intentaba en vano atajar a Jerker, al tiempo que dejaba su alianza sobre el escritorio.

—El tuyo también, Karin —pidió Jerker.

—Ya no lo tengo —contestó, y vio con el rabillo del ojo cómo Carsten negaba con la cabeza levemente.

Jerker no entendía nada.

—¿Lo has perdido?

—Ya no tengo anillo ni pareja —aclaró y, ante la estupefacción del otro, añadió—: Tranquilo, Jerker, no tenías por qué saberlo. Continúa, que nos tienes en ascuas.

El técnico forense le dio unas torpes palmaditas en el brazo antes de proseguir:

—Bien, echemos un vistazo al anillo de Carsten. ¿Veis la cantidad de suciedad acumulada en la inscripción? Lo mismo ocurre con mi anillo, a pesar de que sólo hace dos semanas que lo llevo. —Miró a Carsten y a Karin antes de coger de la mesa el anillo de Arvid.

—Ahora fijaos en su inscripción. Está totalmente limpia. En cuanto a los rasguños, veréis que son absolutamente regulares. Yo diría que han sido hechos con algún tipo de papel de lija. —Los ojos de Jerker se iluminaron.

Karin arqueó las cejas.

—Vaya, ¿es eso cierto? —dijo—. A veces pienso que, al fin y al cabo, hay alguna razón para que tú seas el técnico forense y no yo.

—¿Quieres decir que el anillo es nuevo? —Carsten parecía anonadado, allí sentado detrás del escritorio.

—Yo diría que sí —contestó Jerker, y se levantó de la butaca—. Bien, os dejo algo en que pensar —añadió, y se escurrió por la puerta con una sonrisa maliciosa.

Karin no pudo resistirse y llamó a Robban para ponerlo al día de la investigación. Le contó cómo había ido la identificación de Siri. Cuando llegó a la alianza, Robban emitió un pequeño silbido.

—¿Nuevo? ¿Eso qué significa? —preguntó.

Karin sostenía el móvil en una mano mientras hacía juegos malabares con una taza de café llena en la otra, y estaba a punto de contestar cuando apareció Folke por el pasillo. Se acercó a grandes zancadas y antes de llegar a su lado empezó a vocear, sin importarle que todo el mundo se volviera para mirarlo:

—¿A qué te refieres exactamente cuando dices que tengo problemas para trabajar en equipo?

—Oye, Robban, he de dejarte. ¡Cuídate! —Karin se apresuró a colgar el teléfono—. Folke, ¿podemos sentarnos a hablar? —Se preguntó de dónde habría sacado la información. No podía subestimarlo sólo porque fuera un gilipollas. Bien mirado, sólo una persona podía habérselo dicho. Karin procuraba no hablar a espaldas de sus colegas, aunque no siempre lo lograba.

—¿Tú le has dicho a Carsten que es difícil trabajar conmigo? —Folke mantuvo la mirada fija en ella.

¡Mierda!, pensó Karin e intentó mantener la calma, pero el corazón le palpitó por el malestar que sentía y, sin querer, tiró un poco de café al suelo. Una cosa era que Göran la abroncara en casa, pero otra muy distinta que un compañero de trabajo le gritara.

—Le dije que a veces pierdes la perspectiva de las cosas —respondió.

—¿Que pierdo la perspectiva? Mira, guapa, ¿sabes cuánto tiempo llevo trabajando aquí? —Folke estaba hecho un basilisco.

Karin nunca lo había visto tan enfadado, y a Marita, que había salido al pasillo a por papel para la impresora, se le cayeron dos de los cuatro paquetes de folios que llevaba. Miró a sus colegas con una mezcla de pavor y sorpresa mientras recogía los paquetes.

—No se trata de eso, Folke. Cuando estuvimos en Marstrand... ¿Podemos sentarnos y hablarlo? —Karin no sabía qué decirle. Al fin y al cabo, ya había intentado explicárselo el lunes, en Marstrand.

Habría sido preferible que hubiera reaccionado entonces, pues así podrían haberlo arreglado cara a cara.

La conducta irritante de Folke no era nada nuevo. Carsten ya la conocía, el problema estribaba en que todo el mundo en la comisaría evitaba trabajar con él.

—Ven —dijo Karin, y abrió la puerta de una sala de reuniones.

Folke estaba soliviantado y no hizo ningún ademán de moverse, sino que abrió la boca para soltarle una nueva retahíla de insultos. Karin entró en la sala y él la siguió, aunque se quedó de pie. Ella dejó la taza de café en la mesa y clavó la mirada en su compañero.

—No creas que puedes venir aquí y... —bufó él, amenazante.

—¡Haz el favor de calmarte! —Karin descargó un violento manotazo sobre la mesa que resonó en la pequeña sala. ¡Maldita sea, cómo escocía! El dolor le hizo saltar las lágrimas y ella parpadeó para contenerlas. Se mordió el labio para guardar la compostura. La taza se había volcado y el café derramado ya goteaba por el borde de la mesa.

—Formalmente es Carsten, pero en la práctica soy yo la responsable de tirar adelante la investigación. Quiero poder trabajar contigo, pero no tengo fuerzas para soportar más clases de sueco ni tanta cháchara. Sobre todo, no funcionará si insistes en tus lecciones magistrales cada vez que intentamos obtener información de alguien. Debemos mantener los mismos objetivos y la misma perspectiva.

Se paró y reflexionó un momento: debía alternar el palo con la zanahoria.

—Por supuesto, tienes mucha experiencia y tu ayuda me resulta muy valiosa —prosiguió—. Ahora que hemos conseguido nuevos datos, me gustaría que pudiéramos cotejarlos juntos, ¿de acuerdo? —Lo miró y se preguntó qué estaría pensando. Los segundos se arrastraban. ¿No debería Folke decir algo?

Sin pronunciar palabra, él se levantó y salió de la habitación. Al poco rato, volvió a pasar por delante de la puerta, ahora con la chaqueta puesta, a paso ligero hacia la salida. Maldita sea, pensó Karin. No solía dejar las cosas sin resolver. Los conflictos le absorbían mucha energía y no le gustaba que se prolongaran en el tiempo.

Furioso, Folke cruzó Heden para coger el tranvía que lo llevaría a su casa adosada en Mölndal. Nunca antes había tenido que soportar semejante insolencia. Al llegar al local de prensa Pressbyrån de

Korsvägen, se detuvo y echó un vistazo a los titulares: «Encontrado el cadáver de hombre desaparecido hace 45 años - Entrevista exclusiva con su esposa en las páginas interiores.»

Entró y compró un par de ejemplares. Salió y se dirigió a paso ligero hacia la comisaría.

Sara se había sentado en la parte de atrás del autobús y se había encogido en el asiento para pasar inadvertida. Ojalá a nadie se le ocurriera sentarse a su lado para darle charla. No se atrevía a coger el coche, no confiaba en sí misma. La última vez que había llegado a un semáforo, dudó de si la luz roja significaba que debía avanzar o detenerse. Esa experiencia había sido aterradora y, desde entonces, no había vuelto a ponerse al volante. El autobús, por su parte, implicaba estar rodeada de extraños y su pulso se aceleró. Cerró los ojos y respiró hondo, toqueteó los auriculares que llevaba puestos e intentó concentrarse en la música tranquilizadora. Sin embargo, no pudo evitar pensar en Tomas y en la conversación que habían mantenido la noche anterior respecto a una cena familiar a la que estaban invitados.

—Como entenderás, no podemos rechazar la invitación cuando, de hecho, podemos ir. —Tomas había señalado la fecha en la tarjeta en que dos copas de champán doradas entrechocaban en un brindis.

—No soportaré una cena familiar más —había replicado Sara—. Estoy de baja porque no me encuentro bien para ir a trabajar. Y una cena familiar no forma parte precisamente de mi recuperación.

—Tenemos que ir. Diane y Alexander no podrán asistir, lo que hace especialmente importante nuestra presencia. Para mamá será toda una alegría.

Estoy segura, pensó Sara. Habrá comprado algún regalo carísimo al que quiere que contribuyamos. Sólo espero que esta vez se acuerde de poner nuestros nombres en la tarjeta.

—¿Por qué no pueden ir Diane y Alexander? —preguntó, y fue consciente de lo forzada que sonaba su voz. Estoy irritada incluso antes de oír la respuesta, pensó.

—Me parece que él tenía una presentación muy importante.

—Todavía faltan seis semanas para la cena. ¿Me estás diciendo que es habitual pedir una presentación con un mes y medio de antelación? Eso sí que es anticiparse.

—¿Qué te pasa? A mí me parece fantástico que nos reunamos con toda la familia.

Sara suspiró. Sin duda, acabaría cediendo y tendría que ir a esa maldita cena familiar. ¿Acaso Tomas no podía decir que no, que no tenía fuerzas para ello? Y Diane, como de costumbre, se había librado.

Sonó un móvil. Un sonido irritante y molesto. Sara tardó en darse cuenta de que era el suyo. Últimamente no sonaba muy a menudo. Todo el mundo sabía que estaba en casa, de baja.

—Hola, soy Tomas. ¿Va todo bien?

—Sí, claro.

—Suenas rara. ¿Dónde estás?

—De camino a Goteburgo. Ya sabes, tengo esa cita.

—¿Qué cita?

Sara miro alrededor y bajó la voz.

—Con el psicólogo.

—¡Mierda, lo había olvidado! Se me ha liado todo y pensaba pedirte que fueras a recoger a los niños.

—Pero ¿no quedamos en que iría Siri?

Por una vez, la abuela se había comprometido a recoger a Linnéa y Linus en la guardería. Después de pensárselo dos días, había llamado a Tomas para decirle que les haría un hueco. Espero que no se confunda y se lleve a los críos equivocados, había pensado Sara.

—¿Sara? ¿Estás ahí?

—¿Dónde, sino?

—Verás, las cosas se le han liado a Diane y mamá ha tenido que ir a Goteburgo para ayudarla.

Claro que las cosas se le habían liado a Diane, pensó Sara. Seguro que tenía que cocer unos huevos a la vez que mascaba chicle. ¡Qué agobio!

—¿Qué le ha pasado esta vez? —preguntó, reprimiendo el impulso de bajarse del autobús cuando se detuvo en la parada desierta de Nordön—. ¿Se ha quedado enganchada en las escaleras mecánicas de alguna tienda? —añadió, y sonrió al decirlo.

—¿Es necesario que seas tan sarcástica? Mi problema es que tengo una reunión muy importante...

Tu problema es que no eres capaz de decirle que no a tu madre, pensó Sara.

—¿Y esa reunión es más importante que tus hijos?

—No, por supuesto que no, pero me va a costar...

—¿Se lo dijiste a tu madre cuando llamó para desentenderse del asunto? ¿Que tenías una reunión importante?

—No; no podía negarse a echarle una mano a Diane. No quise ponerle las cosas difíciles. No pensé que tú también estarías ocupada.

Como si eso fuera a cambiar algo, pensó Sara.

—¿Crees que debería bajarme aquí, en la parada de Nordön, y dar media vuelta? —preguntó de mala gana—. Puedo llamar al psicólogo y decirle que no iré... —Tuvo que reconocer que sería maravilloso librarse de la sesión.

—No, sólo estoy pensando en cómo solucionarlo.

Sara miró el indicador de batería del móvil: apenas una rayita.

—Mira, Tomas, me estoy quedando sin batería. Me temo que tendrás que anular tu reunión y recoger a los niños, porque me será difícil... —El teléfono se apagó.

Su primer impulso fue pedirle el móvil a algún pasajero, pero logró serenarse. Deja que lo resuelva él. De hecho, nunca recoge a los niños. Desde que ella estaba de baja, no había ido a recogerlos ni una sola vez. Podía entender que no pudiera llevarlos por la mañana, pero alguna vez podría recogerlos. ¿Era pedir demasiado?

Goteburgo, octubre de 1962

Fue como si se hubiera abierto una puerta de par en par y, una vez que Arvid la hubo cruzado, entendió de repente todos los poemas que su madre les leía por la noche, antes de dormir. Su padre siempre había escuchado y asentido con la cabeza mientras los dos hermanos se miraban a los ojos como si compartieran un secreto, y en cierto modo así era.

El amor había golpeado a Arvid con tal fuerza que no podía ni comer ni dormir, y se sorprendía una y otra vez con una sonrisa perenne en los labios. La sensación era indescriptible, como si estuviera viviendo en las tinieblas. Ella era la luz en su camino. De pronto, los negocios le parecían menos importantes.

El aire de Goteburgo era húmedo y fresco, pero el frío de octubre no pudo con él. Aquella noche, cuando volvía a casa del despacho, pasó por una joyería. Revisó las medidas de los dos anillos y pagó. La dependienta sonrió y le dijo que esperaba volver a verle pronto. Él también. La joven inclinó la cabeza a modo de despedida y le abrió la puerta.

Aunque el paquete era pequeño, le pesaba en el bolsillo del abrigo. Se detuvo varias veces en el camino para tocarlo. Contenía su futuro, o al menos eso esperaba.

Subió por Avenyn y dobló a la derecha al llegar a Vasagatan, al tiempo que pensaba en cómo empezar. Una vez en el piso, se sentó en el estudio con papel y pluma y empezó a redactar la carta. Arrugó el tercer folio y lo lanzó a la papelera. Delante tenía una nueva hoja en blanco.

«Sé que hemos o, mejor dicho, que tú has dudado porque aparentemente somos muy distintos...»

Otro folio a la papelera. De vez en cuando tenía la sensación de que las palabras que necesitaba para expresar lo que sentía simplemente no existían, que el idioma era demasiado pobre. Strauss, Mozart y Beethoven lo sabían decir mucho mejor. ¡Ahí estaba! ¡Evert Taube, claro! Sacó la antología de canciones del poeta de la estantería y finalmente encontró «Pierina».

Las anémonas azules y
las flores de almendro
se extienden como una nube sobre las colinas.
Los gallos cantan más allá de las fronteras.

El monte de vino nos aguarda
allá donde crecen las vides,
sobre la tierra rojiza,
pero en el valle sólo floreces tú.

Oh, Pierina, ¿cuándo te decidirás?
¡Pronto tendrás diecinueve años!
¿Oyes en el valle mi madrigal de primavera?
¿Serás mía este año?

Tal vez debería dejarlo ahí, con la pregunta de si quería ser suya. Dejó la hoja sobre el escritorio, se levantó y salió del estudio, atravesó el comedor y entró en el vestíbulo, donde estaba el perchero. Sus largos dedos rebuscaron en el bolsillo del abrigo y cogieron la cajita. Los anillos brillaron ante sus ojos. Que sea lo que Dios quiera, pensó. Sería ella o nadie.

8

Anita no sabía qué la había despertado. Se quedó en la cama un rato pensando, hasta que recordó los versos de la noche anterior. Con cuidado, retiró el brazo de Putte. Él gruñó y se volvió hacia el otro lado. Ella se puso el albornoz, bajó la escalera con sus zapatillas de piel de cordero y encendió la luz de la estancia que Putte llamaba «la biblioteca». A ella le parecía demasiado pretencioso. Era una habitación muy agradable con libros, nada más. Los estantes eran de un marrón oscuro con vetas rojizas. Los libros ocupaban las paredes del suelo al techo y habrían oscurecido la estancia de no haber sido por la iluminación empotrada.

Se dirigió con paso decidido hacia una de las estanterías. Primero pasó la mirada por los lomos de los libros y luego el dedo índice. En cierto modo, los libros resultaban tranquilizadores. Tanto su olor como la expectación por lo que contenían.

—Aquí no está —se dijo en voz alta. Dio un paso hasta el estante de al lado, leyó los títulos a través del cristal y posó la mirada en uno en especial—. Tal vez aquí.

La cerradura chasqueó cuando giró la llave. Abrió las altas puertas de cristal con cuidado y sacó el volumen, luego echó un vistazo al que había al lado y también lo cogió. Dejó las puertas abiertas y colocó los libros sobre la mesita lacada antes de sentarse en la butaca de orejas que había al lado. Habría estado bien una taza de té, pero Anita estaba demasiado inquieta. El té tendría que esperar.

Hojeó el primer libro y echó un vistazo impaciente al índice con la esperanza de que la ayudaría a encontrar lo que buscaba. Al final, lo dejó sobre sus rodillas y abrió el segundo. Fue al índice directamente.

—Hmmm —dijo—. Página ochenta y siete. —Pasó las páginas con fotografías en blanco y negro y notas, pero se atascó en la página treinta y dos, donde había una foto en blanco y negro con un texto al pie. Anita lo leyó.

—¡Maldita sea! Podría ser esto...

Cogió los libros y subió presurosa los escalones, de dos en dos. La estrecha alfombra roja de la escalera sujetada con filetes de latón a ambos lados amortiguó sus pasos. Putte seguía durmiendo. Anita se sentó en el borde de la cama con los libros en el regazo.

—¡Putte, despierta! Creo que ya lo tengo.

Al constatar que había pasado la noche en el dormitorio de su esposa, él se mostró confuso.

—¿Qué pasa? —dijo, pero sonrió y añadió—: Buenos días. Y gracias, una vez más.

Anita llevaba el albornoz de color melocotón y el pelo favorecedoramente alborotado.

—Gracias a ti —contestó ella—. Verás, esos versos de ayer, creo que los he encontrado. Escucha. —Y leyó—: «Entre los cerros de Neptuno y la montaña del Monzón / sus cimas a veces nevadas / y siempre mudando de color.» —Alzó la mirada—. Creo que podría ser la descripción del mar, tal como dijimos ayer. Neptuno es el dios del mar y el monzón es ciertamente un viento, pero Evert Taube, que me da que tiene algo que ver con todo esto, tenía un barco con ese nombre.

—¡Vaya por Dios! —Putte se frotó los ojos y extendió el brazo para alcanzar las gafas sobre la mesilla. Se pasó una mano por el pelo ralo y se incorporó apoyando la espalda en el cabecero—. ¡Qué guapa estás!

—¿Qué? —dijo Anita—. Espera, que aún tengo más. —Continuó con las dos líneas siguientes de la hoja de papel amarillenta—: «A través de la nebulosa de aguanieve y lluvia / te damos la bienvenida al hogar de tu infancia de blancos destellos.» El faro de Vinga tiene destellos blancos y fue el hogar de infancia de Evert Taube. Hoy en día, la casa del farero es un museo.

—Es verdad —asintió Putte—. Vinga es un faro de atraque y, por tanto, no tiene secciones de color en el cristal. Y a Karl-Axel le encantaba Evert Taube.

106

—Deja que siga. Sí, porque luego está lo de la pareja de novios. «La belleza de la novia es manifiesta / El novio está a su lado, orgulloso, / mas nunca se le ve llegar.» En este libro, el poeta describe el faro y la almenara roja como una bella pareja de novios. —Anita le acercó el libro y señaló la página—. Ahora sólo me queda el final, que no acabo de entender, lo de la herramienta y lo de descansar en paz, pero tiene que ser Vinga. ¿Tú qué opinas?

—¿Hay un cementerio en Vinga? —preguntó Putte—. Me parece que nunca he oído hablar de él. —Miró el libro. Todo encajaba a la perfección. Tenía que ser Anita quien diera con la solución. Siempre había sido la más culta de los dos. La miró impresionado—. Genial. ¿Podemos llamar a alguien y preguntar si han encontrado alguna vieja herramienta en Vinga? ¿Decías que ahora la casa es un museo? Allí debe de haber viejas herramientas.

Putte bajó de la cama y se anudó el cinturón del albornoz por debajo de la barriga. Estaba a punto de salir del dormitorio cuando se volvió, se acercó a su esposa, que seguía sentada en el mismo sitio, y la besó en la frente.

—Putte —dijo ella, y lo miró con semblante serio—. Dime qué está pasando.

Él había pensado decirle que no pasaba nada, pero en cambio se sentó a su lado, le cogió la mano y le explicó cómo estaban las cosas realmente. El médico le había dicho que era cáncer, pero Putte no creía que fuera demasiado serio, puesto que hasta entonces nada le había dolido especialmente, y tampoco se había encontrado demasiado mal. En realidad, no sabía mucho más, sólo que habría que hacer más pruebas.

La primera llamada al astillero de Ringen aquella mañana la hizo Putte, que quería botar su Targa 37 inmediatamente. El personal del astillero se apresuró a modificar su programa y a la hora del almuerzo la lancha a motor ya tenía el depósito lleno y estaba lista para zarpar. Al principio, Anita había intentado disuadirlo, pero tras una breve discusión había preparado una cesta de comida y anulado su clase de francés. El sol brillaba, pero soplaba un viento primaveral frío y cortante cuando pusieron rumbo sur. Anita miró de soslayo a su marido, con ganas de preguntarle dónde había estado tanto tiempo.

En su ruta sólo se encontraron con un solitario velero verde con bandera holandesa. Una pareja de unos setenta años iba sentada en cubierta, cada uno sosteniendo una taza humeante. Ambos saludaron alegremente a Putte y Anita agitando la mano. Anita no dijo nada, pero se preguntó si Putte viviría para celebrar su setenta cumpleaños. Se preguntó si él también estaría pensando lo mismo, si barajaba esa posibilidad, en caso de que las cosas se precipitaran.

El puerto de Vinga estaba desierto. La corriente a través del angosto estrecho era fuerte, a juzgar por las algas que pasaban a toda velocidad en el agua transparente, pero el motor rugió y la lancha se abrió paso hasta el muelle. Putte había accionado los propulsores de roda, aunque en realidad no hiciera falta. Anita meneó la cabeza. Los hombres nunca dejaban de ser niños, sólo cambiaban de juguetes.

Normalmente, el pequeño puerto estaba atestado de embarcaciones, pero aquel día pudieron pegarse al muelle, coger tranquilamente un cabo para el amarre y echar el rezón. El quiosco que la asociación Amigos de Vinga llevaba en verano estaba cerrado, asegurado con grandes contraventanas de madera.

—¡Ven! —Anita estaba impaciente.

Tras haber amarrado el cabo de popa, subió veloz la escalerilla del muelle hasta el paseo que conducía a la casa del faro y, luego, hasta el faro mismo y la almenara. La gran baliza pintada de rojo parecía una pirámide con una esfera en lo alto de la aguja, al lado del poderoso faro. La almenara era la novia de Evert Taube y la preciosa torre de piedra de Vinga era el novio. Ni Putte ni Anita vieron nada mientras se dirigían a paso ligero hacia la casa roja que otrora fuera el hogar de infancia de Evert Taube.

—Mierda, está cerrado —dijo Putte después de probar a abrir.

Anita intentó mirar a través de las ventanas, pero estaban demasiado altas. Encontró un cubo esmaltado y le dio la vuelta. Se subió encima y se colocó las manos como anteojeras para mirar dentro. Examinó meticulosamente los objetos que había en las distintas estancias. Hasta que hubo rodeado toda la casa y volvió a la entrada no llamó a su marido.

—¡Ven! ¡Date prisa! Creo que he visto algo.

Putte se había alejado un poco y hablaba por el móvil. Agitó la mano en dirección a Anita y señaló el teléfono. Qué estúpida. ¿Realmente creía que él había cambiado sólo porque habían salido juntos a la aventura? Sin duda era algo relacionado con los negocios lo que lo había llevado, una vez más, a dejarlo todo y abandonar la mesa, el cuidado de los niños o, en este caso, abandonarla a ella.

Volvió a mirar por la ventana. De una pared colgaba un objeto vetusto, el único que se amoldaba al concepto «tiempos pretéritos». Su respiración había empañado el cristal. En un bolsillo de la chaqueta llevaba un viejo pañuelo que, aunque usado, sirvió para limpiar el cristal. Apretó la nariz contra la ventana y aguantó la respiración. Debajo del objeto había un rótulo explicativo, pero de letra tan pequeña que era imposible leerlo, aunque el objeto colgado se distinguía perfectamente. ¿Tal vez debía ir al barco por los prismáticos, para así leer el rótulo?

—Ahí hay un martillo —dijo inquieta y señaló el interior cuando Putte se acercó.

—Un hacha —la corrigió él—. Precisamente acabo de hablar con el presidente de Amigos de Vinga. La encontró el ayudante del farero en la isla en los años cuarenta. Se llamaba Westerberg.

—¿Y ahora qué? ¿Qué hacemos ahora? —preguntó Anita, y miró alrededor. Las casas rojas estaban bien conservadas; los pequeños jardines, cuidados; y los muebles de jardín, apoyados contra el muro con una lona protectora encima. Las señalizaciones blancas en la ladera de la montaña que indicaban los cambios de tramo de la carretera parecían recién pintadas, pero no había nada que llevara a pensar en un hacha, ni un solo indicio a la vista.

Volvieron al barco y comieron el pastel de pollo de Anita acompañándolo con cerveza. Los eíderes macho de plumaje blanco y negro parpaban alrededor del barco. A Anita le encantaba ese sonido, a pesar de que, en realidad, se trataba de una lucha por las hembras. La escasez de hembras de eíder era un problema constante para los machos, pero a Anita los graznidos de aquellos patos marinos del Ártico le resultaban plácidos.

—Bien, ahora sabemos que la herramienta es un hacha, pero ¿qué hacemos con este dato? —dijo Putte, al tiempo que sacaba el papel con los versos.

—Karl-Axel, tan ingenioso él —suspiró Anita, meditabunda.

—Desde luego. —Putte se encogió de hombros—. Pero la última estrofa, la que no hemos resuelto, ¿qué puede significar?

Ella volvió a leer los versos una vez más, lentamente y con gran meticulosidad:

—«Una herramienta de tiempos pretéritos / cerca del lugar donde tantos descansan en paz.»

Las islas yacían sigilosas y en reposo, a la espera de una estación más calurosa, cuando Anita y Putte abandonaron Vinga en dirección norte, hacia Marstrand. Durante el viaje de vuelta, la conversación giró sobre todo en torno a la enfermedad de él, no tanto respecto al tesoro de Karl-Axel. Putte no sabía muy bien qué decir. Los médicos necesitaban hacerle más pruebas y tendría que volver, eso era lo único seguro por el momento. Anita no quedó ni mucho menos satisfecha con la respuesta, pero eso era todo lo que su marido sabía.

Anita encendió el foco que iluminaba el barco en miniatura. Los dos se quedaron contemplándolo hasta que ella se fue a ver el último episodio de un serial policiaco. Él se quedó en la biblioteca.

—Vinga —musitó para sí—. El hogar de la infancia, un hacha.

Se sirvió un whisky y lo olisqueó un instante antes de volver a dejarlo sobre la mesa. El médico le había dicho que no podía beber alcohol. Fue entonces cuando vio el objeto en que nunca había pensado antes: colgaba del cinturón de uno de los diminutos marineros en cubierta. Putte giró el foco y se inclinó hacia delante. ¡Un hacha! ¿Por qué llevaba un marinero de una maqueta un hacha? Estaba totalmente fuera de lugar.

Tardó dos horas en encontrar la lupa de la madre de Anita entre los trastos del desván. Al final de su vida, la anciana se había quedado ciega, pero antes había podido hacer crucigramas y leer gracias a aquella lupa. Una vez que la pequeña hacha estuvo bajo la gran lente, pudieron ver que llevaba una inscripción.

—¡Qué interesante! ¿Puedes leer qué pone? —El serial televisivo de Anita había terminado y volvía a estar absorta en la búsqueda del tesoro.

—Tendremos que pedirles a los chicos que vengan a hacer limpieza en el desván. Al fin y al cabo, casi todo lo que guardamos ahí es de ellos. —A pesar de ese subterfugio, la voz de Putte delató que el desván le importaba muy poco y que en realidad tenía miedo a la decepción. ¿Y si luego resultaba que el hacha no era la pista que conduciría a la solución?

—Déjate de historias, Putte, y léeme la inscripción.

—¡Mira! —susurró excitado, pero antes de que Anita pudiese echar un vistazo a través de la lupa exclamó—: ¡Maldita sea, «*sidan* ciento trece»!

—¿Maldita sea? ¿Sólo pone eso?

—Sí, únicamente «*sidan* ciento trece», o sea página ciento trece.

—¿Qué? ¿De qué libro? —Anita lo miró extrañada.

—Ni idea. Karl-Axel me regaló un montón de libros, supongo que se referiría a uno de ellos.

—¿Tenía algún favorito? ¿Alguno del que hablaseis en especial?

La temperatura en la casa había descendido a niveles nocturnos y Anita se había puesto un jersey verde. Putte se lo había comprado durante un viaje a Irlanda. Según él, ese color la favorecía.

—¿Putte? —Anita esperaba una respuesta.

—¿Sí? Disculpa.

—Un libro favorito. ¿Tenía Karl-Axel un libro favorito, un relato, un cuento, un mito, lo que sea?

—No que yo recuerde.

—Entonces ¿algún escritor? ¿Algún autor que le gustara especialmente?

—Sí, Evert Taube, claro, pero supongo que éste era más poeta que escritor... —Intentó recordar las conversaciones mantenidas con Karl-Axel en el puente de mando o sentados a alguna mesa pegajosa en oscuros bares, en compañía de marineros borrachos que se tambaleaban por los rincones del local—. Tendremos que sacar todos los libros que me regaló y echar un vistazo a la página ciento trece de cada uno —concluyó.

Johan estaba en la puerta de la biblioteca, mirando boquiabierto a sus padres. Libros apilados desordenadamente cubrían todo el suelo y las lámparas estaban encendidas en todos los armarios de libros, a pesar de que fuera el sol brillaba y el reloj de pared marcaba las once. Su madre estaba sentada al escritorio, discutiendo algo con su padre, que a su vez estaba inclinado sobre un libro y señalaba algo con el dedo. Estaban tan absortos que ni siquiera se dieron cuenta de su presencia.

—¡Vaya desorden tenéis aquí! ¿Qué estáis haciendo?

—Hola, guapo. Estamos buscando una cosa.

—¿Qué cosa?

—¿Te acuerdas de Karl-Axel Strömmer?

—Sí, claro. ¿Qué pasa con él?

—¿Recuerdas si alguna vez te regaló algún libro?

—Supongo que sí. Pero ahora no tengo ni idea.

—Ya. —Putte parecía distraído—. Escucha, en el desván hay muchas cosas tuyas y de Martin. Estaría bien que os pasarais un día y os las llevarais... —sugirió sin mucha convicción.

—Ahora en serio, papá, ¿qué estáis buscando?

Anita se levantó del escritorio. Le dolía la espalda. Se sorprendió al ver lo tarde que era. Llevaba sentada allí más de tres horas.

—¿Tienes hambre? Ahora mismo iba a preparar un poco de comida para tu padre y para mí.

Johan la siguió hasta la cocina. Su madre lo puso al corriente de la carta, el mensaje en el barco en miniatura y el hacha en Vinga.

—¿Botasteis el barco y os fuisteis a Vinga? —Johan soltó una risotada—. Anda ya, mamá...

—Pues sí. Y después papá encontró un hacha diminuta que lleva uno de los marineritos de la maqueta. Y leímos la inscripción del hacha gracias a la lupa de la abuela.

—Vaya. ¿Y qué pone?

—«Página ciento trece.» Y ahora estamos intentando encontrar el libro de Karl-Axel en el que, tal vez, haya un mensaje en la página ciento trece.

—Suena todo de lo más normal, claro. —Johan había sacado una cerveza de la nevera y estaba con la espalda apoyada contra la encimera y los brazos cruzados. Bebió un trago.

Putte entró en la cocina.

—¿Querías algo, o simplemente pasabas por aquí para acabarte mi cerveza? —preguntó a su hijo.

—La segunda opción es la buena. —Johan sonrió.

—Anita, ¿crees posible que nos hayamos saltado algo?

Ella estaba cortando cebolla para la carne picada. Detuvo la cuchilla y pensó.

—No lo creo. —Se secó las lágrimas con el dorso de la mano.

—¿Estás triste? —se preocupó Putte, y posó una mano sobre su hombro.

—Es por la cebolla, estoy cortando cebolla.

—Bebe un poco de agua, pero no te la tragues. Así no te llorarán los ojos —le aconsejó él.

—¿Qué? —se sorprendió ella.

—Bernhard, el cocinero de un barco, me lo enseñó. Me pregunto si también funcionará con cerveza. —Miró de soslayo hacia la lata de su hijo antes de servirse un vaso de agua. Bebió la mitad, pero se dejó el resto en la boca y se puso a cortar la cebolla que quedaba sin verter ni una lágrima.

—Vaya. Llevamos treinta y siete años casados. Creo que podrías habérmelo dicho antes —refunfuñó Anita.

Putte se tragó el agua y acarició la mejilla de su esposa antes de echar la cebolla a la sartén.

—¿Cuánto tiempo lleváis buscando en los libros?

—Desde ayer por la noche, cuando conseguimos descifrar lo que pone en el hacha. Estuvimos buscando hasta las dos de la madrugada y seguimos esta mañana, desde las siete. Resulta que tenemos un montón de libros que pertenecieron a Karl-Axel. Más de los que creíamos.

Johan se acabó la cerveza y dejó la lata sobre la encimera antes de abandonar la cocina. Avanzó con cautela entre las pilas de libros hasta la maqueta del barco.

—¿Página ciento trece? —dijo para sí al leer la inscripción.

—Es lo mejor que he comido nunca —dijo Putte después del almuerzo.

Anita le dedicó una sonrisa.

—Me alegro.

Johan había permanecido callado mientras escuchaba los detalles de la caza del tesoro, pero de pronto empezó a hablar. Sus palabras surgieron de forma pausada, como si siguiera pensando y no hubiera llegado al final de sus elucubraciones.

—«Página», dices, pero *sidan* no tiene por qué significar la página de un libro. También podría ser el costado de un barco. «Costado ciento trece» podría indicar una parte de la maqueta del barco.

Sus padres se levantaron de la mesa y corrieron hacia la biblioteca. Johan negó con la cabeza, pero no pudo evitar reírse.

—¿Café, mamá?

• • •

El artículo ocupaba varias páginas y estaba ilustrado con antiguas fotos de archivo. Cogieron cada uno su diario y se sentaron en la cocina de la comisaría. La primera foto era de Siri llorando, sentada en la cocina y estrujando un pañuelo con encajes y bordados. Miraba tímidamente a la cámara. Su maquillaje era perfecto, o sea que el llanto era un poco dudoso. Karin observó que Siri había cambiado las cortinas y el mantel desde que estuvieron allí. Y las típicas vasijas suecas habían sido trasladadas del salón para que lucieran visibles en el alféizar de la ventana de la cocina. Era poco probable que fuera una casualidad.

«La familia Stiernkvist», rezaba el siguiente titular. Karin lo leyó lentamente.

—¡No, joder! —exclamó Folke.

Ella nunca lo había oído hablar así, pero la alegró que Folke hubiera vuelto, que la claridad con que se había expresado antes pareciera haberle sentado bien.

Folke iba una doble página por delante y le dio la vuelta a su ejemplar para que Karin le echara un vistazo. Se sobresaltó al ver una de las fotografías. Era una instantánea de ella y Siri sentadas en el banco de Medicinarberget, hablando. Sin embargo, ésa no era la foto que señalaba Folke, sino una de Arvid en la sala de reconocimientos, con Siri sentada en una silla y cabizbaja. Karin sintió náuseas. ¿Era posible? ¿Aquella mujer le había pedido que saliera de la habitación a fin de hacerse una foto con su esposo fallecido para la prensa?

—Me pidió que la dejara sola... —se justificó.

—A esta mujer le pasa algo muy serio —dijo Folke, y siguió leyendo en voz alta—. «Arvid y yo éramos el eje alrededor del cual todo giraba. Nos invitaban a todas las fiestas y pertenecíamos al círculo íntimo de la alta sociedad. En aquellos tiempos todavía se podía hablar de una verdadera alta sociedad, formada por un reducido y selecto grupo de gente, no como hoy en día, en que cualquiera puede entrar en ella.» —El texto aparecía debajo de una fotografía de un grupo de personas distinguidas y sonrientes que se acercaban andando. Las damas llevaban vestidos de gala y los caballeros, esmoquin. Había un círculo alrededor de las cabezas de Siri y Arvid. Al fondo se vislumbraba Societetshuset de Marstrand, o Såsen, lo más de lo más, era como solían llamar popularmente a aquel restaurante balneario.

—Desde luego no da una imagen de sí demasiado simpática —ironizó Karin—. Mi abuela suele decir que cada uno cargue con sus vergüenzas, y eso sin duda es aplicable en este caso. —Y recordó que todavía no le había contado a Folke lo que Jerker les había dicho acerca de la alianza, así que lo hizo.

—¿Nuevo? —dijo Folke con tono escéptico—. ¿No podría ser que sencillamente no llevara el anillo muy a menudo?

—Sí, pero si lo llevaba puesto, al menos la inscripción debería estar un poco sucia. Y no lo estaba.

—A lo mejor alguien limpió el anillo. Por cierto, ¿crees que se lo quitaron los polacos?

—No lo sé, pero parece poco probable, si pensamos que dijeron no sé qué de enterrarlo en tierra consagrada. Siempre y cuando, claro, lo que nos contó Roland Lindström sea verdad. —Karin se reclinó en la silla y se balanceó sobre las dos patas traseras.

—¿Quién?

—El capataz de Pater Noster, Roland Lindström.

—Ah, sí, pero estaba pensando en otro asunto.

—¿La fecha de la boda?

—Bueno, sí, pero siempre cabe la posibilidad de que se le olvide a tu cónyuge. —Folke nunca había olvidado la del día de su boda, en cambio su esposa sí—. No, no era eso, sino lo del pastor.

—¿Qué quieres decir?

—Su nombre. Siri se acordaba de su nombre. Yo, por ejemplo, no tengo ni idea de cómo se llamaba el pastor que nos casó, y eso que suelo acordarme de esa clase de cosas.

—Pero no podemos decir que eso sea ningún crimen. A lo mejor colaboraba con la iglesia. O tal vez habló con el pastor cuando Arvid desapareció.

—Seguramente. Desde luego parece la típica persona religiosa consagrada a la Iglesia —observó Folke con sequedad.

Karin sonrió. O sea que también era capaz de hacer bromas de vez en cuando. Siguieron hablando del caso en el coche, de camino a Mölndal. Ella rechazó amablemente la invitación a cenar. Él se despidió agitando la mano cuando Karin volvió a meter el coche en la carretera. En cierto modo, ha sido un buen día, pensó.

. . .

El móvil sonó y Karin no pudo evitar soltar una risita al oír la conocida frase:

—Pues sí, es la vieja bruja pesada quien te llama. Soy la abuela —añadió, como si Karin no la hubiese reconocido.

Se preguntó si podía ser telepatía, porque precisamente estaba de camino a la casa de la abuela. Subió la cuesta de Gårda y aparcó en la calle Danska. La anciana abrió la puerta y le dio un abrazo. Luego miró a su nieta mayor con escepticismo.

—¿Cómo has podido llegar tan rápido? Espero que no hayas pisado demasiado el acelerador.

—He puesto la sirena y las luces de emergencia.

—¡Oh, Dios mío! Supongo que no lo has hecho, dime la verdad.

—¡Por supuesto que sí! Una madre con un cochecito tuvo que echarse a un lado... Pero bueno, abuela, sabes perfectamente que no lo he hecho —añadió rápidamente, pero la anciana ya había iniciado su sermón.

—Como agente de policía, tienes que dar buen ejemplo. Si alguien ve que conduces demasiado rápido y...

—Sí, pero ya te he dicho que estaba bromeando, abuela.

—Porque el otro día leí en el periódico que una agente de policía había...

Karin se arrepintió de haberle tomado el pelo. Decidió cambiar de táctica.

—¡Uyuyuy, qué hambre tengo! —dijo, apostando a carta ganadora.

—¿De veras? Pues he preparado bocadillos de huevo y he descongelado unas tortitas. El café estará listo en un periquete. —La abuela hizo un gesto en dirección a la cafetera, que ya gorgoteaba.

Karin miró a la menuda mujer cuando fue a apagar el fogón. Parece que haya encogido desde la última vez, pensó. Como si cada día se fuera haciendo más y más pequeña. Retiró una silla y se sentó. La mesa de la cocina ya estaba puesta, con un tazón en el lado de Karin y una taza en el de la abuela. Ésta sirvió café y luego se sentó en su silla. Puesto que Siri había decidido dirigirse a los diarios con su historia, ya no podía decirse que fuera información confidencial. Karin se lo contó todo a la abuela.

—Lo recuerdo —dijo la anciana—. Hubo mucho revuelo en los diarios entonces. Un montón de hipótesis contradictorias acerca de lo ocurrido.

—¿Como por ejemplo? —preguntó Karin, y dio un mordisco al bocadillo de huevo.

—Nunca salió en la prensa que Arvid y Siri estuvieran casados hasta que él desapareció, y a todo el mundo le sorprendió, la verdad sea dicha. Arvid era un hombre muy apreciado y respetado, de buena familia, mientras que a Siri se la consideraba... bueno, mantenía relaciones un tanto dudosas con varios hombres casados. Era una promiscua. Siempre se la veía de paseo por ahí y dio a luz un bebé poco después de la desaparición de Arvid. Recuerdo que un reportero que le tenía tirria calculó que el bebé, creo que una niña, había sido concebido antes de que Arvid y ella se casaran. Además, para dar a luz se fue al extranjero, creo que a Noruega o Dinamarca. A muchos, entre ellos el reportero, les pareció bastante sospechoso, mientras que otros pensaron que quería recuperar la figura antes de volver a Goteburgo.

—No parece que la gente la aprecie especialmente.

—Es posible que todavía quede algún periódico en el trastero. Tu abuelo siempre le daba la lata a Hella para que recogiera sus cosas, pero creo que la mayor parte sigue allí. Si quieres, podemos echar un vistazo.

Hella era la tía de Karin que siempre había sido una adelantada a su tiempo. El abuelo de Karin y ella habían andado a la greña continuamente, tal vez porque se parecían mucho.

—Pero ¡si ya no te queda café! —La abuela se apresuró a coger la cafetera.

Había pasado mucho tiempo desde la última reforma del piso, lo que significaba, entre otras cosas, que no había extractor de humos en la cocina. El acogedor aroma a café recién hecho y a las tortitas de la abuela se había extendido por la pequeña estancia. Karin vaciló un instante antes de ir al vestíbulo por el diario vespertino con el reportaje sobre Siri.

—Vaya por Dios. —La abuela negó con la cabeza—. ¿O sea que volvió a casarse? Por cierto, ¿qué has hecho con Göran? Supongo que está en casa, ¿no?

Karin debería haber estado preparada para la pregunta. Lo mejor sería decírselo tal como era. Y así lo hizo.

—No me parece especialmente elegante romper un compromiso después de cinco años —opinó la anciana—. Deberías haberlo pensado antes. ¿Qué dirán sus padres?

—¿Qué crees que tenía que haber hecho? ¿Seguir con él, aunque no me sienta bien a su lado? —bufó Karin.

—Podríais haber hablado —dijo la mujer con aire de sabionda—. Creo que, hoy en día, la gente se rinde con demasiada facilidad. Cuando el abuelo y yo nos casamos...

Karin no conocía a nadie capaz de sacarla tanto de quicio como su querida abuelita.

—Pues muy bien —la interrumpió—. Entonces, si te parece, a lo mejor debería llamarlo y proponerle una fecha para la boda. Así resolveremos todos nuestros problemas.

—Pero querida Karin, sólo pretendía decirte que deberíais hablarlo.

—No hemos hecho más que hablar y hablar. No tienes ni idea de cómo hemos estado, ni de lo mucho que hemos hablado. —Las lágrimas empezaban a correr por sus mejillas, pero no se molestó en secarlas.

—Seguro que todo se arreglará. Ven, vamos a ver si encontramos algún periódico. —Abrazó a su nieta y le dio una llave con un llavero de lo más decorativo.

El abuelo se había hecho con dos trasteros en el edificio de la calle Danska, 72 A. Uno de ellos estaba en el sótano, donde guardaban las bicicletas. Hacía calor y olía ligeramente a petróleo. Karin recordó el olor de su infancia, cuando para llegar al piso de los abuelos atajaba por el aparcamiento de bicicletas. Se sentó en la banqueta de madera y se colocó la caja de herramientas del abuelo sobre las rodillas. Preguntaría a la abuela si podía llevársela al barco. Una a una, fue sacando las herramientas viejas y gastadas pero bien conservadas. Había sido la primera nieta y el abuelo siempre le había dejado participar en todo. El anciano había tenido una paciencia infinita, pero era sobre todo su testarudez lo que Karin había heredado de él.

Casi había olvidado que lo que estaba buscando eran semanarios cuando apareció la abuela con la otra llave para recordárselo. Los periódicos estaban apilados a lo largo de la pared derecha del trastero. La abuela cogió el segundo de una pila, pues no estaría tan polvoriento como el primero. Resultó un número de la *Hemmets Journal*, de 1965. Karin empezó a hojearla y leyó en voz alta de la página de consejos para el ama de casa. La abuela rió con ganas. Tardarían mucho en repasar todo aquello.

—¿Con qué periodicidad salían estas revistas? —preguntó Karin.

—Creo que una vez a la semana.

—Cincuenta y dos números al año... Estaría bien si pudiéramos encontrar todas las de 1963. Ése fue el año en que se casaron Siri y Arvid.

Les tomó una hora reunirlas, y ya eran más de las diez cuando volvieron al piso. La abuela preparó más bocadillos mientras Karin se duchaba para quitarse el polvo del trastero.

—Si quieres, puedes quedarte a dormir. Así podríamos empezar a revisar las revistas ahora mismo.

Era una de las cosas que le encantaban de su abuela. A pesar de sus ochenta y siete años, conservaba el espíritu aventurero.

A medida que las repasaban una por una, iban dejándolas en un montón.

—¡He encontrado algo! —La anciana se ajustó las gafas y leyó con su voz clara—. «Arvid Stiernkvist y acompañante amenizaron la velada con su presencia.»

Karin se sorprendió al ver a la mujer que aparecía en la foto. No era Siri, sino una bella rubia que recordaba a Grace Kelly. Repasó el texto con la esperanza de encontrar su nombre, en vano. No obstante, dejó la revista aparte, ya que era lo único que habían encontrado hasta entonces. Una hora más tarde, cuando ya habían repasado gran parte de la pila, la abuela volvió a encontrar algo.

—¡Karin! ¡Escucha! «"El sector del transporte va viento en popa y la empresa prospera", explicó el señor Arvid Stiernkvist, que estaba invitado a...»

La fotografía era mala, pero Karin la reconoció. Era la misma foto que acababa de ver en el diario vespertino con Folke. Aunque no del todo. Algo era distinto. Karin sacó el diario de la noche y lo abrió por las páginas centrales, donde predominaban las imágenes de Siri. No tuvo que esforzarse demasiado para ver lo que la hacía diferente. En el diario vespertino, Siri y Arvid aparecían juntos, pero en la misma foto, la de la revista de 1963, era otra mujer la que estaba junto a Arvid. Una vez más, aquella rubia. Alguien había manipulado la foto. Todo lo demás era igual, la ropa que llevaba la acompañante era la misma, pero alguien se había molestado en sustituir el rostro de la rubia por el de Siri. Arvid la miró a través del tiempo, como si Karin se hallara al otro lado de la cámara. No parecía encantado con la presencia del fotógrafo. Al fondo se veía el mar. ¿Quién podía ser aquella mujer rubia?

9

Karin había cogido la nota cuando ya salía de la comisaría, pero no se había molestado en leerla, puesto que Marita le había dicho lo que ponía. Tenía que llamar a la esposa de Arvid Stiernkvist, pues al parecer ya recordaba el nombre del dentista de su marido. No obstante, ahora que ya habían identificado el cadáver de Arvid, no necesitaban el historial clínico ni las radiografías del dentista.

Karin se metió la nota en un bolsillo y buscó el número en el móvil. Solía guardar en la memoria todos los teléfonos de interés cuando trabajaba en un caso. Le ahorraba tiempo, sobre todo si iba conduciendo y necesitaba llamar a alguien. Más tarde se preguntaría si algo habría cambiado de haberse molestado en leer la nota. Siri parecía jadeante cuando contestó. Quizá estaba en el jardín, o tal vez haciendo cosas en la intimidad con Waldemar. Intentó borrar con un parpadeo la imagen de Siri diciéndole a su marido que tuviese cuidado y no la despeinara. Karin la oyó disculparse en inglés con alguien que seguramente estaba de visita.

—Pues yo no he llamado —dijo luego. Era evidente que intentaba ocultar su irritación.

—Pero es que tengo una nota que dice que la viuda de Arvid Stiernkvist ha llamado preguntando por mí y...

Se hizo un extraño silencio en el auricular, hasta que se volvió a oír la voz nasal de Siri.

—Sí, claro. Pero no era nada importante. Tendrás que disculparme, pero estoy en medio de una entrevista. Con una revista extranjera.

Karin tuvo ganas de mencionarle la fotografía manipulada; sin duda, eso la habría hecho tomarse su tiempo para hablar con ella.

Era obvio que Siri había aprovechado la ocasión para relegar a una antigua rival al olvido. A Karin la maravillaba ver lo que la gente estaba dispuesta a hacer por aparecer en los medios.

Era viernes por la tarde, así que Karin intentó desconectar de todo cuando se puso la chaqueta y les deseó un buen fin de semana a los compañeros que aún quedaban en la comisaría.

Cuando, tras pasar por el supermercado, llegó al piso de Gamla Varvsgatan e introdujo la llave, tuvo la sensación de estar entrando en la casa de otra persona. Había temido sentirse sola al llegar, y por eso entró sin preocuparse por quitarse los zapatos y la chaqueta, encendió todas las lámparas y metió un CD en el equipo de música. De esta manera, el piso vacío le parecería menos solitario.

Acababa de empezar a guardar la comida en la nevera cuando sonó el timbre de la puerta. Sorprendida, miró por la mirilla, pero alguien la estaba tapando con la mano. Alguien había burlado la cerradura del portal y estaba delante de su puerta. Karin miró el reloj. La siete de una tarde de viernes. No pensaba abrir sin saber quién era. El timbre volvió a sonar. Podría ser Göran. Entonces decidió marcar el número de Robban y lo tuvo en la línea mientras abría la puerta.

—¡Tachán! —dijo alguien desde el rellano, alegremente.

Karin dio un respingo y, patidifusa, sólo atinó a echarle los brazos al cuello a su amiga de siempre, Kia.

—Oye, Robban, todo está bien —logró decir al móvil cuando se repuso—. ¡Que tengas un buen fin de semana!

—Discúlpame, Karin, ha sido una insensatez por mi parte. ¿Creíste que era uno de tus delincuentes? —preguntó Kia, y soltó una risita.

—Pasa, pasa —la urgió Karin—. La señora Svedberg se enfadará sin nos quedamos aquí hablando. ¡Ay de aquel que se divierta!

El comentario hizo reír a su amiga.

—¿Qué más da, si de todos modos piensas irte? —contestó en voz alta, antes de que Karin la cogiera del brazo para meterla en el recibidor.

Cerró la puerta y la miró. Kia se había presentado un día antes de lo acordado. La maravillosa Kia, siempre al pie del cañón cuando la necesitabas, para lo bueno y para lo malo, había cogido el coche, dejando a dos niños y un marido en Uddevalla, para acudir en su rescate sin hacer demasiadas preguntas. Karin rompió a llorar desconsoladamente. Había estado muy ocupada desde la ruptura con Göran, apartando todo pensamiento acerca de la separación. Sin embargo, a lo largo de los últimos cinco años ya le había dado, de alguna manera, muchas vueltas a su relación durante los solitarios períodos de seis semanas y, a esas alturas, ya debería haber dejado atrás los llantos. Kia le dio un abrazo.

—Dios mío, ¿qué música deprimente es ésa?

—Enya.

—Sí, ya lo oigo, pero no es precisamente reconfortante.

Kia se acercó al equipo de música y sacó el CD para sustituirlo por uno de los primeros de Gyllene Tider. Karin apagó el fluorescente poco romántico del techo de la cocina y, en su lugar, encendió velas. Kia descorchó la botella de vino que había traído y lo sirvió en dos copas.

—Olla criolla —anunció Karin, y señaló con la cabeza los ingredientes que había sobre la encimera de la cocina.

—¡Oh, hace mucho tiempo que no la pruebo! ¡Qué bien! ¿Qué hago?

Karin le dio instrucciones. Su amiga añadió las olivas negras, las salchichas a la cerveza, las cebollitas en vinagre y la nata.

—Oye, y tú ¿qué tal estás? —preguntó Karin.

—Oh. A veces estoy muy cansada. Me levanto a las seis, desayuno, dejo a los niños en la guardería, voy a trabajar y después recojo a los niños en la guardería. Preparo la cena y a las seis vemos el programa infantil *Bolibompas*. Luego, hora de acostarse de los niños. Y entonces nos quedamos sentados en el sofá como zombis. Jens va y se sienta un rato delante del ordenador. Le encantan sus juegos de golf. Porque el sexo, ¿qué es eso? No te quedan fuerzas para nada, la verdad.

Karin rió y le recordó cómo era antes, cuando Kia dormía fácilmente hasta las once de la mañana.

—Sí, es verdad. Pero eso fue en otra época. Sin embargo, no cambiaría a los niños por nada en el mundo. A Jensan quiero cambiarlo de vez en cuando, pero se me suele pasar.

Karin se acostó en el sofá y dejó que Kia ocupara la cama. Habían estado charlando hasta pasadas las dos.

Después del desayuno del sábado, hicieron una lista con todas las tareas pendientes. Había que revisar el piso y el desván. Kia se encargó de la ropa del armario.

—Ahora en serio, Karin. Este jersey, ¿cuándo lo usaste por última vez? —Sostuvo en el aire una prenda de lana gris que Karin apenas reconoció.

—Hace mucho tiempo, pero es muy bonito.

—En otras palabras, una donación para el Ejército de Salvación —dictaminó Kia, y dejó el jersey en el montón creciente de ropa para donar.

Pasó todo el sábado y la mitad del domingo. Habían hablado, holgazaneado, clasificado y empacado. Al fin y al cabo, el espacio de un barco de diez metros era limitado.

Al final, incluso quedaron cosas para las que no encontró sitio a bordo. Llevaron cinco cajas de mudanza enteras al trastero del aparcamiento de bicicletas de la abuela. A las ocho y media de la tarde del domingo, Kia, la abuela y Karin estaban sentadas en el barco, cenando. Quedaban tres bolsas llenas de trastos debajo de la mesa de navegación. Todo lo demás había sido desempacado, tirado o donado. Karin había echado las llaves de la casa por el buzón de la puerta, tal como habían acordado. Se quedó un instante con las llaves en la mano, recordando el día en que ella y Göran habían conseguido aquel piso. Y a continuación empujó la aleta del buzón y las soltó.

Se montó en la bicicleta inmediatamente después de que ella lo llamara. De todos los estudiantes que había conocido a lo largo de los años, ella había sido la más despierta. Por aquel entonces se llamaba señorita Rylander. Pensaba por sí misma y lo obligaba, incluso a él, a esforzarse al máximo como profesor. Lo había alegrado que ella, al igual que él en su día, eligiera ser médico forense. En cierto modo, era como si siguiera sus pasos. Años más tarde, ella acabó trabajando en su centro de medicina forense de Goteburgo, lo que los acercó aún más. Él quería enseñarle todo lo que sabía, transmitirle toda la experiencia adquirida a lo largo de su vida, mientras ella aprendía las nuevas técnicas, al tanto de todas las innovaciones, y luego se las presentaba a él de una manera concisa y comprensible. Había sido un toma y daca valioso para ambos.

Cuando él se retiró, Margareta se hizo cargo del servicio. Ella solía llamarlo un par de veces al año para pedirle que la ayudara en algún caso especialmente interesante. Lo hacía porque le interesaba conocer su punto de vista, pero sobre todo para que él sintiera que lo necesitaba, que era útil, importante. En realidad, ella ya no necesitaba sus opiniones. Ahora ella era la maestra y él, el alumno.

Margareta abrió la puerta y le dio un abrazo.

—Casi había olvidado lo rápido que eres.

—Una vieja costumbre. Además, he estado en Córcega durante dos semanas, paseando en bicicleta, o sea que estoy en forma. —Sonrió y la siguió escaleras arriba. El bastón en una mano, el casco de bicicleta en la otra. La puerta se cerró a sus espaldas con un zumbido.

—Acabas de cruzarte con Jerker, el técnico forense. Te habría caído bien —dijo Margareta, al tiempo que se adelantaba por el pasillo para meter un papel en su taquilla y optaba por el ascensor en lugar de las escaleras—. Conque Córcega, ¿eh? Me extrañó que no me llamaras cuando la noticia salió en los periódicos, pero eso lo explica todo, claro.

Y pasó a contarle lo relativo al cadáver encontrado en Pater Noster. Él se detuvo cuando salieron del ascensor.

—¿Hamneskär? —preguntó. ¿Era eso posible?, pensó. ¿Después de tantos años?

—¿Conoces la isla? Sí, claro, tú y tu viejo barco de madera. Casi lo había olvidado.

—¿Mi viejo barco de madera? Es un Drake de caoba africana, construido en 1930 —replicó él, ofendido.

Margareta le ofreció ropa protectora y abrió la puerta de la sala de autopsias. Él miró alrededor.

—Vaya, qué bien estáis aquí.

La sala, situada en la planta baja, tenía buena iluminación natural gracias a unos grandes ventanales de cristal transparente hacia fuera y opacos desde la calle, para que nadie pudiera ver nada. Los abedules empezaban a mostrar brotes, como si la primavera todavía dudase.

El cadáver yacía sobre la mesa más alejada de las dos que había en la sala. Él cruzó el suelo de gres cojeando y se detuvo bruscamente. Miró sorprendido el cuerpo. La piel parecía cuero curtido tensado sobre el esqueleto. La grasa y el agua del cuerpo se habían convertido en cera hasta transformar al hombre en una momia.

Los recuerdos lo transportaron de vuelta a un día sofocante de agosto de hacía más de cuarenta años. Había sido el verano más calu-

124

roso desde tiempos inmemoriales y aquel día no lo olvidaría jamás. Había llegado a un punto de inflexión en su vida y abandonado una prometedora carrera de cirujano para hacerse médico forense, una elección que sus allegados nunca habían entendido y que él, por su parte, tampoco había sabido explicar. Tan sólo Karl-Axel lo había comprendido. Y Elin.

—Como verás, el cadáver está muy bien conservado. Por suerte para nosotros, ha estado encerrado en un sótano de piedra bien ventilado, de otro modo no quedaría nada de él. El sótano de piedra se halla por encima del nivel del suelo, y como ha estado emparedado, los insectos no han podido acabar con él. Además, estando en una pequeña isla, lejos de tierra firme, es más fácil evitar estos contratiempos. —Margareta lo miró. Se mostraba extrañamente callado.

—¿Cómo? —dijo, un poco forzado.

—Insectos —repitió Margareta.

Él asintió con la cabeza, incapaz de decir nada, absorto en los pensamientos que rondaban su cabeza.

—El medio ambiente influye constantemente, ¿no era eso lo que solías decir siempre? —Ella sonrió al ver su rostro ausente y le mostró la mano izquierda del cadáver—. Mira, llevaba un anillo hasta hace muy poco. —Margareta le enseñó la marca en el dedo anular.

—¿Quieres decir que alguien se lo quitó cuando encontraron el cuerpo? —se indignó él—. Eso se llama profanación.

—Además, tenía el puño cerrado, por lo que sufrió daños cuando se lo abrieron para quitarle el anillo. —Margareta le mostró la mano huesuda.

—¿Has llegado a alguna conclusión en cuanto a la causa de la muerte? —Él sabía lo complejo que podía ser determinar lo que había provocado un fallecimiento.

—Teniendo en cuenta el estado del cuerpo es difícil decir de qué murió. No hay ningún trauma en el esqueleto. Ni signos de violencia externa. —Se recolocó un mechón de pelo detrás de la oreja.

—El tronco está increíblemente bien conservado, pero no debe de quedar nada de las partes blandas ahí dentro. —Hizo un gesto con la mano.

—Lo mismo he pensado yo. En general, está sorprendentemente bien conservado. Aunque no podemos descartar que le hayan clavado un cuchillo en el corazón, por ejemplo. —Y le mostró el torso, donde sobresalía el esternón.

—Sí, es cierto. ¿Has dicho que estaba emparedado?

—En un sótano de piedra. Se requieren al menos dos o tres semanas con calor de verdad para que el cuerpo empiece a secarse, pero una vez lo ha hecho, el proceso de descomposición se detiene... Era un sótano de piedra bien ventilado. Todo apunta a que falleció y fue emparedado en verano. Además, los técnicos encontraron flores, clavelinas. Ya sabes, esas flores de playa rosadas. Resulta que florecen principalmente en mayo, junio, aunque de hecho también pueden hacerlo incluso entrado el otoño.

—Un verano caluroso y luego un invierno frío. —Apoyó el bastón en el suelo y se desplazó de lado.

Observó al cadáver detenidamente. Su corazón dio un latido de más. Aquel año no hubo otoño. El calor estival se había prolongado hasta bien entrado octubre con temperaturas récord, y después había empezado el invierno sin preludios. Seco y frío. Intentó recordar si había llovido, pero le parecía que no. La época invernal había llegado de golpe, como si a alguien sencillamente se le hubiera olvidado el otoño.

—¿Has considerado la posibilidad de envenenamiento? —Se mordió la lengua—. Si el estómago y el intestino se vaciaron antes de su fallecimiento, la cantidad de bacterias debió de disminuir notablemente. Eso explicaría la excelente conservación del tronco.

—Me parece que es una conclusión un tanto apresurada, sobre todo viniendo de ti. Además, todo depende de con qué lo envenenasen. ¿O tú qué dices? —preguntó Margareta, sorprendida. Miró cavilosa a su antiguo maestro.

No podré engañarla, pensó él. Tal vez podría hacerlo con cualquier otro, pero no con ella.

—Das por sentado que fue envenenado con algo que le provocó vómitos y diarrea. ¿Qué ha sido de tus análisis imparciales que siempre defendías? ¿Lo de estar abierto a cualquier posibilidad y no sacar conclusiones en una fase temprana de la investigación?

Él había prometido no decir nunca nada. Jamás revelar nada. Pero hacía tanto tiempo de todo aquello... A lo mejor podría encaminarla, apuntar en la dirección correcta. ¿Acaso no había sido una señal lo que lo había llevado hasta allí aquella tarde? ¿Acaso no lo había sido que ella lo hubiera llamado? Le brindaba la oportunidad de cerrar el círculo. Pensó en el juramento que había prestado como médico hacía ya tantos años. Sobre todo el pasaje final: «Respetaré la

126

voluntad de mi paciente. Mantendré en secreto aquello que me sea confiado en la asistencia debida a mis pacientes.» A lo largo de los años había pensado en ello a menudo, intentando interpretarlo de otra forma. No traicionar al paciente, ésa era la esencia. ¿O no?

—A ver —dijo Margareta—, ¿qué sabes tú que yo no sepa? —Su mirada seguía fija en él.

Ella sabría mantener la boca cerrada, él lo sabía. Si en alguien podía confiar era en aquella mujer.

Dudó.

—A lo mejor te interesa un tatuaje que encontré en su cuerpo —añadió ella.

—¿Un tatuaje? —De pronto se puso alerta.

—Está en un sitio difícil de encontrar, pero es muy interesante. Los investigadores darán un bote de alegría cuando se enteren.

—¿Qué?

Margareta bajó la potente lámpara regulable del techo para enfocarla, pero se arrepintió. En vez de mostrárselo, se cruzó de brazos.

—Quizá podría enseñártelo si tú antes me cuentas lo que sabes —dijo.

—Eso es chantaje.

—Llámalo mejor intercambio de información. Si no, siempre puedes llamar a la policía. —Margareta sonrió levemente.

Él suspiró hondo.

—Envenenamiento por arsénico —dijo—. Sé que murió de intoxicación por arsénico.

—¿Sabías que todo el trabajo que supone una casa con dos niños equivale a un empleo de jornada completa de cuarenta horas semanales? —comentó Tomas, que estaba sentado a la mesa del desayuno leyendo el periódico el sábado por la mañana—. Es una barbaridad. ¿Realmente puede ser cierto?

—Sin duda lo es —dijo Sara—. Cuarenta horas. Fácilmente.

—Piensa en cuando las mujeres se quedaban en casa y el hombre era quien tenía que traer el dinero. Eso demuestra que no había igualdad. —Tomas negó con la cabeza.

—Hoy en día, la diferencia está en que se espera que las mujeres se hagan cargo de la casa a la vez que tienen un trabajo a jornada completa —dijo Sara, cansada.

—Pero ¿cuarenta horas? Eso es mucho. ¿En qué las emplean? —Tomas parecía meditarlo seriamente.

—Pues verás, se encargan de la comida y de la ropa, y también de los regalos cuando hay algún cumpleaños. De comprar lo que se necesita, cocinar, pasar el aspirador, hacer la limpieza, las camas, la colada, la ropa blanca, las toallas. Dejar a los niños en la guardería, si se lo pueden permitir. Doblar la ropa, ponerla en su sitio, clasificar y tirar la ropa que se ha quedado pequeña o se ha roto; piensan que ya la zurcirán más tarde, pero saben que no les dará tiempo de hacerlo. Vaciar el lavaplatos y volverlo a cargar con la vajilla que alguien ha metido creyendo que los platos con restos resecos de papilla y las ollas con puré en el fondo quedarán limpios. Por no hablar de los cuencos de comida del gato.

—Parece que pienses que yo no te ayudo —comentó Tomas, irritado.

—¿Que me ayudas? ¿Te refieres a que el hogar es mi responsabilidad y que tú eres tan justo que «me echas una mano» de vez en cuando? ¿Es eso lo que crees?

Linus levantó los ojos de su plato de yogur. Señaló a Tomas con la cuchara.

—Papá, háblale bien a mamá.

La reprimenda del niño hizo sonreír a Tomas, que bajó la voz.

—Quiero decir... ahora que estás de baja laboral es aún más importante que tengamos ingresos fijos. —Dobló el diario y lo dejó a un lado—. Estoy a punto de conseguir una mejor posición en la empresa, y eso me parece que es bueno. Sé que ahora mismo haces más que yo en casa.

—Entiendo perfectamente que quieras ascender en el trabajo, pero me gustaría que pudieras recoger a los niños. Al menos una vez a la semana.

—Muy bien, pero entonces tendré que acordar con mi jefe una reducción de jornada para que pueda marcharme antes un día a la semana.

—Perfecto, pues hazlo. ¿Cuál es el problema? ¿Y qué pasa si te vas antes? Con lo mucho que ya trabajas.

—Verás, como ya he dicho, es importante que contemos con unos ingresos fijos, ahora que tú estás mal.

—Joder, no creo que me ponga mejor porque se espere de mí que me encargue de todo, sólo porque da la casualidad de que estoy en casa. Es el pez que se muerde la cola. Yo estoy en casa y, por tanto, mi marido puede trabajar hasta tarde, puesto que tiene una mujer que recoge a los niños, lo que le lleva a hacer aún más horas extra en el trabajo y llegar aún más tarde a casa. Por no hablar de cuando los niños están enfermos. No debería quedarme en casa con los niños enfermos, porque, mira por dónde, yo también estoy enferma. Sin embargo, siempre soy yo la que se queda con ellos. ¿Cuántas veces te has quedado tú en casa con alguno de ellos?

—Pero ¿por qué tendría yo que quedarme en casa con los niños si tú ya estás aquí? Ya sabes que tengo la agenda llena de reuniones y demás obligaciones. Tú no tienes ningún compromiso. ¿Estás segura de que no deberías quedarte en casa con los niños enfermos? ¿Te lo han dicho?

—Desde luego. Además, creo que tenemos que repartirnos las tareas.

—O sea, que como tú estás de baja, yo tengo que faltar al trabajo un día para cuidar de los niños, aunque tú estés en casa. ¿Supongo que sabrás que perderíamos un montón de dinero, que no me pagarían el sueldo íntegro y que, además, tendría que recuperar las horas por otro lado?

A veces Sara creía que su marido la entendía, pero en ese caso resultaba evidente que no. Era como si se hubiera abierto un abismo entre ellos. Al principio apenas fue visible, pero últimamente costaba cada vez más superarlo. Y, en cierto modo, Tomas hacía que pareciese que todo era su culpa.

—Mamá, ¿qué es esto? —preguntó Linnéa y agitó la invitación a la cena familiar que Sara casi había conseguido olvidar—. ¿Puedo dibujar en ella?

Sara le pasó un bolígrafo y vio que Tomas ponía mala cara.

—¿Qué hacemos con esa cena? —preguntó—. A mí me parece que sería divertido ir.

—Pues hazlo. Puedes ir si quieres. Llévate a los niños.

—Pero entonces no tendré tiempo para hablar con nadie, tendré que estar pendiente de ellos todo el rato.

—Pues entonces pídele a tu madre que se cuide de ellos.

—Sabes muy bien que eso no es posible. No puedo pedirle que cuide de nuestros hijos durante una cena familiar. Supongo que lo comprenderás.

—Entonces tendrás que decir que no a la cena.

—Pero mamá ya ha dicho que nosotros también asistiremos...

Sara notó cómo la sangre le subía a la cabeza.

—¿Qué estás diciendo? Yo no pienso ir a esa maldita cena. Supongo que Diane irá para exhibirse ella y a sus hijos. Y que Alexander, como de costumbre, estará ocupado.

Tomas levantó la mirada.

—De hecho, creo que Diane no podrá ir ese día.

—Ya, supongo que habrá rebajas en algún sitio. ¿Y quién no le daría prioridad a eso, antes que asistir a una cena familiar con unos padres que te dicen que deberías haber planchado la blusa mejor?

—¡Ya basta, joder! ¿Por qué siempre tienes que hablar mal de mis padres? Francamente, no entiendo de dónde sacas todo esto. ¿Tan mal piensas de ellos? —Tomas parecía a punto de decir algo, pero se arrepintió, se puso en pie y se largó.

La verdad era que le costaba mucho negarse, pero las pocas veces que lo hacía, él parecía no oírla. O, si lo hacía, le daba la vuelta a la discusión. A sus ojos, Siri y Waldemar no tenían fallos y siempre acudía en su ayuda. Por no hablar de Diane.

En el ambulatorio pediátrico le habían preguntado cómo se encontraba. Apenas se había atrevido a responder por miedo a que lo hicieran constar en algún informe, que la considerasen inepta como madre. En vez de eso, había mantenido la compostura y contestado con la mayor diplomacia que fue capaz de exhibir. Si Tomas y ella se separaban, una anotación como aquélla quizá le daría la guarda y custodia de los niños a él. Dios mío, pensó más tarde. ¿Tan lejos habían llegado? Divorcio. Tal vez las cosas habrían ido mejor si Tomas hubiera estado allí para apoyarla, o si sus padres lo hubieran hecho. Si hubieran pasado por allí con la cena hecha cuando ellos trabajaban hasta tarde, si se hubieran hecho cargo de los niños para que ella y Tomas pudieran descansar un fin de semana o hacer un viaje juntos. No, no sólo era culpa de él.

No fue hasta la mañana del martes siguiente cuando las cosas empezaron a moverse en serio en la investigación. Al menos, eso creyó Karin al principio. Cuando contestó al teléfono, oyó la voz enérgica de la forense Margareta Rylander-Lilja.

—¡Buenos días! Tres cosas, Karin, que considero claves. Lo primero es que tu amigo de la isla al norte de Marstrand fue envenenado. Lo segundo es algo que falta: el hombre llevaba un anillo en el dedo anular. Jerker estuvo presente durante la autopsia y nos contó que habíais encontrado un anillo.

Karin le explicó que Roland les había entregado un anillo.

—Jerker y yo estamos de acuerdo en que ése no era el anillo que llevaba en el dedo —dijo Margareta.

—No tenemos otro —respondió Karin.

—Ya, eso tengo entendido. Lo único que digo es que el anillo que tenéis no es el que llevaba el hombre, pero creo que eso Jerker ya te lo explicó.

—¿Y cuál es la tercera cosa? —preguntó Karin.

—Es la mejor. Te va a encantar: un tatuaje.

—¿Y qué representa?

—Nada. Se trata de cifras.

—¿Cifras? —repitió Karin.

—Cinco siete cinco cuatro, y luego un espacio, y después uno uno dos nueve.

Margareta repitió los números y Karin los anotó en su libreta: 5754 y 1129. Detrás del 54 y el 29 ponía algo, indescifrable por lo borroso que estaba.

—Este hombre es un verdadero misterio. Nada de tonterías, sino todo a lo grande, con estilo —dijo Margareta antes de colgar.

Karin no pudo más que darle la razón cuando repasó el informe de la forense. El hombre había fallecido entre 1955 y 1965, pero puesto que se casó en 1963, lógicamente tenía que haber sido entre 1963 y 1965.

Karin llamó a una puerta cuyo letrero anunciaba que correspondía al comisario de la brigada criminal Carsten Heed. Éste abrió con el móvil pegado a la oreja y señaló una de las butacas que había en el despacho. Karin tomó asiento, pero al momento se levantó, como si hubiera olvidado algo. Le hizo señas a Carsten, que seguía hablando por el móvil. Cinco minutos más tarde volvió en compañía de Folke y tres tazas de café.

—¿Envenenado? ¡Caramba! —dijo Carsten cuando Karin lo puso al día. Dejó la taza sobre el escritorio.

—Aunque, desde un punto de vista jurídico, al tratarse de un asesinato cometido hace más de veinte años, el delito ya ha prescrito. Si es que se trata de un asesinato, claro —añadió Folke. Desde luego, conocía las reglas del juego.

Karin se arrepintió de haber ido a buscarlo. ¿En qué estaría pensando al creer que Folke sería una ayuda, y no un estorbo? Ahora ya no podía pedirle que se fuera.

—Así es —dijo Carsten, y un Folke satisfecho asintió con la cabeza—. En realidad, ¿qué tenemos? —Carsten se volvió hacia Karin.

—Hay varios detalles que no concuerdan. He hecho una lista. —Abrió la libreta por una página marcada con una solapa roja y le presentó los puntos dudosos—. Falta la alianza y hemos encontrado una que resulta ser nueva. Siri no se acordó inmediatamente de la fecha en que se casaron; debería haberse acordado, sobre todo si pensamos que no sólo era el día de su boda, sino también el cumpleaños de Arvid. En cambio, sí recordaba el nombre del sacerdote que los casó. Tampoco tenía ninguna foto de la boda.

—Pero eso no puede decirse que sea ningún delito —dijo Carsten.

—Exacto —terció Folke—. Me inclino por decir que no podría estar más de acuerdo.

Karin lo miró irritada. ¿Me inclino? De vez en cuando, la asombraba pensar que estuviera tan «inclinado». Allí estaba, sentado en la butaca, con su pantalón de raya marcada, camisa recién planchada y una corbata pasada de moda anudada de manera que sobresalía por abajo. Si hubiera sido un detective habilidoso, alguien en quien apoyarse, sin duda le habría perdonado su infame estilo de vestir, pero tal como estaban las cosas, casi todo en él la sacaba de quicio.

—Hay más —prosiguió—. El informe sobre la desaparición y el accidente de Arvid fue escrito por Sten Widstrand, y es el único informe que él llegó a redactar en todos sus años como agente de policía. Precisamente acabo de hablar con Margareta, que me ha contado que, además de que fue envenenado, tiene un tatuaje con los números cinco mil setecientos cincuenta y cuatro y mil ciento veintinueve. —Ella misma se dio cuenta de cómo sonaba todo aquello y supo hacia dónde tendía la cosa.

—Pero eso puede ser cualquier cosa —dijo Folke.

Carsten se removió en la silla, como si se le hubiera dormido el trasero.

—¿Podría ser un número de un campo de concentración, o algo parecido? —preguntó.

—Por lo que tengo entendido, solían tatuar este tipo de números en el brazo. Arvid tiene el tatuaje en la parte inferior de la espalda y, por lo tanto, no era visible, ni siquiera en bañador —dijo Karin.

—Suena interesante, pero si sólo tenemos eso, necesito vuestra asistencia en asuntos más candentes. —Carsten señaló con la cabeza una gruesa carpeta que tenía abierta sobre la mesa.

—Por supuesto —dijo Folke.

—Pero supongo que tendremos que informar a Siri de que su marido fue envenenado —insistió Karin.

—De acuerdo. Hazlo, escribe el informe y luego lo archivamos —decidió Carsten.

—Evidentemente —dijo Folke.

Karin lo miró furiosa. Folke no era de ninguna ayuda.

—Pero... —empezó.

—Muy bien, Karin, ya sé lo que vas a decirme —la cortó Carsten—. Y la respuesta es sí, si te sobra tiempo en algún momento, podéis seguir investigando.

—Puedes dirigirte a mí directamente, no hace falta que hables en plural —dijo Karin, y sonrió en dirección a Folke.

—Es muy posible que tengas razón al sospechar que se trata de un crimen, y sin duda la familia agradecerá tus desvelos. Pero la verdad es que tenemos muchos casos actuales en los que no avanzamos. —Hizo un gesto en dirección a otras tres carpetas que había sobre el estante de laminado de roble.

Karin suspiró, cogió la libreta y el bolígrafo y se fue. No estaba tan segura como Carsten de que la familia apreciara su dedicación al caso. Había llamado a Siri para preguntarle si podían pasarse para hablar con ella, pero la señora Von Langer le había dicho que de ninguna manera podría hacerle un hueco en su agenda del día. Karin se preguntó qué podría ser más importante que aclarar lo que le había pasado a su marido.

No tenía ningunas ganas de archivar el caso de Arvid Stiernkvist, teniendo en cuenta que todavía quedaban tantas imprecisiones y dudas por aclarar. No era sólo que Siri no recordara la fecha de su boda, sencillamente había algo que olía mal. La carpeta azul con los documentos relativos a Arvid Stiernkvist parecía compartir la misma opinión, porque se encabritó y, cuando al final cedió, el índice y todos los papeles cayeron al suelo. Karin los recogió y los dejó desordenados en una pila. Luego abrió la carpeta que le había dado Carsten. La novia de un periodista extranjero *freelance* había denunciado su desaparición. Estaba de viaje en Suecia y solía enviar los artículos regularmente a su chica. Sin embargo, hacía tres semanas que ella no recibía nada, algo a todas luces inhabitual en él.

Karin intentó concentrarse en el contenido de la carpeta y los e-mails correspondientes que Carsten había adjuntado. Volvió a leer una y otra vez el mismo párrafo sin conseguir asimilarlo. Al final se levantó y fue por un café. En la cocina se encontró a Folke.

—Hoy la señora Siri von Langer no tiene tiempo para recibirnos —le dijo, e hizo un amago de reverencia solemne.

—¡No me digas! —murmuró él, y sirvió café en ambas tazas.

—¿Tienes un momento, Folke? —preguntó Karin, y señaló unas sillas desocupadas.

—Dispara —dijo éste, y devolvió la cafetera a su sitio. Desde luego, una expresión impropia de él.

—No sé si soy yo la que se lo inventa, pero hay algo que no concuerda, ¿estás de acuerdo? —empezó Karin.

—Carsten nos dijo que nos olvidáramos del asunto.

—Sí, lo sé. —Bebió un sorbo de café. Ella se había sentado en una silla, pero Folke seguía de pie al lado de la máquina.

—Además, ha prescrito —añadió él.

Karin se levantó de la silla, cogió su taza y se acercó.

—Sí, es cierto, pero, de todos modos, la señora Von Langer nos ha concedido audiencia mañana a las dos. ¿Te apetece acompañarme?

Folke pareció sorprendido por la pregunta, y Karin también por habérsela planteado.

—Sí, claro que sí —respondió.

—Sólo para que lo sepas: es posible que quiera parar en el McDonald's de Kungälv a por un café. Así pues, piénsate si lograrás sobrevivir o si prefieres que cojamos cada uno su coche —añadió Karin con una sonrisa.

—Te haré una fotocopia del artículo sobre los riesgos para la salud que corremos en estos tiempos, y tú misma decides —replicó Folke en tono serio.

—Haz más de una copia, por si la pierdo —contestó ella, y volvió a su escritorio. Esperaba que Folke fuera capaz de ver la gracia de su comentario.

· · ·

El teléfono ya había sonado cuatro veces.

—¡Waldemar! Waldemar, ¿puedes contestar tú? —Por Dios, ¿dónde andaba aquel hombre?—. Von Langer —contestó ella. Esperaba que el esmalte de uñas se hubiera secado lo suficiente, por si tocaba el auricular con las uñas sin querer—. Sí, soy yo —dijo en tono reservado. Era aquella agente de policía, que volvía a llamar. Waldemar apareció arrastrando los pies desde el piso de arriba. ¿Qué hacía allí metido todo el día?

—¿Me llamabas? —preguntó, antes de ver que tenía el inalámbrico pegado a la oreja.

Siri le indicó con la mano que se alejara.

—¿Un tatuaje? —Siri hizo memoria—. No que yo recuerde, pero ya que lo preguntas, debe de haberlo tenido. ¿De qué es el tatuaje?... ¿Números? —exclamó sorprendida. Le hizo señas a Waldemar, que no entendió—. Papel y lápiz —tuvo que mascullar, irritada. ¿Habría alguien más torpe que su marido?

Waldemar abrió el estuche de plata y sacó una hoja y una pluma.

—¡No quiero papel bueno! —bufó Siri—. ¡Papel normal!

—Pero ¿dónde lo guardas?

—En el cajón superior de la cocina. Creo que tú también vives en esta casa, ¿no?

Él agachó la cabeza y se alejó.

—¡No lo encuentro! —gritó desde la cocina.

—Discúlpame un momento —dijo Siri, y dejó el teléfono a un lado, a pesar de que era inalámbrico, y se fue a la cocina con paso decidido.

Tiró de uno de los cajones con tanta fuerza que se quedó con él en la mano, mientras el contenido se derramaba estrepitosamente en el suelo. Sin decir palabra, dejó el cajón sobre la mesa y se agachó para recoger un bloc de notas y un bolígrafo.

—Sí, ya estoy de vuelta —dijo al cabo de un momento, y empezó a escribir lo que Karin le decía. Oyó cómo Waldemar recogía las cosas desperdigadas por el suelo de la cocina.

—Qué extraño. Cinco siete cinco cuatro —anotó, antes de que el bolígrafo dejara de escribir. Bueno, ¡qué más daba!

Cuando colgó, Waldemar apareció en la puerta con semblante extrañado

—¿De qué iba todo eso?

—Un tatuaje que tenía Arvid.

—¡Vaya! ¿Y te han llamado para decirte eso? Eso indica que la policía no tiene mucho que hacer.

—Me han preguntado si yo sabía lo que significaba, puesto que el tatuaje son números. —Le mostró el bloc—. Falta alguno más, pero el bolígrafo ha dejado de escribir y no he podido acabar de anotarlo.

—¿Qué significa? ¿Te han dicho qué quiere decir?

—No, y yo no tengo ni idea —contestó Siri, y dejó el bloc sobre la mesita y se fue.

Waldemar recogió el bloc y miró los números. 5754. Entonces asintió con la cabeza, arrancó la hoja y subió a la primera planta.

Sara apagó la lámpara de la mesa de la cocina y comprobó la puerta principal. Estaba cerrada con llave. Todo parecía más sencillo por la noche. Tal vez sencillo no fuera la palabra adecuada, pero al menos parecía menos difícil. Por la noche solía hacer planes para el día siguiente, pensaba que tal vez debería hacer una visita a la oficina, o a lo mejor tomar el autobús hasta Goteburgo. Sin embargo, cuando llegaba la mañana con su luz despiadada, se daba cuenta de que el viaje tendría que esperar. Llevar a Linus y Linnéa a la guardería ya era una tarea suficientemente dura.

—¿Cuándo volverás al trabajo, Sara? —le había preguntado una de las pedagogas.

Sí, pensó Sara, ¿cuándo empezaré a trabajar de nuevo? Cuando me encuentre mejor, cuando sea capaz de ir al trabajo y comprar leche sin derrumbarme.

—No lo sé —contestó.

Las arrugas en la frente de la pedagoga se tornaron más profundas.

—Los niños tienen un día muy largo aquí, en la guardería. Tal vez podrían pasar más tiempo en casa, ahora que no trabajas. Andamos cortos de personal y, como sabes, tenemos muchos niños.

Para padres que trabajan, pensó Sara. Que aportan su granito de arena. También los demás la despreciaban, no sólo a ella le costaba tomarse en serio su depresión por agotamiento, considerarla una enfermedad.

—Yo tomo zumo de aloe vera cada mañana, sienta muy bien. Deberías probarlo.

Sara había recibido un sinfín de consejos relacionados con las vitaminas y los zumos, pero ella estaba convencida de que lo que necesitaba era tiempo. Tiempo para aterrizar, para volver a ser ella misma. Era como si se hubiera convertido en otra persona, como si se hubiera extraviado.

Y ahora ella, siempre tan obsesionada con ahorrar tiempo, de pronto disponía de todo el tiempo del mundo, de un montón aterrador de tiempo que no sabía cómo manejar; no podía hacer otra cosa que matarlo.

La pedagoga la miró, esperando una respuesta a una pregunta que Sara ya no recordaba.

—Disculpa —dijo ésta, y notó que las lágrimas volvían a empañarle los ojos.

—¡Hola, mamá! ¿Nos vamos a casa? —preguntó Linnéa, que apareció por la puerta con la manta en la mano.

—No, cariño. Mamá sólo está hablando un poco con tu señorita.

—Preferimos que nos llaméis maestras de preescolar. ¿Qué me dices? ¿Crees que podrás recogerlos hacia las dos en lugar de a las tres? —La señorita había cogido con un gesto ostensivo el calendario donde aparecía la hora de entrega y recogida de los niños. Empezó a borrar las casillas en las que había anotado la hora de recogida tanto de Linnéa como de Linus para cambiarla de las 15 a las 14 y así quitarse de encima a dos niños un poco antes.

No, pensó Sara. No puede ser. No lo soportaré. Necesito esas horas para recuperarme, para sobrevivir a las noches. Para ser una madre que no llora, al menos no constantemente.

—Lo intentaré —dijo, y se quitó los protectores azules de los zapatos y los dejó en el cubo de plástico de la entrada.

Apenas había cerrado la puerta de la guardería cuando las lágrimas brotaron de sus ojos.

Tengo que aprender a decir que no, tengo que saber negarme, pensó.

10

El mar adoptaba otro aspecto de noche, potenciaba las sensaciones fuertes. El viento y las olas rompientes parecían cargados de malos augurios en medio de la oscuridad. Sin embargo, aquella noche el agua estaba en calma y negra. La luna y las estrellas se reflejaban en la superficie del mar e iluminaban el cielo.

—Sí, aquí hay una oscilación. —El hombre señaló la pantalla izquierda, que correspondía a la ecosonda y dejaba una marca que permitía volver a encontrar el lugar.

La débil luz amarilla de una de las pantallas de cristal líquido mostraba el fondo marino debajo del casco. Una línea negra e irregular se dibujaba sobre ella a medida que el barco avanzaba. Señales de peces pequeños y grandes y luego una oscilación algo mayor. La otra pantalla estaba conectada a un sónar de escaneo, una especie de ecosonda lateral. Ambos instrumentos requerían un ojo experimentado para determinar lo que se veía.

—Aquí también hay algo —dijo Otto. El aparato hizo una anotación más.

Otto Johansson, presidente de la asociación de la casa-museo, era quien había puesto a Markus en contacto con el resto del grupo. El compromiso de la asociación confería peso y legitimidad a la búsqueda. Otto le había hablado a Markus de los barcos naufragados en aquella zona. El cúter *Whiteflower*, hundido en 1946 al sur de Marstrand, frente a Sälö; en 1947 habían rescatado su carga de hilo de cobre. Otto apreciaba el interés genuino del alemán. El vapor *Ardemia* y el cúter noruego *Shamrock*, que transportaban pasta de papel, ambos hundidos en el estrecho de Sillesund en 1959. Había ciertos rasgos en el joven que le resultaban familiares, como si lo conociera de antes. Pero no sabría decir de dónde.

El grupo era reducido y estaba muy unido, y solían bucear de noche para evitar que un montón de buscavidas se lanzaran a la caza del tesoro. Ya habría tiempo para aclarar lo que andaban buscando.

—Pues sí, aquí hay algo. —El ambiente a bordo era tenso y las expectativas eran altas en aquella fría noche.

—¿Bajamos a echar un vistazo? *Let's go down and check it out.* —Se habían acostumbrado a hablar en inglés por Markus. Era un valioso recurso para contar con un submarinista experimentado.

Otto asintió con la cabeza en dirección al hombre del traje de buceo, que se dejó caer de espaldas en las negras aguas y desapareció. Otto ya no buceaba y miró con envidia cómo aquellos afortunados se ponían el equipo y se preparaban para una hora bajo el agua, dependiendo de lo que encontraran. Otto había buceado mucho en su día, y entre sus momentos culminantes estaba un viaje a Nordkråkan, donde había encontrado los restos de una goleta finlandesa de Viborg. Investigando en los viejos registros, había conseguido información que establecía que el barco había transportado hulla a Hull, en Inglaterra, antes de hundirse frente a Marstrand en 1899.

Para Markus no era tan importante lo que estaban buscando como poder estar en compañía de su padre. Éste estaba de pie a su lado, con un cigarrillo en la comisura de los labios, ignorando que el que se estaba preparando para sumergirse era su hijo biológico.

Markus había conseguido cuatro colillas para la prueba de ADN, el último paso en su búsqueda. Había examinado minuciosamente las fotos encontradas en el archivo de la casa-museo. Habían sido tomadas cerca del canal de Albrektsund en los años sesenta. El fotógrafo encargado de sacar una foto de cada uno de los invitados en casa del doctor Lindner había captado el velero como fondo pintoresco en ocho de las veinticuatro fotos tomadas. En tres de ellas se veía a las cuatro personas a bordo con toda nitidez, en el resto siempre aparecía al menos una de ellas mirando hacia otro lado. El presidente de la asociación de la casa-museo, Otto Johansson, reconoció de inmediato a aquellas personas cuando Markus le ofreció la lupa. Otto se rascó la cabeza y pareció meditativo, casi preocupado, cuando le contó quiénes eran. Cuando Markus preguntó si los cuatro habían sido buenos amigos, Otto movió lentamente la cabeza, negándolo.

—Eso es lo que más me desconcierta. Ni siquiera sabía que se conocían.

Puesto que Markus se había ganado la confianza de Otto, pronto surgieron las viejas anécdotas que él intentó encajar en su puzle.

—Supongo que, a estas alturas, ya no tiene ninguna importancia, al fin y al cabo, de todo esto hace mucho tiempo —le había dicho Otto en una ocasión, cuando Markus lo ayudó a escanear viejas fotografías. Otto había sacado una foto del montón y había señalado al hombre que aparecía en la imagen. Estaba hablando con dos policías uniformados—. Hubo muchas habladurías en su día; bueno, supongo que es lo que siempre pasa en lugares pequeños como éste, pero, en todo caso, la cosa fue así...

Markus había escuchado atentamente y luego había cambiado de sitio algunas fichas del puzle.

Habían llegado al segundo y penúltimo barco naufragado de la noche. Sintió que sus pensamientos flotaban libremente, como el agua del mar, cuando se sumergió en ella, liberado e ingrávido. Dio unas brazadas ayudándose con las aletas y volvió a la superficie. Levantó el pulgar y se retiró las gafas de bucear.

—*An old fishingboat* —dijo Markus. Un viejo pesquero.

—¿Hay algo en la bodega?

—Es difícil determinarlo, está bastante deteriorado. Corremos el riesgo de quedarnos atrapados en el interior del barco.

—Bajad los dos —dijo el hombre que estaba junto a los mandos—. *Be careful.*

Markus asintió con la cabeza. Se oyó otro *plof* cuando el hombre que se llamaba Mollstedt lo siguió. La fuerte luz del proyector barrió el barco hundido. Puede estar aquí, pensó Markus. De hecho, podría estar allí. Aparecieron cangrejos y peces, pero no era eso lo que buscaban. Markus se adentró en el barco con mucha cautela, procurando que el tubo del oxígeno no se enganchase. Quitó dos tablones de madera que cerraban el paso a la bodega e introdujo el proyector a través del agujero. Unos antiguos utensilios de pesca cubrían un costado de la bodega, el resto estaba vacío. El techo estaba mal y parecía a punto de derrumbarse. Mollstedt le lanzó una mirada antes de meterse en la bodega y luego empezó a retirar los utensilios de pesca. A pesar de que el agua hacía que todos los movimientos fuesen sosegados y suaves, el hombre daba la sensación de ser bastante negligente. Corría demasiados riesgos. A Markus no le caía bien, pero como recién llegado al grupo todavía no estaba en posición de criticar a Mollstedt. Los submarinistas volvieron a la superficie. Ambos negaron con la cabeza.

—*Sorry, boss* —dijo Markus.

Mollstedt lo miró airadamente, pero sin decir nada.

—De acuerdo, subid. Vamos a echarle un vistazo a la siguiente marca. Luego amanecerá y tendremos que dejarlo por hoy —dijo el hombre que gobernaba la embarcación.

Alzó la vista hacia el este y reflexionó. Todo había empezado con la historia de un barco naufragado que tenían que encontrar. Una historia en cierto modo inverosímil, pero que provenía de fuentes extraordinariamente fiables. Lo más probable era que se hallara cerca de Pater Noster, aunque también podría estar más adentro, en el fiordo de Marstrand. No lo creía. Se rascó la cabeza y miró el reloj. Casi las cuatro. Lo único que esperaba era encontrarlo antes que nadie.

Marstrand, octubre de 1962

El barco avanzaba rumbo al oeste con el zumbido sordo de un fiable motor de ignición. Atracaron en Ärholmen. Con mano diestra, Elin hizo un nudo bolina alrededor de una anilla fijada en la piedra. Arvid la miró con admiración. Entonces ella saltó a tierra de un brinco grácil, pese a que llevaba una cesta en la mano. Se volvió hacia él.

—¿Vienes?

—Sí, claro —contestó Arvid, y al levantarse tuvo que aferrarse a la borda.

—¿Qué pasa? ¿No te encuentras bien? Estás pálido.

—No, no, estoy bien, sólo que me he incorporado demasiado rápido.

Rebuscó en el bolsillo antes de saltar a tierra. Elin se movía con paso seguro por las irregulares rocas y luego por la playa. Caminar por una de las playas pedregosas de Bohus era todo un arte. Los líquenes negros, inofensivos cuando estaban secos, eran traicioneramente resbaladizos si estaban mojados. Elin era capaz de determinar de un simple vistazo cuáles pisar y saltaba con facilidad entre las piedras. Parecía formar parte de la naturaleza, era como si las rocas estuvieran hechas para que pudiera encontrar apoyo en ellas sin obstáculo alguno.

Elin extendió la manta para disponer el contenido de la cesta de picnic.

—Amada Elin... —empezó Arvid, al tiempo que se arrodillaba. Había pensado cantarle *Pierina*, pero de pronto se puso muy nervioso y le entró mucha prisa para la pregunta. Así que cogió la mano izquierda de Elin entre las suyas y se lanzó—: ¿Quieres casarte conmigo? —Los ojos castaños de Arvid se clavaron en los suyos, esperando una respuesta.

Ellla sonrió con la boca, los ojos y el resto de la cara.

—Sí, quiero.

Arvid sacó las alianzas de oro del bolsillo y le colocó una en el dedo anular. Le encantaban sus manos, estrechas y ágiles pero fuertes. Llevaba las uñas sin pintar y no especialmente largas. El anillo le entraba a la perfección. Por su parte, Elin cogió el otro anillo y se lo puso a él. Luego lo besó dulcemente y sonrió.

—Con mucho gusto. —Se preguntó si su madre, recientemente fallecida, estaría sentada en una nube, contemplándolos. Ojalá.

Arvid la acercó a su pecho y la abrazó tiernamente. Intentó atrapar el instante, el aroma de su pelo, y pensó que era entonces, precisamente entonces, cuando estaba ocurriendo, y que siempre lo recordaría. Eran ella y él y no había nada más que realmente tuviera importancia.

Karin estaba subiendo a bordo cuando vio que había alguien sentado sobre la cabina. Era Göran con su anorak verde.

—Hola.

—Hola. ¿Cómo estás? —respondió Karin.

—Me preguntaba si puedo invitarte a comer. —Hizo un gesto en dirección a la cesta que había a su lado.

Karin estaba cansada y hubiera preferido decirle que no, gracias, pero su mala conciencia se lo impidió.

—Sí, claro. Espera, ahora mismo abro.

—Puedo hacerlo yo. —Göran sacó una llave con una boya atada al otro extremo.

¡Mierda!, pensó Karin. Me había olvidado. Todavía tiene la llave. O intento que me la devuelva o, mejor incluso, cambio la cerradura. Al fin y al cabo, puede haber hecho una copia.

—Mamá te manda recuerdos. Bueno, papá también, pero sobre todo mamá. Te echan de menos.

«Bingo: ahí precisamente es donde me duele», pensó Karin, y alejó la imagen de su suegra sonriente que había irrumpido en su cabeza.

—Gracias —dijo—. Salúdalos de mi parte.

Göran abrió con su llave y se metió en el barco. Con soltura y familiaridad encendió la estufa, y luego empezó a sacar la comida y una botella de vino tinto.

—¿No hay pizza? —preguntó Karin, arrepintiéndose al instante del comentario. Estaba claro que Göran se había esforzado y que realmente lo estaba intentando. Se necesita más que una pizza para recuperar a tu novia.

Miró el bufé italiano que había llevado. No era nada propio de Göran, sino algo tan insólito que Karin empezó a sospechar que alguien le había echado una mano.

—Hice la compra en el mercado. El de Nordhemsgatan, ya sabes, donde vivíamos antes —dijo él al ver su semblante receloso.

El antiguo parque de bomberos de Linnéstaden estaba en Nordhemsgatan y ahora lo habían convertido en un pequeño y acogedor mercado. A Karin le encantaba pasear por allí, disfrutando los aromas de todos los productos, desde las flores hasta el pan recién hecho.

Göran abrió un armario y sacó platos.

—¿Dónde guardas las copas de vino?

—Como eran tuyas, las dejé en el piso.

—Bueno. —Göran se volvió y descorchó la botella.

¡Vaya!, nada de cerveza, sino vino, pensó Karin, aunque esta vez supo guardarse el comentario para sí.

—Tendremos que usar los vasos de agua —dijo.

Göran extendió un mantel de cuadritos que se había traído de casa y luego encendió dos velas de té sacadas del compartimento de debajo de la mesa de navegación.

—Aquí tienes. —Göran le tendió un vaso.

Zinfandel. Su vino favorito. ¿Por qué no había sido así antes, cuando estaban juntos?

Karin miraba mientras él sacaba la comida.

—¡Oh, qué bueno! —Se sorprendió gratamente cuando probó el plato principal, un estofado—. ¿Qué lleva?

Göran se aclaró la garganta y miró su plato.

—Pollo y champiñones.

—Ya —dijo Karin, pero ¿qué especias? —Volvió a probarlo—. ¿Qué sabor es éste?

—Ah, eso. Es mi ingrediente secreto.

—En serio. Dime qué es.

Göran le rellenó el vaso y ella misma se dio cuenta de que estaba sonriendo. No recordaba cuándo había sido la última vez que se había sentido tan a gusto en su compañía.

—¡Salud! —dijo Göran.

Karin asintió con la cabeza y alzó el vaso.

—¿Qué especia es? ¿Qué condimento? Mejorana y ¿estragón?

Él le guiñó un ojo.

—No puedo revelarlo, lo siento.

—¿No quieres o no puedes? —respondió Karin, y dejó el vaso sobre la mesa.

—¿Qué más da? ¿Cuál es la diferencia? —El cambio en su tono no hizo más que reforzar las sospechas de ella.

—Si no lo sabes es porque la comida la ha hecho otra persona.

—¿Y qué importa quién la haya hecho? —Ahora Göran parecía enfadado.

—Desde luego que importa, no te quepa la menor duda —contestó Karin, decepcionada. Había sido demasiado bueno para ser cierto.

—¡Joder! No entiendo por qué no puedes alegrarte sin tener que buscarle tres pies al gato, sin complicarlo todo.

—¿Yo? Pero si eres tú quien...

—Ya estamos otra vez. ¿No te das cuenta de lo egoísta que eres? ¿Cómo puedes quejarte de mí cuando vengo aquí y te invito a cenar?

—Dame la llave —pidió Karin.

—¿Qué?

—La llave del barco. Al verte aquí he pensado que habría una manera de dar marcha atrás, de volver a empezar.

—Pero es que la hay. Karin, amor mío. Dime cómo quieres que sea y yo seré así. Te lo prometo.

Sin duda fue ese último comentario lo que puso definitivamente el punto final a su relación.

—No puede ser, Göran. No puedo decirte cómo tienes que ser. Eres como eres.

—Pero yo puedo ser como tú quieras que sea.

Karin negó con la cabeza, se acercó y lo abrazó. No podía ser. Había creído que él era el hombre de su vida, pero en el camino, en algún momento de ese camino, su amor se había terminado. Permanecieron un buen rato abrazados.

11

Fue Waldemar quien los dejó entrar. Siri estaba echada en una tumbona en la habitación de la torre del chalet, leyendo una revista femenina.

—Mira, Carolina Belinder. —Señaló una fotografía.

Waldemar hizo un gesto en dirección a dos sillas de mimbre con cojines blancos. Parecía no haber oído el comentario de su esposa y Siri decidió trasladar la atención a Karin y Folke.

—Nuestra hija Diane la conoce muy bien. Unos padres majísimos. Desgraciadamente, sólo viven aquí en verano, el resto del año en Liechtenstein. Son millonarios, pero gente muy sencilla.

Folke miró fascinado en derredor. Las vistas desde aquella pequeña estancia eran magníficas, pero ése no era el objeto de su interés, sino las plantas. Las había por doquier, la mayoría en flor.

—Fantástico —dijo Folke—. Absolutamente fantástico. —Señaló una flor pequeña y fea y, para sorpresa de Karin, soltó un largo nombre en latín.

Waldemar asintió entusiasmado con la cabeza mientras Siri suspiraba con fastidio. En parte porque nadie se había molestado en comentar o admirar que ella conociera a una persona que aparecía en una revista femenina, en parte porque había aparecido un nuevo friki de la botánica en su casa.

Karin había rumiado una y otra vez las palabras que debería pronunciar, para concluir que lo mejor era ir al grano y acabar cuanto antes. Justo cuando tomaba aire para empezar, sonó su móvil, como para salvarla de aquella enojosa situación. Siri la miró con desaprobación, y sus ojos se abrieron de par en par cuando Karin decidió que aquella llamada era más importante que lo que ella podía contarle.

—Disculpe, tengo que cogerlo. —Se fue a la cocina y cerró la puerta antes de contestar.

—Sí, hola, soy Inger, de la parroquia de Torsby. Hablamos hace unas semanas acerca de una boda que se celebró en Marstrand en los años sesenta.

—Sí, claro.

—Hay una cosa a la que no he dejado de darle vueltas. Como ya sabes, guardamos los registros parroquiales en el sótano. Pero todavía tenía el libro de registro de casamientos sobre mi escritorio... Había dejado un papel a modo de marcador en el libro, y cuando lo saqué me di cuenta.

—¿Te diste cuenta de qué? —Karin empezaba a impacientarse. Oyó que Waldemar y Folke estaban hablando. Esperaba que a su compañero no se le ocurriera decir nada por iniciativa propia.

—De la fecha de la comprobación de capacidad matrimonial.

—Me temo que no acabo de entenderlo. Ahora estoy un poco ocupada... —Empezaba a desear no haber contestado la llamada.

Inger no prestó atención a la observación de Karin.

—Cuando decides casarte, debes solicitar la comprobación de que no existen impedimentos para la boda.

—¿Y bien?

—Pues esa fecha se anota en el libro de registro junto con la fecha de la boda, los nombres de los contrayentes y el del sacerdote celebrante.

—Ya veo, pero...

—Pues falta —se apresuró a decir la mujer de la parroquia de Torsby, excitada.

—¿Qué es lo que falta?

—La fecha de la comprobación.

Karin pensó que podía tratarse de un fallo administrativo, pero, por otro lado, también había aprendido que, de vez en cuando, era precisamente ese tipo de pequeños fallos lo que posibilitaba un avance en la investigación.

—¿Es habitual que falte la fecha de lacomprobación?

—No, nunca había visto algo así, y llevo veintiséis años trabajando aquí. Por eso he llamado.

—¿Y qué significa?

—No lo sé. A lo mejor que tenían prisa y no pidieron la comprobación antes de la boda. ¿Sabes si fue así?

—No, pero puedo investigarlo —dijo Karin.

—Si no, es posible que lo sepa Simon Nevelius.

—¿Quién?

—El sacerdote que los casó.

Karin sacó un papelito de su bolsillo, garabateó el nombre del sacerdote y luego la palabra «comprobación» seguida de un signo de interrogación. Le dio las gracias a la mujer y colgó.

Se paró a pensar un poco el orden que debería seguir a partir de entonces. Le pareció fuera de lugar preguntar por qué faltaba aquella fecha a la vez que exponía conclusiones de la forense. Sin embargo, era posible que se viera obligada a hacerlo. Abrió la puerta de la cocina. Folke estaba de pie, sosteniendo un tiesto con una planta a diez centímetros de su cara. Waldemar, a su lado, señalaba algo con el dedo. Siri les había dado la espalda.

—Era algo importante, por lo que veo —dijo en tono cáustico y sin perder de vista sus uñas. Las limaba meticulosamente.

Karin procuró elegir una buena entrada y decidió tutearla.

—Pues sí, así es. Han llamado de la parroquia de Torsby. Cuando te casas, has de solicitar una comprobación previa de posibles impedimentos matrimoniales, pero en el caso de Arvid y tuyo falta esta anotación en el registro. ¿Tienes idea de por qué?

Aunque sólo fue un instante, Karin detectó un cambio en el semblante de Siri. Tan rápido que, más tarde, dudaría de si realmente había tenido lugar.

—No, no tengo ni la menor idea. Fue Arvid quien se encargó del papeleo. ¿No podría ser un fallo por parte de la iglesia? —añadió. Se sopló las uñas cuidadosamente y siguió limándoselas.

—¿Teníais prisa por casaros? —preguntó Karin. Le pareció advertir un cambio en el movimiento de la lima. Ahora era más mecánico y Siri parecía alerta. La pregunta era por qué.

—No, yo diría que no.

Karin decidió contenerse, a pesar de que sabía que había empezado a tirar de un hilo muy interesante.

—Hemos venido porque la forense ya ha terminado su examen.

Esas palabras hicieron que Folke devolviera a regañadientes el tiesto a su sitio en el alféizar de la ventana. Tanto él como Waldemar se volvieron hacia Karin.

—¿Podríamos sentarnos? Sintiéndolo mucho, tenemos que comunicaros que Arvid fue envenenado. —Las palabras sonaron rígidas y afectadas, pero a Karin no se le ocurrió otra manera de decirlo.

El semblante de Waldemar parecía indicar que no lo había entendido bien.

—Pero yo creía que se había ahogado. —Miró a Siri, que había palidecido. Su colorete parecían dos rayas pintadas, una en cada mejilla.

—¿No se ahogó? —preguntó Waldemar—. ¿Siri?

—¿Cómo envenenado? —preguntó ésta—. Pero si estábamos navegando cuando desapareció. —Había dejado la lima y la revista femenina sobre la mesita supletoria. Se incorporó en la tumbona y posó los pies en el suelo. Se sentó en el borde del reposapiés de la tumbona y repitió la pregunta. Su mirada fue de Karin a Folke y de nuevo a Karin.

—Sabemos muy poco de los acontecimientos. ¿Recordáis si comisteis algo durante la travesía? —preguntó Karin.

Waldemar asintió con la cabeza, pero era Siri quien contestaba a las preguntas.

—Sí, llevábamos una cesta de picnic en el barco. Primero nos dirigimos rumbo al sur y nos detuvimos en una isla para almorzar.

Siri prosiguió su relato y les habló del contenido de aquella cesta. Karin escuchaba al tiempo que pensaba en cómo decirles que abandonaban la investigación. Pero antes de hacerlo todavía le quedaba un asunto que plantear. El tatuaje.

—Con relación al tatuaje que encontramos en el cuerpo de Arvid, ¿recuerdas si alguna vez comentó algo al respecto? —preguntó.

—Pues no, no recuerdo que comentara nada... ¿Es importante?

—No lo sé. Pensamos que tal vez podríais aclararnos algo.

—Anoté los números que me diste, pero no sé dónde dejé el papel —repuso Siri—. ¿Podrías repetírmelos?

—Cinco, siete, cinco, cuatro —enumeró Waldemar de memoria, y se calló, como si hubiera desvelado algo indebido. Había cogido un tiesto y metió un dedo en la tierra para comprobar si estaba seca. La planta tenía una hoja marchita que retiró con cuidado. Se quedó con la hoja en la mano con expresión confusa, hasta que la dejó sobre el alféizar y devolvió el tiesto a su sitio.

Karin abrió la libreta y leyó los números en voz alta.

—Cinco, siete, cinco, cuatro, y uno, uno, dos, nueve. ¿Os dicen algo? —preguntó.

—No, la verdad es que no —respondió Siri sin mirar a Waldemar.

—Cinco, siete, cinco, cuatro, uno, uno, dos, nueve —repitió éste casi en un susurro.

Karin arrancó una hoja de su libreta con los números anotados y la dejó sobre la mesa.

—Tenemos que irnos ya —dijo—. Bueno... todo esto ocurrió hace mucho tiempo... —Buscaba las palabras adecuadas para seguir adelante. Podría aducir falta de recursos, sonaría bien. Miró significativamente a Folke, que carraspeó y tomó la palabra. Para algo tenía que servirle, aunque sólo fuera un poco.

—Puesto que ha pasado tanto tiempo y tenemos pendientes muchos casos actuales, nos vemos obligados a abandonar la investigación. Pero hay varios indicios que señalan que la muerte de Arvid no fue accidental.

—¿Queréis decir que alguien quiso matarlo? ¿Es eso lo que decís? ¿O que comió algo en mal estado y que enfermó? —dijo Siri—. Pero ¡si se ahogó! —De repente su voz se hizo más débil—. Pero si se ahogó. Yo estaba allí, se ahogó. No entiendo...

—Sí, sólo estabais vosotros. Pero según la forense fue envenenado, o sea, asesinado. —Folke los miró.

Karin se quedó tan perpleja que sólo atinó a llevarse a Folke de allí cuanto antes. Siri prorrumpió en sonoros sollozos. Waldemar le acarició la espalda e hizo un gesto con la cabeza en dirección a Karin y Folke. Se fueron.

—Fantástico —dijo él cuando se dirigían hacia el ferry, esperando que Karin le preguntara qué era tan fantástico.

Cansada, ella se preguntó por qué no proseguía sin más, pero siguió el guión y preguntó:

—¿Qué es tan fantástico?

—Pensar que ella, después de tantos años, todavía recuerde con toda exactitud lo que comieron aquel día. Realmente impresionante.

De hecho, la investigación todavía no había terminado, pensó Karin tras echar un vistazo al reloj y constatar que sólo eran las tres y cuarto.

—Folke, ¿vamos a ver si Marta Striedbeck está en casa? —propuso—. Ya sabes, la señora de la que nos habló la mujer del policía jubilado.

—Creo que Carsten fue muy claro. Tenemos que dejar el caso de Arvid Stiernkvist y centrarnos en...

Tras escuchar la monserga con que intentó explicarle que les habían encargado otras tareas, Karin se arrepintió de haberle hecho la pregunta y cambió de táctica.

—Folke, tú que conoces todas las normas y reglas, ¿no dirías que una investigación prosigue hasta que se redacta el informe? —dijo Karin, buscando tocar su tecla reglamentarista. Sin embargo, él no picó.

Subieron al ferry a Koön y se sentaron en el interior de la embarcación, en un oscuro banco lacado. Un calefactor-ventilador zumbaba irradiando calor a los pasajeros que se disponían a cruzar el estrecho. Unos escolares con las mochilas a la espalda y los teléfonos móviles con la música puesta a todo volumen llegaron con el autobús de Ytterby.

—Bueno, pues que tengas un buen fin de semana —dijo Karin, y le dio las llaves del coche a Folke. Ella no tenía la menor intención de cruzar. Después tomaría un autobús de vuelta a Goteburgo. Sorprendido, él la observó encaminarse hacia la casa de Marta Striedbeck en Slottsgatan.

La casa era blanca con los marcos de las ventanas de una tonalidad cobriza. El techado del pequeño porche que daba a la calle adoquinada de Slottsgatan era del mismo color. Era difícil determinar si realmente se trataba de cobre o si eran placas metálicas pintadas. Más tarde, Karin describiría la casa como pequeña e idílica. Una casa antigua, típica del archipiélago rocoso. Desde la verja, unas grandes placas de pizarra formaban un sendero que se bifurcaba en dos más estrechos, cada uno de los cuales conducía a un extremo de la casa. Karin levantó el pestillo de acero inoxidable de la verja y atravesó el jardín hacia la entrada.

Sin duda, a juzgar por los gruesos tallos de los rosales y las lilas, aquel hermoso jardín, al que le faltaba poco para ser silvestre, estaba necesitado de un buen repaso. Las placas de pizarra eran resbaladizas y Karin avanzaba con cautela. La temperatura había superado los cero grados durante el día, pero conforme se iban alargando las sombras y se acercaba la noche, el frío se acrecentaba. Pensó en los vecinos de Marta, que seguramente estarían observándola desde detrás de las cortinas, preguntándose quién sería. Probablemente les parecería que se acercaba a la casa a hurtadillas debido a sus pasos precavidos.

Marta era una mujer pequeña y vivaz, no muy distinta de la señora Elise, la esposa del policía jubilado. Llevaba una falda de tweed, un jersey y una rebeca echada sobre los hombros. Piernas delgadas enfundadas en medias de nailon y los pies calzados en un par de zapatillas gruesas.

—Pasa, pasa —dijo cuando Karin se presentó—. Debería ir al cobertizo por leña, pero no será hoy —añadió a modo de explicación por la ropa que llevaba y el ambiente frío dentro de la casa.

Marta acabó rindiéndose y dejó que Karin fuese al cobertizo contiguo a llenar la cesta de la leña. La pila de leños se había derrumbado y no sería fácil recogerla para una mujer mayor. Karin se apresuró a ordenarla un poco, llevó una cesta llena y luego fue por otra antes de que Marta pudiese protestar. Quiso creer que la mujer había estado ocupada con otras cosas y no había tenido tiempo de ir por leña. Se preguntó qué habría estado haciendo. Un enorme gato gris con las patas delanteras blancas estaba repantigado en un sofá rinconera de tono claro. El mueble era de un diseño inusitadamente moderno.

—Deja sitio, *Arkimedes* —dijo Marta. El gato abrió los ojos y la miró con expresión de estás-de-broma-¿no?, antes de cerrar los ojos y volverse panza arriba con las patas levantadas. Era evidente quién mandaba en aquella casa.

Como si se conocieran de toda la vida, Marta pidió a Karin que encendiera la estufa. *Arkimedes* vigilaba sus movimientos, pero pareció satisfecho cuando el fuego prendió en la madera de abedul. Karin cerró una de las portezuelas de cristal de la estufa, pero dejó la otra abierta un rato más. El gato había saltado del sofá para estirarse concienzudamente. Luego se arrastró hacia la visitante para olisquearla. Karin intentó acariciarlo, pero el animal se escurrió para evitar el contacto. Se echó cerca del fuego, que ya había prendido, pero fuera del alcance de Karin. Oyó cómo ronroneaba cuando cerró la segunda portezuela de la estufa.

La casa se hallaba en el lado sur de Muskeviken, con vistas a los barcos de la bahía y parte de la bocana norte.

—Bonitas vistas —comentó Karin.

—Sí, preciosas. Casi siempre hay algo que ver en el puerto.

Un espejo colgaba sobre la mesita del vestíbulo, donde había un modelo antiguo del teléfono Kobran. Debajo había una ordenada pila de revistas que parecían extranjeras. Hacía muchos años que no se hacían reformas en aquella casa, y se percibía el olor característico de una vivienda habitada por una persona mayor. La mujer olía como alguien que tiene la costumbre de airear la ropa, no tanto de lavarla. No es que oliera mal, sencillamente olía a persona mayor. Un olor reconfortante, especialmente perceptible en la diminuta cocina, donde el aroma a café recién hecho y servido miles de veces se había incrustado como una pátina de barniz en las paredes. La cocina era de los años cincuenta y estaba equipada con armarios de pared inclinados hacia fuera por la parte superior y más estrechos por la parte inferior. Los mismos que en la cocina de mi abuela, pensó Karin.

—Podríamos tomar un poco de café —propuso la mujer, y abrió un armario sin esperar respuesta.

El agua se desbordó alegremente cuando llenó la cafetera Don Pedron y la colocó sobre el fogón de la cocina de gas. Karin alabó aquella genial cafetera de cristal, que apenas se encontraba ya.

—Es muy fácil hacer café con ella —dijo Marta, y fue a buscar una bolsa de plástico con una fecha escrita con letras negras.

—Pastas húngaras; las congelo cuando no nos las acabamos.

—¿Eres de Hungría?

—Mi madre lo era. Judía húngara, y a mucha honra. Nací en Hungría, pero llevo tantos años en Suecia que me considero sueca.

—Hablé con Elise y Sten Widstrand. Elise me dijo que hablara contigo si quería saber algo de Arvid Stiernkvist. Tal vez hayas oído algo sobre un cadáver encontrado en Pater Noster. Lo han identificado y parece tratarse de Arvid. —Karin se había sentado en una de las dos sillas de la mesa de la cocina.

—¿Cómo lo identificaron? —preguntó Marta.

—Con la ayuda de una alianza y de su viuda.

—¿De quién has dicho? —La mujer se volvió bruscamente y se le cayó el medidor de café al suelo. Se quedó mirando fijamente a Karin.

—Siri von Langer.

Marta resopló cuando recogió el medidor.

—Siri —masculló, como si fuera un insulto.

—¿De qué conocías a Arvid?

—Arvid —repitió Marta—. Sin duda, una de las personas más maravillosas que he conocido en mi vida.

El calor de la chimenea se había extendido por la casa y *Arkimedes* incluso había empezado a frotarse contra la pierna de Karin, que se sentía a gusto y conversaba con naturalidad, casi de la misma manera que solía hacerlo con su abuela. Al otro lado de la ventana caía la noche. El café era bueno y las pastas húngaras, exquisitas. Seguramente no fueran del todo saludables, pero por suerte era viernes, se justificó Karin y tomó una más. Marta fue en busca de una fotografía, pero al cabo de un momento llamó a Karin.

—¿Puedes ayudarme?

Karin fue hasta el dormitorio. Tenía buena iluminación y era espacioso, con dos camas individuales pegadas, cubiertas por una colcha de ganchillo. Había una pequeña cómoda con encimera de mármol en una esquina de la habitación. El empapelado de las paredes era blanco con dibujo de enredaderas verdes y flores rosa. Encima de la cómoda colgaban varias fotografías, la mayoría en blanco y negro.

—Parece haberse enganchado. —Marta estaba subida a un taburete bajo, haciendo equilibrios.

Karin se estiró para alcanzar la fotografía y derribó la de al lado. Consiguió atraparla justo antes de que aterrizara sobre la encimera de mármol.

«Las hermanas Ellove», ponía en el dorso. Parecía tomada un día de verano y mostraba a dos mujeres de unos treinta años en un muelle. Una de ellas estaba en cuclillas, amarrando una barca aún con la vela arriada.

—¿Eres tú? —preguntó Karin, y Marta asintió con la cabeza.

—¿Puedes descolgar esa otra?

Karin lo hizo y se la dio. Volvieron a la cocina.

—Arvid y yo —dijo Marta.

Karin reconoció a la mujer que sonreía en la foto. El hombre vestía ropa deportiva y sostenía una pala en una mano, mientras su brazo derecho arropaba a Marta cogiéndola de los hombros. Parecía que alguien acababa de decir algo gracioso porque ambos reían. No cabía duda de que reinaba la armonía entre ellos.

—La foto fue tomada aquí fuera, estábamos plantando aquel rosal de allá. —Señaló por la ventana.

Karin reparó en que el cristal de la ventana ondulaba levemente. Aquí y allí tenía burbujas de aire y lo que parecían granos de arena.

—Solía llamarme Pea, ya sabes, guisante en inglés. Por entonces estaba muy interesada en las matemáticas, así que me iba como anillo al dedo que me llamasen Pi.

Karin echó un vistazo a una revista abierta por la página del sudoku. También había una pluma. Una pluma estilográfica, constató. Karin solía usar lápiz y, además, prefería los crucigramas.

—¿Erais pareja? —preguntó.

Marta rió.

—Se convirtió en mi hermano —dijo, y empezó a contarle un episodio nefasto de aquellos tiempos.

Sonó vacía de sentimientos cuando describió la paz y el sosiego que aquel día se respiraba en la espaciosa casa de la calle Mester, 21, en Debrecen. El piano de cola negro que su madre solía tocar, el armario grande y amplio de roble donde escondían los regalos de cumpleaños, y *Tish*, su querido perro lanudo. Los primos Ismael y Gertrud, que aquel día estaban de visita, y el hermano pequeño que jugaba con su trenecito sobre la mullida alfombra del vestíbulo. Luego los fuertes golpes en la puerta y las botas que resonaron en las escaleras de barandilla tallada. La voz de Marta iba tornándose fría y afilada como la hoja de un sable mientras avanzaba en su relato.

—Era un día oscuro y lluvioso. Negro como la noche de la desesperanza, poblado de los gritos de la gente. Los disparos de las armas alemanas, balas que segaban vidas judías. Ni siquiera entonces comprendimos la envergadura de lo que estaba pasando. Escritores, pianistas, artistas, vecinos, madres, hermanas, hijos y padres, asesinados sin distinción. Todos los judíos de la ciudad fueron trasladados al gueto y todas las propiedades de los judíos, confiscadas.

Marta todavía recordaba lo que su madre le había dicho a su hermano pequeño mientras lo vestía: «¿Quieres que te ponga pantalones largos o cortos? Si te pongo los cortos parecerás un niño pequeño y dejarán que te quedes conmigo y tu hermana, pero si te pongo los largos parecerás mayor y te verán como mano de obra.» Al final le puso los pantalones largos.

Cuando llegaron al campo, se llevaron al padre y el hermano para que trabajasen, mientras que ella y su madre permanecieron allí. A los primos, los pequeños primos, se los llevaron a las duchas. Marta los vio marcharse cogidos de la mano. Recordaba que a su madre le preocupaba que fueran a separarlas de ellos y había preguntado si podía acompañarlos y esperar a que estuvieran aseados.

Hasta más tarde, cuando Marta encontró el abrigo y los zapatos rojos de Gertrud entre la ropa que ella y su madre clasificaban, no lo comprendió todo.

Marta se interrumpió y Karin vio que sus manos se movían como si recogieran algo y se lo llevaran al pecho tiernamente. Su mirada era sombría e impenetrable. Luego se perdió en los terribles recuerdos de un oficial alemán que había abusado de ella una noche. Se había acercado furtivamente por detrás y le había tapado la boca con la mano para que no gritase. Él tenía un trozo de pan en la mano y ella tenía un hambre espantosa. Comió y dejó que él le hiciera lo que quisiera. Más tarde descubriría que le había robado la gorra. Un prisionero que se presentaba al recuento sin la gorra era ajusticiado, el alemán lo sabía. De este modo, Marta no podría denunciar el abuso.

Recordó el frío que hacía aquella mañana cuando la llevaron descalza a la plaza de ejecuciones junto con un grupo de mujeres mayores. Recordó su cabeza rasurada, el hambre, los pensamientos, la indiferencia y el asombro al preguntarse qué habría sido de Dios. Sin embargo, milagrosamente las balas no la habían alcanzado. Por la noche salió de la tumba a gatas, apartando los cuerpos caídos sobre ella, y se puso ropa de las muertas. En más de una ocasión se había preguntado si no era peor haber sobrevivido con aquellos recuerdos que haber muerto, para así encontrar la paz.

Gracias a su aguda visión había conseguido escapar entre las sombras, avanzando por la noche y escondiéndose de día. Varias décadas después, aquel oficial alemán había aparecido en Marstrand con un nombre ficticio y sin reconocer a su víctima. Marta lo había vigilado de cerca desde entonces, aunque nunca se lo reveló a nadie.

—Conseguí huir y al final llegué a Londres, donde mi padre tenía contactos de negocios —retomó la cronología del relato—. Gilbert Stiernkvist y su esposa sueca, la señora Alice, me ayudaron y me acogieron como a una hija. Me crié junto a Arvid y su hermano Rune. —Señaló la fotografía—. Cuando la familia de Arvid volvió a Suecia, yo los seguí. Primero a Lysekil (la madre de Arvid, Alice, era de allá) y luego a Goteburgo. Tenían una casa de veraneo aquí, en Marstrand. La voluntad de ayudar a los demás estaba muy arraigada en la familia e intentaron apoyar a los judíos durante el largo proceso de recuperación del dinero en los bancos y las propiedades confiscadas durante la guerra. Cuando los padres de Arvid se hicieron mayores, a Arvid y a mí nos resultó natural hacernos cargo de todo y continuar adelante con el trabajo. El hermano de Arvid había seguido los pasos de su padre y se había formado como jurista, mientras que Arvid optó por la economía pensando en la empresa.

—¿La empresa?

—Tenían una empresa familiar, una compañía de transportes. En un principio, la ayuda a los judíos no fue más que un gesto bondadoso, una obra de caridad, si quieres, pero fue creciendo a medida que hubo más gente a la que socorrer. Cuando dejamos Londres había una oficina independiente abierta a jornada completa dedicada a ayudar a los judíos que huían. Luego, cuando llegamos aquí, el padre de Arvid, Gilbert, abrió una oficina en Goteburgo, desde donde lo dirigía todo. Los hermanos empezaron a colaborar con su padre y, poco a poco, se hicieron cargo de la compañía de transportes.

Karin escuchó atentamente, y al final se vio obligada a hacer una pregunta.

—¿Y Siri? ¿Cuándo entró a formar parte ella?

—Siri. —Marta negó con la cabeza—. Por lo que sé, nunca llegó a formar parte de nada.

Estaba claro que la mujer ocultaba algo. Tal vez no era tan extraño que se mostrara cautelosa ante la curiosidad ajena, teniendo en cuenta todo lo que había pasado. Sin saber nunca en quien confiar, siempre alerta. Karin era incapaz de figurarse cuán terrible debía de ser una vida así.

—Me cuesta imaginarme a Arvid y Siri juntos, tal como lo describes tú como persona —dijo—. Por eso lo pregunto.

—No me gustaba. Arvid nunca debería haberse casado con ella —respondió Marta secamente.

Karin se contuvo de decirle que la entendía, a pesar de las ganas que tuvo.

—¿Dónde se conocieron ella y Arvid? —preguntó en cambio.

—La contrataron como secretaria en la oficina del abogado de la empresa. Labios pintados de rojo y tacones altos. No valía gran cosa como estenógrafa y ni siquiera escribía bien a máquina, pero siempre estaba ocupada y participaba en largas reuniones a solas con los socios masculinos. No me pronunciaré sobre lo que hacían durante esas reuniones, pero algún beneficio debieron de reportarle, puesto que acabó casándose con uno de los socios. Waldemar von Langer.

A Karin le sonó rara la manera en que pronunció el nombre.

—Siri tenía la mira puesta en los hermanos Stiernkvist. En uno de ellos. El dinero y los títulos era lo único que le interesaba. Ayudar a los judíos a recuperar sus propiedades y una existencia llevadera era, a sus ojos, absolutamente ridículo. No era la única que pensaba así, por cierto. Había mucha gente que simpatizaba con los nazis y muy pocos sabían lo que pasaba en los campos de exterminio.

Marta negó con la cabeza. Los ojos deberían habérsele humedecido, pero ya no le quedaban lágrimas. Se le habían acabado hacía mucho, mucho tiempo. Karin intentó retomar la conversación, pero ya no volvió a ser tan fluida. Ya no era Marta la que hablaba, sino Karin quien hacía las preguntas y la otra quien daba respuestas, cuanto más breves mejor. Karin miró el reloj y temió que ya no hubiera autobuses a Goteburgo.

—Doris —contestó Marta, cuando Karin le preguntó si tenía los horarios de los autobuses.

—¿Perdón?

—Mi vecina, Doris Grenlund. El servicio de transportes municipal la recoge cada viernes y la lleva a casa de su hija que vive en Goteburgo. Seguramente puedas ir con ella si quieres. Porque supongo que querrás ir a Goteburgo, ¿no?

Karin asintió con la cabeza y Marta salió al rellano de la escalera. Tras una breve conversación con su vecina, volvió al salón.

—La recogen en veinte minutos. Puedes esperar aquí, si quieres.

Karin aprovechó para echar un vistazo a los cuadros, la mayoría paisajes.

—Roland Svensson —leyó Karin. El cuadro, en blanco y negro, representaba un modesto puerto donde algunas embarcaciones habían sido arrastradas hasta la arena de la playa, cerca de una casa de piedra.

Marta se acercó y se puso a su lado.

—*Islas en el Atlántico*, ¿verdad? —dijo Karin, e hizo un gesto hacia el cuadro.

—Qué curioso que lo conozcas. Ha escrito varios libros, pero la mayoría de la gente sólo conoce sus cuadros. Descuélgalo y te enseñaré una cosa.

Tras la experiencia con las fotografías, Karin miró con cuidado el dorso para ver cómo estaba colgado el cuadro antes de bajarlo. Marta lo cogió y le dio la vuelta. Escrito con caligrafía antigua y cuidada, en el dorso se leía: «Marta, mi más sincero agradecimiento.»

Karin señaló los números «12/56» que aparecían más abajo y preguntó qué significaban.

—Los cuadros deben colgarse siguiendo un orden determinado si quieres hacerles justicia. En cierta época los tuve colgados cronológicamente. —Señaló el primer lienzo—. El más antiguo solía estar aquí y, luego, por su orden, desde el más antiguo al más reciente. —Hablaba de los cuadros como si fueran seres vivos—. Pero entonces adquirí unos de datación indeterminada y todo el sistema se derrumbó. Así que tuve que buscar otro orden.

—Y ahora, ¿cómo los has clasificado? —preguntó Karin.

—Según la luz del sol. El más oscuro recibe más luz cuando brilla el sol, y, al contrario, el más luminoso es el que menos luz solar tiene.

Karin solía decidir la disposición de los cuadros de otra manera, pero le gustó la idea de la distribución según la luz. Una estantería ocupaba la mayor parte de la pared derecha del salón. Los libros estaban bien ordenados y compartían el espacio con jarrones y otras figuras de adorno sobre los estantes. Estaban representadas todas las materias imaginables, desde *Fundamentos de las matemáticas griegas* hasta *Aprende a hablar con tu gato*.

La conversación decayó, y no fue hasta que Karin se disponía a marcharse cuando decidió contarle a Marta la causa de la muerte de Arvid.

—Por cierto, si te interesa saberlo, Arvid murió envenenado. Lo siento. —Karin no sabía cómo reaccionaría la mujer, pero ésta no pareció sorprendida.

—Nunca me creí lo del accidente —se limitó a decir.

—Su cadáver fue hallado en una despensa en la isla de Hamneskär, la del faro Pater Noster. ¿Tienes idea de que podía estar haciendo allí?

—Aunque hoy nadie quiera reconocerlo, entonces había mucha gente que apoyaba a los nazis.

Esa respuesta no servía de gran cosa.

—Sí, lo sé, y es lamentable, pero Arvid murió entre 1963 y 1965, casi veinte años después del final de la guerra.

—Es cierto que la guerra había terminado formalmente, pero hubo quienes la continuaron. La madre de Arvid, Alice, dijo una vez algo sobre la gente que vive en Lysekil. A ver si me acuerdo bien. —Y con voz solemne y vigorosa, la mujer recitó de memoria—: «En esta ciudad nadie acostumbra a rechistar. Aquí la gente vive en estado de alerta. ¿Dónde viven suecos más dignamente callados que los de Lysekil?»

Karin se sintió incómoda y no supo qué decir.

—Disculpa, pero me temo que no acabo de entenderlo —dijo.

—No. ¿Cómo ibas a entenderlo? ¿Quién podría entenderlo? —repuso Marta, y se centró en colocar la alfombrilla en su sitio con el pie.

—¿Sabes algo de un tatuaje que tenía Arvid? —Marta parecía distante, perdida en sus propios pensamientos, y negó con la cabeza lentamente—. Parece un código cifrado, sólo que no sabemos qué significa —añadió Karin, buscando despertar su interés por el tatuaje.

Tal vez fueron imaginaciones suyas, pero le pareció detectar un leve cambio en su expresión. Sin embargo, la anciana guardó silencio. Karin abrió la libreta y anotó los números del tatuaje en el dorso de su tarjeta de visita. Se la tendió a Marta, que la cogió distraída y se la metió en el bolsillo. Llamaron a la puerta. Era un taxista de uniforme azul y una anciana menuda en silla de ruedas, cuyo rostro debajo del sombrero semejaba una uva pasa, pero se resquebrajó en una sonrisa al ver a Marta. Karin le tendió la mano y le dio las gracias por el café y la charla.

Cuando el taxi se hubo puesto en marcha, Marta levantó el auricular y marcó el número tantas veces marcado. Se metió la mano en el bolsillo y echó un vistazo a lo que había anotado Karin en la tarjeta.

—No sé cuánto saben —dijo. Escuchó a su interlocutor y preguntó—: ¿Cuándo la enviaste? —La respuesta pareció satisfacerla—. Lo único es que tendremos un problema cuando le devuelvan a Siri la ropa de Arvid. Aunque han encontrado el tatuaje, no lo tienen entero —añadió. Su interlocutor dijo algo tranquilizador—. Sí, en eso tienes razón. —Marta asintió con la cabeza y miró por la ventana—. Envenenamiento, según los forenses... —contestó, y su mirada se perdió a través del cristal hasta posarse en el rosal—. Sí, ya sé que lo es, pero creo que ha llegado la hora. Bienvenido.

• • •

Goteburgo, 1963

Los negocios iban bien, incluso muy bien, pero no eran precisamente los negocios lo que más ocupaba su mente, sino Elin. Arvid estaba contento de que su hermano Rune hubiera asumido mayores responsabilidades. Lo único que le preocupaba era que, de vez en cuando, parecía desaparecer dinero. Tal vez «desaparecer» no fuera la palabra correcta, pero a menudo daban dinero por razones un tanto vagas. Se trataba de cantidades importantes, pero, por otro lado, también había de dónde coger. Sin embargo, resultaba difícil justificarlo cuando toda la gente cercana y querida había muerto. Arvid había tenido que enfrentarse con muchos destinos trágicos. A veces, los supervivientes de los campos de concentración llegaban a parecerle más desgraciados que las víctimas. Seguían cargando con los recuerdos como un castigo sin purgar debido a que sus corazones habían dejado de latir. La culpa estaba allí y el alarido continuaba presente, a pesar de que las voces habían enmudecido mucho tiempo atrás.

Pensó en su padre y se preguntó cómo había podido soportarlo durante tantos años. Y en su madre, que había cedido varias habitaciones de la gran casa a gente que realmente lo necesitaba. Fue un sábado cuando decidió discutirlo con Rune. Su hermano estaba sentado en el antiguo despacho del padre. Arvid cerró la puerta, a pesar de que el resto del personal ya se había ido a casa. Rune se volvió en la silla y abrió uno de los armarios de madera oscura. Sin mirar las etiquetas de las carpetas sacó una al azar. Encendió la lámpara de latón que había sobre el escritorio y pasó un par de páginas antes de girar la carpeta para enseñársela a Arvid.

—Mira esto. —Fue señalando columnas en las que aparecían consignadas sumas exorbitantes. Arvid siguió su dedo con la mirada—. Es mucho dinero —dijo Rune en tono ligeramente inquisitivo.

Arvid asintió con la cabeza.

—Cuentas bancarias suizas —dijo—. También inglesas.

—Dinero sin dueño —prosiguió Rune, y alzó la mirada para ver la reacción de su hermano.

—En eso te equivocas, me temo. Naturalmente, el dinero tiene dueño, sólo que no lo han reclamado.

—Pero ¡maldita sea, Arvid, llevan sin tocarlo más de veinte años! ¿Entiendes lo que eso significa? —La silla del padre crujió como protestando contra la exclamación del hijo.

—No maldigas sentado en la silla de papá. Ya sabes lo que diría él. El negocio era de papá y hay que administrarlo siguiendo su espíritu.

Rune se inclinó sobre el escritorio inglés y eligió sus palabras con cuidado.

—Deberíamos hacer algo con el dinero, Arvid. Colocarlo en algún lugar.

—Repito: el dinero no es nuestro. —Arvid hablaba en tono pausado y claro, con la mirada fija en Rune.

—Pero deberíamos...

—No tenemos ningún derecho a tocarlo sin hablar antes con sus propietarios. —Arvid negó con la cabeza para indicar que la conversación había terminado. Y sin más abandonó la habitación.

No muy lejos de allí, en el piso que compartía con su amiga, Siri estaba sentada, cavilando. Su agenda estaba abierta sobre la mesa a su lado. Tenía un problema que no cesaba de crecer y que en unos meses ya no podría ocultar. Apagó la lámpara con pantalla de cristal verde.

Permaneció sentada en la oscuridad, pensativa. Se masajeó las sienes con los dedos y contempló el retrato de sus padres que colgaba de la pared. El padre parecía preocupado. Se levantó de la silla, descolgó el retrato del clavo y lo colocó de cara hacia la pared. Luego salió al balcón. Llevaba la pitillera de oro que le había regalado Blixten y encendió un cigarrillo lentamente. Dio un par de caladas profundas y la nicotina se propagó por su cuerpo; enseguida notó sus efectos calmantes. Arrojó la colilla a la calle sin mirar y cerró la puerta del balcón. Sus dedos dejaron marcas en el sucio cristal. Corrió las tupidas cortinas verde oscuro y se dirigió con paso decidido a la butaca. La pequeña lámpara de latón iluminaba la mesa donde tenía la agenda, dejando el resto de la estancia a oscuras.

Necesitaba un hombre de verdad, y cuanto antes. Arvid habría sido el candidato ideal, de no haber sido por esa bobalicona que lo tenía encandilado, pero ya lo arreglaría. Tan noble y digna que daban ganas de vomitar. Siri había sido descuidada y ahora tendría que asumir las consecuencias. Tener un hijo como madre soltera quedaba descartado de antemano.

No fue ella, sino Blixten, quien encontró la solución que no sólo le procuraría un apellido decente, sino también dinero. Así él, por su lado, quedaría libre de toda responsabilidad. Siri no quería mostrar su vulnerabilidad diciéndole lo mucho que deseaba el apellido de Blixten y poder decir que era su hijo. La gente debía concluir que se iba lejos para superar el dolor tras la muerte repentina de su digno y casto esposo. Sí, así lo haría.

12

Sara suspiró. Sus suegros habían tenido la brillante idea de convertir el sótano en una zona de relax, lo que implicaba llevarse todos los trastos de sus hijos que todavía quedaban allí. Siri le había dicho que «sólo se trataba de unas cuantas cajas», pero luego resultaron muchas más.

Si bien el orden en el resto de la casa era impecable, el caos reinante en el sótano en cierto modo lo compensaba. Las cajas, amontonadas en el suelo, se habían mojado y Sara olió el inconfundible hedor a moho. Se había propuesto tirarlo todo, salvo lo que quisieran quedarse, precisamente pensando en que, de lo contrario, tendría que meterlo todo en su propio sótano. Empezó ambiciosa, montando una caja para aquellas cosas que sí se quedarían, luego otra que llenaría con trastos para alguna colecta o para el mercadillo, y una tercera para lo que desecharía.

Después de dos horas trabajando sin parar, Sara se cansó. Habría sido mejor y más fácil que Tomas se hubiera encargado de ello, puesto que eran sus cosas, así que decidió llevarse a casa las seis cajas marcadas con el nombre de Tomas. No le apetecía nada repasar su contenido en compañía de Siri y sabía que su suegra podía aparecer en cualquier momento. Tras distribuirlas como mejor pudo, consiguió que todas cupieran en el carro que le había prestado el vecino. No tenía que recoger a los niños hasta dos horas más tarde y quería dejarlo todo colocado en el sótano de casa, ducharse y luego echarse un rato a descansar.

Apiló las cajas en el lavadero, esperando que el olor a sótano mohoso no se propagara al montón de ropa recién lavada que había dejado sobre el banco. La última caja era la única que no había abierto para revisar su contenido. Cortó la cinta adhesiva con el cucharón de plástico para el detergente, que era sorprendentemente afilado. Encima de todo había ropa de bebé y un grueso sobre blanco. Debajo, un álbum de fotos de piel marrón. Sara sacó un folio del sobre al azar. Su contenido la sorprendió: era de un hospital, y estaba escrito en danés.

El 2 de enero de 1964, a las 4.38 horas había nacido una niña, pero once minutos más tarde, la misma mujer había dado a luz un niño. Sara entendió inmediatamente que la niña era Diane, pero ¿qué había pasado con el niño? ¿Tenía Diane un gemelo?

—¿Es eso posible? —se preguntó en voz alta. ¿Que Siri se hubiera quedado con uno y hubiera entregado el otro en adopción? ¿Quién más podría saberlo? ¿Waldemar, tal vez?

Abrió el álbum de fotos y se quedó mirando la fotografía que apareció en la primera página. Siri y el hombre que rodeaba sus hombros con el brazo sonreían al objetivo. Había esperado ver a Arvid Stiernkvist, el primer marido de Siri, fallecido en circunstancias trágicas, pero no era él sino alguien que reconoció al instante. Era Blixten, como seguían llamándolo por allí.

Se quedó pensativa. ¿Siri se casa con Arvid Stiernkvist, enviuda, tiene hijos y se vuelve a casar con Waldemar? ¿Qué pintaba Blixten en todo aquello? Miró la fecha que aparecía bajo la fotografía y luego se ayudó con los dedos para contar el lapso transcurrido entre la foto y la fecha de nacimiento registrada en el documento danés. Coincidía con el tiempo de gestación de un niño. O de dos niños, en el caso de los gemelos.

En el álbum, había más fotografías tomadas al lado de una tienda de campaña. En una aparecía Siri apoyada en una motocicleta con sidecar. El prado del fondo indicaba que las fotos habían sido tomadas en verano. Siguió hojeando el álbum y las únicas personas que aparecieron en todas sus páginas fueron Blixten y Siri, que parecían conocerse bien. Muy bien.

Sacó el último folio que quedaba en el sobre y lo leyó. Era una carta. Le temblaron las manos mientras leía. Dios mío, pensó. Dios mío, ¿qué voy a hacer ahora? Se levantó demasiado rápido y no le dio tiempo de agarrarse a nada cuando se le nubló la vista.

En sueños, alguien le acariciaba la frente. Con movimientos suaves. Sintió un brazo bajo su cabeza y oyó una voz vagamente conocida, aunque no fue capaz de identificarla. Cuando abrió los ojos vio a Markus. Le acariciaba la frente y su expresión era de preocupación.

—*Sara, are you all right?* —preguntó.

Ella intentó asentir con la cabeza, pero lo único que logró fue contraer el rostro en una mueca de dolor. Markus la cogió por debajo de las rodillas con un brazo y rodeó su espalda con el otro para levantarla del suelo. La alzó sin esfuerzo, como si fuese ingrávida, y Sara notó sus músculos tensos. Olía bien, a recién duchado. Markus abrió la puerta de su piso y la llevó en brazos hasta el sofá. Luego le colocó un cojín debajo de la cabeza y fue por un vaso de agua. Le sostuvo la cabeza con la mano para bebiera y sus ojos se acercaron a ella. Qué ojos tan bonitos tenía. Verdes con pestañas larguísimas.

Por una vez le sentó bien poder comportarse como una niña pequeña y desvalida y contar sin tapujos lo mal que se sentía. Por alguna extraña razón, a él sí podía contárselo. De fondo, mientras ella le contaba sus secretos como si fuera lo más normal del mundo, sonaba el magnífico disco de Alphaville, *Forever Young*. Markus le narró la búsqueda de sus orígenes y le contó quién era, y que no era casualidad que les hubiera alquilado el piso precisamente a ellos. Estaba sentado en el suelo, al lado del sofá, acariciándole la frente.

Forever young, I want to be forever young,
Do you really want to live forever...

Fue como si una pequeña brizna de tiempo se hubiera desprendido de la eternidad. Sólo existían él y ella y nadie más, ninguna obligación, ninguna promesa, ninguna exigencia. Dos piezas de un puzle que se habían unido.

Pensó un breve instante en Tomas, en cómo siempre estaba ocupado en una reunión cuando ella intentaba localizarlo por teléfono. En cómo solía irse antes de que se despertaran los niños y llegar a casa cuando ya estaban acostados. Ni siquiera recordaba la última vez que él los había recogido en la guardería. A veces sentía que sus hijos sólo tenían padre los fines de semana. Era como si vivieran en realidades distintas, él con su trabajo y su carrera, ella con los niños y su baja laboral. ¿Adónde habían ido el amor, el respeto y la complicidad?

... some are a melody and some are the beat...

Sara miró los labios de Markus y se preguntó cómo sería besarlos. Entonces él se inclinó y la besó, suave y delicadamente, primero en la frente y luego en la boca.

—*You seem so unhappy*—fue lo único que dijo. Pareces muy infeliz.

Sara levantó la mano y la posó sobre su mejilla. Sabía que estaba mal. Él también lo sabía, Sara lo vio. Si se hubieran conocido en otras circunstancias habrían sido pareja. Realmente había creído que en Tomas había encontrado a alguien con quien estaría siempre, pero ahora no estaba tan segura.

«Ahora pasaremos un fin de semana estupendo juntos», había dicho en más de una ocasión para, acto seguido, desaparecer. Y cuando ella, dos horas más tarde, llamaba para preguntarle dónde estaba, él le contestaba que primero había pasado por casa de sus padres para ayudarles a desenterrar las raíces de un árbol y luego había llamado Diane por teléfono y él había acudido para colocarle una estantería. Mientras tanto, Sara se quedaba en casa con dos niños que esperaban a su padre. Se había equivocado. De pronto, despertó del ensueño, se sacudió esos pensamientos y dejó que Markus la rodeara con los brazos. «Para —le dijo una voz interior—. Páralo antes de que sea demasiado tarde, ahora que todavía puedes dar marcha atrás.» Se incorporó lentamente en el sofá, la cabeza le daba vueltas y la apoyó contra el hombro de Markus. Entonces le dijo:

—*I'm sorry but I'm married.* —Lo siento, pero estoy casada.

El taxista había sido tan amable de dejar a Karin delante de la comisaría. No se molestó en entrar, sino que abrió su Saab, que estaba aparcado. Tras unos quejidos del motor, el coche se puso en marcha. El clima invernal de Suecia sin duda no era lo que más convenía a los coches. «¡Es! —oyó decir Folke en su cabeza—. Supongo que quieres decir que no *es* lo más conveniente para los coches.» Karin negó con la cabeza y puso la radio antes de coger la carretera en dirección a Långedrag y el puerto de GKSS. Seguramente, Folke estaría escuchando P1, la cadena de música clásica, pensó cuando escogió una frecuencia lo más lejos posible de los 89.3 MHz de P1. Una música maravillosa de viernes por la noche salió por los viejos altavoces del Saab, y Karin subió el volumen y dejó atrás los pensamientos sobre Folke y Siri von Langer.

El barco estaba allí, esperándola. Karin le dio al contacto y dejó que el motor se calentara un rato. En un principio, la idea había sido cargar las baterías, pero entonces decidió ponerse la ropa de navegación y el chaleco salvavidas, y soltar las amarras de proa y luego las de popa. Metió la marcha atrás con el pie, pues la caja estaba colocada de tal manera que tendría que haber soltado la caña del timón si pretendía hacerlo con la mano.

La popa se fue alejando lentamente del muelle. Karin puso el motor en punto muerto para luego meter la marcha normal y darle un poco de gas mientras viraba. El casco de acero negro respondió cogiendo velocidad. Con la carta náutica sobre la banqueta más cercana, navegó entre los muelles. Según la radio VHF, no había ningún buque de gran envergadura entrando ni saliendo del puerto de Goteburgo en ese momento. Cruzó la vía marítima y se dirigió hacia el norte, pasando por Varholmarna. Los ferrys amarillos del Servicio Nacional de Carreteras iban y venían con todo aquel que quisiera llegar a Björkö o las islas de alrededor. Karin siguió adelante sin tener ninguna meta concreta, o al menos no conscientemente. Empezaba a oscurecer cuando pasó por el faro de Sälö. Encendió las luces de posición y en la carta buscó la ruta hacia la bocana del canal de Albrektsund. No había ningún faro en la entrada del canal llegando desde el sur y, por tanto, tendría que fiarse de la brújula. No se molestó en poner en marcha el GPS, el navegador por satélite.

Las islas grisáceas empezaban a confundirse a medida que avanzaba en medio de la oscuridad. La entrada del canal no podía estar muy lejos. ¡Ahí! Distinguió las boyas de la desembocadura del mismo y metió la embarcación entre los dos cerros. Las campanas de las montañas le recordaron que no hacía tanto tiempo que los veleros de carga habían agradecido poder tomar aquella ruta, en lugar de aventurarse mar adentro y doblar los escollos delante de Sillesund. La casita roja del Högvakten, el cuerpo de guardia, tenía un aspecto próspero pero abandonado. Alguien había construido un pequeño cenador en la roca adyacente.

Se mantuvo en el medio del canal, consciente de que perdía fondo muy rápido por los lados. En verano solía estar lleno de embarcaciones y había dos vías. Karin miró el agua oscura; parecía que iba a contracorriente. La válvula reguladora dio una sacudida. El canal torció suavemente a la derecha y de pronto tuvo Marstrand, el antiguo pueblo pesquero, enfrente. Empezó en alguna parte del estómago y se le propagó por el resto del cuerpo: una expectación burbujeante. Había sido así desde que era pequeña, cada vez que Marstrand aparecía ante sus ojos. La emoción de ver la fortaleza y las callejuelas. Las casitas de madera con sus balcones ornamentados donde cada generación había dejado su capa de pintura. El calor vespertino de las suaves rocas. Recordó que de pequeña se preguntaba en qué trabajaría la gente de aquel lugar.

Se cruzó con un pesquero cuyo viejo motor de encendido emitía el ruido sordo que tanto recordaba. Un anciano estaba de pie en la popa. Karin disminuyó la velocidad y buscó un sitio para atracar. A esas alturas de la temporada, tan temprano, tendría donde escoger. En otro momento, lo sabía muy bien, las cosas habrían ido muy distintas al llegar a puerto. La gente parecía creer que por ser chica no sabía gobernar el barco. Los tíos, con sus veleros de cincuenta pies de eslora, se apresurarían a dejar su copa de vino blanco espumoso en la cubierta y empezarían a soltar las defensas por los costados de sus barcos. Y una vez atracados satisfactoriamente, incluso intentarían fingir que necesitaban descolgar alguna defensa más. Después de unas copas más de vino espumoso solían atreverse a hablar con ella para preguntarle por el equipamiento de aquel extraño barco suyo.

La elección recayó en el muelle flotante de Koön. Tenía que llenar los depósitos de agua y allí había una manguera. La pizzería y la tienda de la cooperativa también jugaron su papel a la hora de elegir, tuvo que reconocerlo. Redujo la velocidad un poco más y subió a cubierta para sacar las defensas y los amarres. Con mano diestra, ató las defensas en la banda de estribor antes de volver al timón. El barco avanzó hacia el muelle y Karin puso la marcha atrás para detenerlo suavemente en el lado derecho. Cogió el cabo de estribor y saltó a tierra. Dejó el motor en punto muerto un rato antes de apagarlo. Abrió la tapa del motor y la retiró para que el calor se propagara por el barco. El reloj colocado en el mamparo encima del barómetro marcaba las siete y diez y Karin dudó que la tienda siguiera abierta. Se quitó la ropa de navegación y se puso un jersey grueso. La chaqueta y los pantalones parecían desamparados y solitarios allí colgados del gancho de latón, pues debería haber dos juegos. La noche era fría y encendió la estufa antes de desembarcar. La verdad era que no parecía que estuvieran en abril.

Tuvo suerte. La tienda de la cooperativa estaba abierta. Compró café y pan integral. Y cuajada con moras, que a ella le encantaba y que Göran detestaba. Tal vez debería sentirse más vacía de lo que realmente se sentía. Al fin y al cabo habían roto, pero, por otro lado, estaba muy acostumbrada a estar sola durante largos períodos de tiempo. Ahora mismo podría ser perfectamente uno de los períodos en que Göran estaba fuera y ella había salido con el barco sola un fin de semana. Sin embargo, no era así. Karin sacó su tarjeta, introdujo el código PIN y pagó. A veces, cuando había que pagar, Göran se excusaba alegando que no llevaba dinero en efectivo, olvidando oportunamente que llevaba la Visa en la cartera. A partir de ahora, tendría que pagarlo todo ella. La diferencia no sería muy grande. Además, dejaría de abonar su parte del alquiler.

Las puertas de la tienda se cerraron a sus espaldas y de pronto estuvo en la calle con la bolsa de la compra en la mano. Su aliento hacía vaho. La primavera se había ido como había venido y parecía que estuvieran en febrero. Karin temblaba de frío y echó a andar en dirección al barco, pero se arrepintió, dio media vuelta y se dirigió hacia la pizzería, detrás de la gasolinera. Finalmente subió a bordo haciendo equilibrios con la bolsa de la compra en una mano y la caja con la pizza en la otra. El barco estaba a oscuras pero ya se había calentado.

Cerró las escotillas y encendió el quinqué. Había puesto la estufa al máximo antes de irse y ahora bajó un poco la temperatura. Una luz agradable se extendió por el barco, mientras ponía la mesa para una sola persona. Le apetecía tomarse una copa de vino tinto, pero le pareció exagerado abrir una botella sólo para ella. Sin embargo, podía volver a cerrar la botella, en algún sitio tenía una bomba de vacío con el correspondiente tapón que alguien les había regalado. Al final, abrió una botella sin antes haber encontrado la bomba.

El móvil empezó a sonar cuando se estaba zampando la pizza. Echó un vistazo al número. Era Göran. Tras un instante de duda metió el móvil debajo de un cojín. Seguramente habría descubierto que el barco no estaba en su atraque y se preguntaba dónde estaría. Karin pensó en el coche, aparcado en el puerto de GKSS en Lângedrag. Esperaba que no hubiera problemas con él. De todos modos, Göran no tenía la llave. Tras seis tonos amortiguados por el cojín, se disparó el contestador automático.

170

Casi se sentía como la primera vez que se había ido de casa, allí sentada a la suave luz del quinqué. A pesar de cierta nostalgia, predominaba una sensación de alivio, incluso de felicidad, aunque la sola palabra le provocara un inevitable sentimiento de culpa. Un nuevo punto de arranque, pensó mientras saboreaba el vino.

Marstrand, 14 de junio de 1963

A pesar de los acontecimientos trágicos de la semana anterior decidieron celebrar la boda. Arvid había perdido a sus padres y su hermano en un accidente de aviación en Inglaterra. Era un consuelo que al menos hubieran tenido tiempo de conocer a Elin. La madre de Arvid le había regalado su collar de perlas cuando llevaron el vestido de novia a una costurera para que lo arreglara. Toda la familia estaba entusiasmada, sólo se perderían el final, la ceremonia nupcial.

El calor había llegado temprano y con él, las flores. El ramo de Elin se componía de rosas. La mitad proveniente del jardín de los padres de Arvid y el resto del de la abuela de Elin. Las rosas estaban unidas con madreselva, las flores típicas de la provincia de Bohus. El padre de Elin había traído clavelinas, pequeñas flores rosadas que crecían en las rocas yermas de Pater Noster. Las flores se entrelazaban entre los mechones del recogido de Elin y una guirnalda de madreselva ensortijada descansaba como una diadema de flores sobre el pelo rubio de la novia. El vestido era de color crema con mangas tres cuartos. La parte superior estaba bordada y la falda tenía una caída preciosa y una pequeña cola. Por la mañana se había puesto el colgante de su madre y el collar de perlas de Alice Stiernkvist. De esa manera, estarían presentes tanto la madre de la novia como la del novio.

Podía haber elegido una diadema de oro y piedras preciosas y Arvid se había reído al ver la madreselva. ¡Era tan típico de ella! Él nunca olvidaría su aspecto, con todas aquellas flores en el pelo, y se prometió hacerle una corona de solsticio de verano cada año.

La pequeña orquesta empezó a tocar el acompañamiento de la canción que se había convertido en la suya. Solían cantarla juntos y, por tanto, ¿qué otra podría haber que fuera más adecuada para su boda? Arvid empezó a cantar:

Las anémonas azules y
las flores de almendro
se extienden como una nube sobre las colinas.
Los gallos cantan más allá de las fronteras.

El monte de vino nos aguarda
allá donde crecen las vides,
sobre la tierra rojiza,
pero en el valle floreces tú.

Oh, Pierina, ¿cuándo te decidirás?
¡Pronto cumplirás diecinueve años!
¿Oyes en el valle mi madrigal de primavera?
¿Serás mía este año?

Elin contestó:

Ven, ¡tú que cantas!
Ven, ¡tú que me amas!
Ven, salva las quebradas, supera los tilos.
¡Ven con el fragante viento de la primavera!

Ven a mi lado,
ven, ¡susurra mi nombre!
¡Ven a mi regazo!

Juntos cantaron las últimas estrofas:

Ruiseñor, ¡canta en tu frondoso nido
a quien hoy le doy mi amor!

Ninguno de los presentes pudo dejar de ver la pasión que había entre los novios, ni el cariño que se profesaban cuando se dieron el sí. Arvid tomó la mano de Elin y la miró a los ojos cuando pronunció el sí. Marta, que sostenía el ramo de la novia, se secó una lágrima cuando Arvid le puso el anillo. La postura erguida del padre y el hermano de Elin evidenciaba el orgullo que sentían. Sus dientes blancos brillaban en sus rostros morenos y curtidos. El padre le estrechó la mano solemnemente al yerno y dijo que ya no tenía un hijo, sino dos.

13

Era el sexto barco naufragado que tenía que examinar y ya no tenía esperanza de encontrar nada cuando se puso el traje de neopreno. Echó el cuerpo atrás y dejó que el peso de las botellas lo arrastrara al agua. En cuanto estuvo bajo la superficie le sobrevino la calma. Miró hacia arriba y vio a los demás que colgaban de la borda, mirando hacia las profundidades del mar. Detrás de ellos vio el cielo nocturno. Entonces volvió la mirada hacia abajo y se sumergió. Las plantas acuáticas se mecían hipnóticas. El barco no estaba muy lejos, tan sólo a cinco metros de profundidad. Si querían subir algo, la distancia sería salvable, siempre que no hubiera marejada fuerte.

Parecía que había otro pesquero, pensó, y dio unas brazadas ayudándose con las aletas para acercarse. Le encantaba la sensación de ingravidez cuando buceaba y notar cómo el cuerpo avanzaba con rapidez al utilizarlas. El barco estaba sorprendentemente intacto, comparado con los demás que había visto.

Se metió en el puente de mando. Una vieja radio verde estaba amarrada al mamparo, cubierta de percebes que ondeaban con sus brazos plumíferos en busca de comida. La escotilla de la bodega se había atascado y era imposible moverla. Seguramente el óxido la había soldado a la cubierta. Nadó alrededor del barco un rato sin encontrar nada de interés y tomó impulso para volver a la superficie. Las aletas levantaron limo de la embarcación y, por alguna razón, echó la vista atrás. Entonces vio algo. Se detuvo sorprendido y volvió a acercarse. No era frecuente encontrar ángulos rectos en la naturaleza. Parecía una especie de caja. ¡Un arca! ¡Era una maldita arca!

Al sonreír, notó lo fría que estaba el agua en el resquicio entre las gafas de bucear y el traje de neopreno. Se puso a temblar, en parte por el frío, en parte por la emoción. ¡Había encontrado el tesoro! Sacó la cámara e hizo una foto. De pronto, se le aceleró la respiración, y golpeó el indicador para ver cuánto oxígeno le quedaba. Sabía que consumía mucho más cuando estaba agotado o excitado, como en ese momento, pero según el indicador no había motivo de alarma.

Se puso a cavar con las manos alrededor del arca y consiguió dejarla al descubierto como para ver que se trataba de un cofre de metal ladeado. Siguió cavando un poco en busca de algún mecanismo de apertura. Los símbolos en la tapa del arca no dejaban lugar a dudas. Había dos, uno encima del otro. En la parte superior, una calavera, y otro más preocupante: una cruz gamada.

Marstrand, 1 de agosto de 1963

Siri no se había tomado bien la noticia del compromiso de Arvid y Elin. De hecho, se lo había tomado tan mal que él ni siquiera se había atrevido a contarle que también se habían casado. Tal vez las cosas habrían sido distintas de habérselo contado entonces, pero no lo hizo.

Siri le había propuesto con voz temblorosa de desesperación que salieran a navegar y Arvid había accedido por compasión. El barco con los cuatro pasajeros abandonó Marstrand en dirección sur con viento de popa. El sol brillaba sobre los muchos invitados a la fiesta que tenía lugar en la villa del médico en Klöverön. La casa tenía vistas sobre el canal de Albrektsund y la zona del otro lado, llamada Halsen, la Garganta.

Se oyeron risas alegres cuando el velero pasó por delante y una música armoniosa se extendió sobre las aguas desde el cenador amarillo donde tocaba un cuarteto de cuerda. En la orilla del canal, un fotógrafo retrataba a todos los invitados por parejas.

El viento, cálido y suave, a duras penas los llevó hasta Sälö. Elin estaba mareada y agradeció desembarcar en cuanto pudo. Sin embargo, todavía no se notaba su embarazo. Arvid había reducido su jornada laboral para cuidar a su esposa, que se sentía terriblemente mal los primeros meses. Parecía muy delgada y frágil sentada en la roca y envuelta en una manta cuando Siri le sirvió un café. A Arvid no le caía bien el hombre que acompañaba a Siri; no porque se mostrara desagradable, sino por el hecho de que estaba casado.

—Dime una cosa, Arvid —le había susurrado Elin al oído—. ¿Realmente ella tiene que llamarlo cariño todo el rato?

—A lo mejor es su segundo apellido, Blixten Cariño. —Arvid sonrió. Blixten, que era como lo llamaba todo el mundo, ocupaba una posición importante en la pequeña sociedad.

Siri se había esforzado con sus deliciosos bocadillos y pasteles. Elin mordisqueaba los trocitos de manzana que se había traído cuando nadie la miraba. Había bajado de peso, pero el médico le había dicho que pronto desaparecería el malestar. Arvid se había inquietado, y esperaba que le pasara cuanto antes. Elin se volvió asqueada cuando percibió el aroma del café y Arvid se acabó discretamente su taza. Siri se desabrochó la blusa innecesariamente y se echó sobre una roca para tomar el sol. Elin y Arvid dieron un paseo, pero él alcanzó a ver cómo Siri y su acompañante masculino subían a bordo cuando creyeron que Elin y él ya no podían verlos.

El viento había cambiado a suroeste en el tiempo que habían estado en la isla y zarparon, al principio rumbo oeste, luego rumbo norte, pasando por todas las islas hasta llegar al islote de Klädesholmen, donde viraron. Arvid no se sentía demasiado bien; no era sólo la preocupación por su mujer, sino que se notaba el cuerpo pesado y torpe y le costaba moverse, incluso respirar.

No dijo nada por miedo a inquietar a Elin, pero Siri lo miró preocupada. Unas nubes negras azuladas se habían acumulado en el horizonte y la fuerza del viento había aumentado cuando se disponían a cruzar el fiordo de Marstrand. Las olas eran amenazadoramente oscuras y el viento amainó por un instante, como si se detuviera para recuperar el resuello.

Entonces ocurrió. Él se había dado la vuelta y no llegó a ver cómo pasó, pero de pronto Elin había caído al agua. Oyó sus gritos y sin dudarlo un segundo se lanzó detrás de ella.

—¡Arvid, no! —le había gritado Siri, pero su acompañante la retuvo con firmeza.

Arvid notó náuseas al tiempo que Elin desaparecía engullida por una ola. Se obligó a nadar e intentó no perderla de vista.

—El barco —jadeó ella cuando él finalmente llegó a su lado.

Arvid miró alrededor, pero los ojos no le obedecían. Le pareció ver un barco, ¿o era una isla? Miró en todas direcciones. La boca se le llenó de agua, pero cuando la escupió vio que no era agua, sino vómito. Se le contrajo el estómago y, aunque ordenó a sus brazos y piernas que nadaran, los sentía pesados y no conseguía moverlos, no querían obedecerle. Sin embargo, Elin estaba a su lado, con la cabeza fuera del agua, y eso era lo único que importaba.

Las manos de Markus volaban sobre el teclado. Las verdades repiqueteaban como salidas de una metralleta y se ponían firmes línea tras línea en el documento. Revisó el resultado brutal y adjuntó la fotografía.

Dios mío, pensó. No sabía qué esperaba encontrar en su viaje a Suecia, pero desde luego no era eso. Sus manos temblaban cuando sacó el teléfono móvil y se conectó para mandarle el artículo a Heidi. Tenía que salir de allí cuanto antes, el día siguiente a más tardar. Era demasiado peligroso quedarse.

Releyó lo que había escrito una última vez y apretó *enviar*. Ninguna señal. Acercó el móvil a la ventana un poco más y consiguió que aparecieran tres rayitas en la pantalla: aunque débil, con esa cobertura podía funcionar.

—¿Hola? ¿Markus? —La familiar voz lo hizo sonreír. Sara.

Interrumpió la conexión y escondió el ordenador bajo la cama. No había conseguido enviar el correo electrónico, tendría que intentarlo más tarde, tal vez desde el ordenador de Sara.

Karin despertó temprano. Los rayos de sol intentaban penetrar los pequeños y sucios ojos de buey del barco. La ventaja de las ventanas medio enteladas por la suciedad era que nadie podía fisgar por ellas, pero el inconveniente era que tampoco podías mirar afuera. Después del desayuno, Karin puso manos a la obra y empezó con la limpieza general. Echó el jabón de siempre en un cubo con agua caliente y se puso los guantes de goma. El olor se propagó por todo el barco. Sacó todos los colchones y edredones a cubierta y levantó todos los bancos y pañoles. Fregó todo y luego lo secó.

Tres horas más tarde, el barco estaba limpio, por dentro y por fuera. Karin se había sentado al sol sobre la cabina, con una taza de café. No eran más de las diez. El tiempo había cambiado y hacía más calor, y eso le permitía desabrocharse el jersey para que el sol bañara su pálida piel invernal. El sol entraba por los ojos de buey recién lavados y una armónica que había sobre el banco de la cocinita lanzaba reflejos en el techo. Era de Göran, y cuando la echó a la basura fue como desprenderse de sus últimos restos. Había llamado cuatro veces durante la noche y Karin había contestado la última, aunque no le contó dónde estaba. Si no la hubiera despertado con sus llamadas, tal vez le habría devuelto su armónica.

El puerto estaba lleno de vida y movimiento; y el aire, colmado de aroma a pintura, gasolina y gasóleo. Había gente corriendo por los muelles y los vecinos se prestaban herramientas. Las defensas, deshinchadas durante el invierno, y los cabos abandonaron su guarida después del largo letargo.

Una larga caravana de pequeñas embarcaciones cargadas en remolques se dirigía a la rampa desde donde serían botadas, una tras otra. Las de mayor envergadura las seguirían, ayudadas por la grúa azul del astillero de Ringen. Sus ilusionados propietarios subían a bordo y ponían en marcha los motores. Las señoras llegaban cargadas con los niños y la cesta de la comida. Karin sabía que también había mujeres propietarias de barcos, pero por mucho que revisara las estadísticas, la gran mayoría pertenecía a hombres.

Los viejos, principalmente hombres mayores residentes en el pueblo, estaban sentados en el mentidero, amenizando el espectáculo con sus comentarios acerbos. La primavera pasada habían sido nueve vejetes, ahora sólo quedaban siete. Låddan, el Cajas, y Bom-Pelle, Pelle el Botavara, observaban las botaduras desde arriba. O al menos eso esperaba el resto de los ancianos. En el pasado, Låddan había estado metido en negocios dudosos, y la pregunta era cuán escrupuloso se mostraría san Pedro. Låddan había sido pescador y debía su apodo a que, en los años cuarenta, había sacado una caja del mar mientras pescaba. Todavía hoy se especulaba con el contenido de aquella famosa caja. A Bom-Pelle le habían puesto su apodo un día que había salido a navegar. Su mujer, Britta, había llevado el timón del barco y, en cierto momento, le había avisado que iba a virar, pero Pelle no la oyó. Su esposa giró la caña del timón y la botavara le dio a Pelle en toda la cabeza. Recibió siete puntos tendido sobre la vela que su mujer colocó sobre la cubierta de proa. La cicatriz que corría por su frente era un recordatorio permanente.

Karin miró, pero sobre todo oyó, a un hombre cuya lancha motora se negaba a ponerse en marcha. Su mujer se llamaba Eva, hecho que no escapó a nadie que estuviera en el puerto en aquel momento. Eva había intentado sin éxito convencerle de que sacara las fijaciones. El marido se había negado, alegando que le había costado sus buenos miles de coronas tener el barco en dique seco durante el invierno. Por tanto, el motor tenía que arrancar, sí o sí. Sin embargo, el motor no lo hizo y el hombre empezó a expresarse con epítetos que llevaron a una madre con dos hijos a recoger la cesta de la comida y alejarse de allí. Karin sonrió. Los viejos señalaron con sus bastones y comentaron.

—¿Creéis que es de Tjörn, o qué? —dijo uno, lo que hizo que los demás estallaran en risas.

Todavía hay esperanza de que llegue el verano este año también, pensó Karin.

Había pasado una noche intranquila, no sólo por culpa de la llamada de Göran. Era algo que había soñado. Sentada sobre la cabina, intentaba recordar qué era. Poco a poco, el hilo conductor fue asomando desde su inconsciente, hasta que por fin salió a la superficie. Karin cerró los ojos y visualizó al hombre del alzacuellos que había visto en sueños. Un sacerdote.

La noche anterior había introducido el nombre de Simon Nevelius en el registro, sólo para ver dónde se hallaba ahora mismo. Si bien la investigación había quedado cerrada en el momento que informaron a Siri, Karin todavía no había redactado el informe. Y los pormenores del caso seguían dando vueltas obstinadamente en su cabeza. Si hubiera vivido cerca, podría haberse pasado por allí para charlar un rato con él, pero no era así. Bien mirado, Lidköping no estaba precisamente en la zona, aunque, claro está, nada ni nadie le impedía acercarse hasta allí con el coche en su tiempo libre.

Habían tardado más de dos horas en llegar a Lidköping desde Goteburgo, un tiempo que Karin aprovechó para poner al día a Robban. Al verlo sentado en el asiento del copiloto, con su bolsa de Fisherman's Friend, le pareció que había adelgazado, pero no podía permitirse prescindir de su entusiasmo y su risueña visión del mundo.

—Ha sido una suerte que me llamaras. Estaba a punto de morirme de tristeza. Además, creo que estando en casa todo el tiempo desquicio a Sofia. Ella piensa que debería echarle una mano, pero la verdad es que estoy enfermo.

Karin sonrió y puso la quinta.

—Sí, vosotros los tíos os ponéis enfermísimos, mientras que nosotras sólo estamos indispuestas... —Y le lanzó una mirada ceñuda.

—Ahora empiezas a sonar como Sofia. Ya sabes, me ha estado dando clases magistrales sobre las bacterias y el sistema imunológico del cuerpo.

Karin se rió. Muy propio de Sofia. La mujer de Robban era profesora de Ciencias Naturales en un instituto.

—Te digo que esos bacilos que los niños traen de la guardería a casa no son para niños —dijo Robban, buscando dar lástima.

—Desde luego —contestó Karin, distraída.

—¿Me estás escuchando?

—Sí, claro, sólo estaba echándoles un vistazo a las indicaciones. —Y señaló con el dedo los carteles que tenían delante—. Debemos girar por aquí.

—Lo peor fueron los días que estuvimos en casa los niños y yo juntos. Teníamos todos treinta y nueve y medio de fiebre. Yo me encontraba molido, pero los niños estaban igual, insufribles, jugando con su Lego y queriendo ver una película tras otra.

—Pobrecito —dijo Karin.

Robban había creído que encontrarían al anciano sacerdote en un geriátrico, pero estaba equivocado. Su esposa los envió a la capilla del palacio de Läckö, donde Simon Nevelius iba a oficiar nada más y nada menos que dos bodas ese mismo día. El bello palacio blanco estaba situado en el punto más alto de la isla de Kållandsö, rodeado por las aguas azules del lago de Vänern por tres lados. Las banderas amarillas y azules ondeaban alegres al viento. Karin disfrutaba del paisaje, aunque echaba de menos la fragancia de la sal y las algas. La entrada al palacio estaba enramada con abedul, pero seguía cerrada al público por estar fuera de temporada.

—Para ir a la capilla tendréis que entrar por el soportal del castillo —les informó la señora bien vestida que solía estar en la puerta cobrando las entradas. La primera pareja de novios era de la comarca y la señora era la tía de la novia. Robban se metió la placa en el bolsillo.

El doble portón de la iglesia era verde. Karin abrió una hoja, grande y pesada, pero los viejos goznes, bien engrasados, giraron con facilidad y sin rechinar. Sintió frío al contacto del pomo de hierro forjado cuando empujó la puerta, que se cerró con un leve sonido.

Dentro reinaba el silencio; el silbido del viento no traspasaba los gruesos muros. La luz filtrada a través de los altos ventanales emplomados acariciaba los viejos bancos de madera pintados de verde. Una alfombra roja amortiguaba sus pasos, del mismo modo que las ventanas apagaban los rayos del sol primaveral. Unas placas de piedra caliza de Kinnekulle rojas y grises conformaban el suelo desgastado por el que avanzaron con recogimiento. Robban y Karin entraron juntos, uno al lado de la otra, pero de pronto Karin se detuvo abrumada por los sentimientos. Se volvió, clavó la mirada en el coro y tragó saliva. ¿Cómo sería entrar de esta manera con alguien a tu lado?, pensó.

—Disculpad si molestamos, pero somos de la policía de Goteburgo. —La voz de Robban la devolvió al presente.

El hombre que estaba de pie ante el altar se detuvo en mitad de un movimiento. Sostenía una biblia gastada y tenía un aspecto demacrado, manos huesudas y ojos hundidos. Como alguien que soportara un parásito o una carga demasiado pesada que poco a poco lo va consumiendo.

—¿La policía? —dijo inquieto.

—Simon Nevelius. ¿Es usted?

—Sí, soy yo.

—Servía de pastor en Marstrand en los años sesenta. Quisiéramos hacerle una pregunta acerca de una boda que ofició por aquel entonces.

—Marstrand. Uf, de eso hace mucho tiempo, y sólo fue una sustitución. Pero los ayudaré en todo lo que pueda.

—Arvid Stiernkvist y Siri Hammar. El tres de agosto de 1963.

—Sí, creo recordarlo.

—¿Podría describir a la novia? —preguntó Robban, y se disculpó por el acceso de tos que le sobrevino.

El hombre lo hizo.

—¿Y al novio? —preguntó Karin.

—A él no lo recuerdo tan bien. —La respuesta del pastor fue un poco indecisa.

—¿Rubio, moreno?

El sacerdote negó con la cabeza, haciendo memoria.

—¿De qué se trata? —dijo entonces.

—¿Había prisa con la boda? —preguntó Robban tras aclararse la garganta.

—No que yo recuerde. Si me dicen de qué se trata tal vez pueda ayudarles. —Llevó la mirada de Robban a Karin.

—Nos sorprende que falte la fecha de la comprobación —dijo ella.

—Pero queridos míos, ¿han venido desde Goteburgo sólo para preguntarme esto? Pues así, a bote pronto, no puedo contestarles. Además, hace mucho tiempo de aquello.

—¿Cuántas bodas ha oficiado usted en las que falte la fecha de la comprobación? —preguntó Robban.

El hombre desvió la mirada y la fijó en un querubín. Colgado de la pared, el angelito dorado los observaba desde lo alto. ¿Se atrevería el sacerdote a mentirles en un lugar como aquel?

—Tengo que casar a una pareja a la una. —Karin consultó su reloj: las doce y poco.

—¿Y ya tiene la comprobación y todo lo demás para casarlos? —preguntó Karin.

—Sííí —dijo el hombre con voz entrecortada y se estiró el alzacuello, como si le apretara demasiado.

Karin siguió su intuición.

—Simon, creo que lo recuerda todo muy bien. Incluso creo que hay algo en lo que lleva pensando desde hace mucho tiempo. Estamos investigando un asesinato y sería de gran ayuda si nos contara lo que sabe. —Karin era consciente de que estaba exagerando un poco. Todavía no podían demostrar que Arvid hubiese sido asesinado, tan sólo que había fallecido por envenenamiento. Sin embargo, la reacción de Simon Nevelius no se hizo esperar.

—¿Asesinato? —se inquietó.

Fue a sentarse en el primer banco de la iglesia y miró a Jesucristo en la cruz. Entonces empezó a hablar, al principio vacilante. Las palabras descendieron pesadas sobre el viejo suelo de piedra caliza.

—Sí lo recuerdo —admitió—. Lo recuerdo como si fuera ayer. Vino a mí, la pobre muchacha.

—Siri —precisó Robban.

El sacerdote asintió con la cabeza y echó la mirada atrás en el tiempo.

—Me explicó que el padre del hijo que esperaba se había ahogado y que se había quedado sola en el mundo. Me preguntó cómo había permitido Dios que llegara la muerte cuando Arvid y ella estaban prometidos. Lloraba y estaba totalmente fuera de sí. Me mostró el anillo y me preguntó qué iba a hacer con el vestido de novia. Porque la muchacha venía de una familia decente. El padre era un hombre de negocios y la madre estaba muy pendiente de los hijos. Era una mujer muy hermosa (me refiero a la madre), de rasgos finos y voz dulce. Se mudaron de Uddevalla a Goteburgo y pasaban los veranos en Marstrand. Tenían tres hijos, dos niñas y un niño. Siri era la más pequeña. Entonces el padre murió en un accidente. A la madre la cortejó un hombre de negocios italiano, y acabaron casándose. Tuvieron tres hijos, pero el italiano no sentía demasiado aprecio por los hijos mayores del primer matrimonio. Tuvieron que marcharse de casa siendo muy jóvenes, demasiado jóvenes, si me permiten. Era una muchacha pequeña y delgada. Aquel día, en la iglesia de Marstrand, aparentaba incluso ser más pequeña y parecía tener frío envuelta en un abrigo fino.

Karin asintió con la cabeza y él prosiguió.

—Tenía que ayudarla de alguna manera. «Ojalá nos hubiéramos casado ayer», me dijo. «De todos modos, me hubiera quedado sola en el mundo, claro, pero al menos habría sido una mujer decente y el niño habría tenido un padre.» Entonces caí en la cuenta de que Dios tal vez me había puesto en su camino para que pudiera ayudarla. Al fin y al cabo, estaba en mis manos hacerlo.

Karin y Robban cruzaron el patio central del castillo y la bóveda en dirección a la salida. Los muros del castillo ya no los resguardaban y el frío viento procedente del lago hizo temblar a Karin.

Salieron del aparcamiento, aceleraron al pasar por Läckö Kungsgård y dejaron atrás el precioso palacio blanco junto al lago. Karin se sentía cansada y emocionada, pensando en lo que implicaría la información que acababan de obtener. Siri y Arvid nunca habían estado casados.

14

Karin había pensado llamar para excusarse de la cena de chicas, pero en el último momento cambió de opinión y confirmó su asistencia. ¿Por qué no? Echó un vistazo por el barco en busca de algo que le sirviera de regalo. Una botella le parecía un poco triste. La elección recayó, como tantas otras veces, en un disco de Evert Taube. Karin repasó los discos para decidir de cuál podría prescindir. En realidad sólo sería por un día, pues tenía la firme intención de volver a comprarlo el lunes. A falta de papel de regalo, envolvió el disco en papel de aluminio y le puso un lazo de cuerda alquitranada, cuyo aroma colmó el interior del barco, transportándola de vuelta a los veranos de su infancia: muelles caldeados por el sol donde jugaba y pescaba cangrejos, mientras disfrutaba del olor a alquitrán.

Unos minutos antes de las siete alguien golpeó el casco con los nudillos.

—Hola. Soy Sara. Tu cicerone para la cena.

—¡Qué servicio! —exclamó Karin, y se apresuró a cerrar las escotillas con llave. Aquel día mucha gente había iniciado la temporada, y su barco, *Andante*, ya no estaba tan solo.

Luego subió al muelle de una zancada y le estrechó la mano a la recién llegada.

—¿Te has criado por aquí? —preguntó Karin mientras avanzaban por el largo muelle flotante hacia la playa de Blekebukten.

Sara negó con la cabeza.

—Tomas, mi marido, es de aquí. Yo soy una forastera. Como ya debes de saber, no eres una verdadera ciudadana de Marstrand hasta que tu familia no lleva tres generaciones aquí. —Sara sonrió—. Me he enterado de que Hanna te ha llevado a Goteburgo esta mañana.

Karin asintió. Estaba esperando el autobús cuando de pronto un Saab 9-5 había frenado y una joven de su edad le había preguntado si quería subir. En sitios pequeños como aquél la gente se echaba una mano. Hanna, que era como se llamaba la chica, le había hablado de la cena y luego la había invitado, a pesar de que no era ella quien la organizaba.

Sara y Karin cruzaron el aparcamiento al final del muelle y luego doblaron a la izquierda para subir la pequeña cuesta. Unas preciosas casas de madera típicas del archipiélago miraban a la ensenada con Marstrandsön al fondo.

—*Hello, Sarah* —dijo un hombre joven que se encontraron de camino. Llevaba una mochila roja a la espalda y una bolsa también roja en la mano que parecía pesar mucho.

—*Hello, Markus. Is everything all right?*

—*Yes, thank you* —dijo él, que tenía problemas con la pronunciación inglesa. Pero lo que perdía por ese lado lo ganaba con su sonrisa, una sonrisa que parecía especialmente dedicada a Sara.

Karin le preguntó si iba a bucear. Markus no contestó. Sara señaló la bolsa con el dedo.

—*Heavy*—contestó él, refiriéndose al peso de la bolsa, antes de decir «*you take care now*» (cuídate) a Sara y «*bye*» a Karin.

Siguió su camino en dirección al puerto.

—Un periodista alemán. Le alquilamos el piso que tenemos en el sótano. Es muy simpático —explicó Sara.

—Y guapo. ¿Bucea? ¿No te parece que hace mucho frío? Además, no creo que se vea nada a estas horas de la tarde —dijo Karin.

—No tengo ni idea. Nunca he buceado. Ahora tenemos que torcer a la izquierda —contestó Sara, señalando con el dedo.

La mayoría de las casas de la zona habían sido construidas entre 1930 y 1950, aunque a lo lejos se vislumbraba alguna casa desperdigada más reciente. Sara se metió por Fyrmästargången entre Rosenbergsgatan y Malepertsgatan. Un letrero de esmalte azul en la casa de la esquina anunciaba que pertenecía al «Barrio de Blekebacken».

—Yo vivo ahí. —Señaló una casa de madera azul al tiempo que subían por el acceso de vehículos de la casa de al lado.

—Pero ¿sois vecinas? —dijo Karin sorprendida.

—Pues sí.

—O sea, ¿que has bajado al puerto sólo para recogerme a mí? —Karin se sintió halagada por el detalle.

—Oh, no es nada. De todos modos, necesitaba dar una vuelta. No había salido en todo el día. Ven.

Era una casa de madera amarilla de dos niveles, con unos preciosos cimientos de piedra. El jardín era del tamaño de un sello de correos, pero tenía un viejo y nudoso manzano con farolillos de colores colgando de sus ramas. Las llamas de las velas se mecían al compás del suave movimiento de los farolillos. Al pie del manzano, un gato contemplaba hipnotizado la oscilación de las luces.

—Qué típico de Lycke —dijo Sara, y señaló en dirección al árbol antes de llamar a la puerta del porche acristalado. La abrió sin esperar a que le contestaran y dijo en voz alta—: ¡Hola! Ya estamos aquí. Somos los *boys*.

El porche estaba a medio enyesar y el suelo era a todas luces provisional. El techo era de madera todavía sin pintar y, aunque los huecos de las ventanas estaban hechos, faltaban los marcos. Al entrar había una superficie libre de alrededor de un metro cuadrado, pues el resto del vestíbulo estaba ocupado por unas placas de aislamiento que había que salvar para seguir adelante.

—Están haciendo reformas —dijo Sara.

Apareció una mujer rubia de la edad de Karin.

—¡Bienvenida! ¡Me alegra que hayas podido venir! Soy Lycke.

Se secó la mano en una toalla que llevaba colgada del hombro antes de tendérsela.

—Estamos modificando algunas cosas en la casa, tendrás que disculpar el desorden.

Detrás de Lycke apareció un hombre joven de cabello oscuro, con una chaqueta de abrigo gris; a juzgar por su indumentaria, estaba a punto de salir.

—Hola, soy Martin. Me acaban de echar.

—Mi encantador esposo estaba a punto de irse.

—Karin.

—Pasadlo bien, chicas. Si en algún momento os aburrís, siempre podéis empezar con el aislamiento del desván.

—¿Y si no? —dijo Lycke, y le dio un beso a su marido. Le tendió una pequeña mochila verde que parecía una tortuga—. Pañales, pijama y papilla.

—¿Acaso creías que me la había olvidado?

—Pues sí, aunque, claro, puedo haberme equivocado —contestó Lycke.

—Muy bien —dijo Martin cogiendo la bolsa, y se marchó.

—Voy un poco retrasada en el programa, o sea que tendréis que echarme una mano y pelar las gambas para la sopa —explicó Lycke.

Seis chicas se sentaron alrededor de la mesa de la cocina y empezaron a pelar gambas y charlar. Una de ellas, Therese, se hizo notar inmediatamente, pues no paraba de hablar.

—Tessan, a lo mejor podrías tomarte con un poco de calma todas tus historias, ahora que tenemos aquí a Karin, que no te conoce —dijo Lycke.

—¿Cómo os va con la casa? —preguntó Sara—. Nosotros también estamos considerando hacer algo para aprovechar mejor la segunda planta. ¿Fue difícil conseguir el permiso de obras para elevar el techo?

Lycke abrió la boca para contestar, pero Therese se le adelantó. De pronto, se había convertido en una experta en reformas de casas.

—Lo que podéis hacer o no depende de lo que estipule el plan de desarrollo local. Pero como vuestra casa no está incluida en el plan de conservación, podéis reformarla como si fuera una casa de dos plantas normal, lo único a tener en cuenta es la distancia entre vuestro terreno y la parte superior, ¿o era la parte inferior?, de la viguería. De todos modos, el Departamento de Obras Públicas es bastante arbitrario a la hora de homologar, porque cuando Krille y yo quisimos hacer reformas...

A pesar de que Karin acababa de llegar, ya estaba harta de Therese y su Krille. Le resultaba extraño que alguien a quien conocía desde hacía apenas cinco minutos le contara toda su vida. Las licencias de obra y las cubiertas de tejado estaban muy alejadas de su realidad, ella vivía en un barco. Soy como un caracol, pensó, llevo la casa a cuestas. A la vez que le gustaba la idea, también sabía que comportaba cierta inestabilidad y desarraigo. Podía levar anclas en cualquier momento y seguir navegando, no había nada que la atara a ningún lugar, salvo los cabos que la unían a los amarres del muelle.

Ya eran las ocho y media cuando Lycke removió la olla por última vez, picó eneldo, lo echó sobre el guiso y se lo llevó al comedor.

—Al ataque. —Sonrió y le pasó el cucharón a Annelie.

Olía al pan recién hecho que estaba en una cesta cubierta con un trapo de cocina a cuadros. Karin empezaba a sentirse mareada por el vino. Además, no había comido desde la parada en el McDonald's de Lidköping, después de la visita al palacio de Läckö, y de eso hacía mucho tiempo.

—No entiendo cómo te quedan fuerzas, Lycke —dijo Annelie—. ¡Y también has hecho pan, qué lujo!

—Si hubiera sido mi suegra, habría necesitado una semana entera. Eso de invitar a la gente de improviso no ocurre nunca —dijo Sara.

—Piensa que estás hablando de mi madre —terció Annelie, aunque añadió—: No obstante, tengo que darte la razón.

Sara se volvió hacia Karin:

—¿Nos sigues? Annelie es la hija de Siri y Waldemar. Ya los conoces. Sí, no te preocupes, estamos todas al tanto —dijo Sara a modo de respuesta ante la sorpresa de Karin—. Diane es la hermana mayor de Annelie, y Annelie y yo somos cuñadas. Yo estoy casada con su hermano Tomas.

Karin asintió con la cabeza y se secó una gota de sudor ficticia de la frente.

—Si seguís así voy a necesitar papel y boli —bromeó.

—Ya que estamos en ello, añado que Lycke está casada con Martin, al que ya conociste. Sus padres se llaman Putte y Anita y viven al otro lado del pueblo. Como ya sabrás, Marstrand es pequeño y la gente lo sabe casi todo de los demás —dijo Hanna. Parecía simpática y tenía chispa.

—Espera a que empiecen a contarte quién es prima de quién —ironizó Sara.

Karin volvió a asentir con la cabeza. De vez en cuando se veía en situaciones comprometidas como aquélla, asistiendo a la misma cena que la hija y la nuera de unas personas a las que había interrogado. Máxime teniendo en cuenta que sabía que Siri nunca había estado casada con Arvid Stiernkvist.

—Olvídalo ya. —Lycke le dio un leve codazo en el costado como si le hubiera leído el pensamiento.

—Una cena riquísima y un pan fabuloso —dijo Karin, a falta de una respuesta mejor.

—¡Me alegro! Sírvete más, por favor. —Lycke sonrió y alzó la copa de vino en un brindis.

La cafetera rugió al moler los granos de café y luego hizo un café delicioso. Lycke se esmeró en decorar la espuma de la leche de cada tazón con canela en forma de estrella. El aroma a café se propagó de la cocina al comedor. Tras la breve interrupción de dos maridos que llamaron para preguntar dónde estaban la papilla y los pijamas, pasaron a los postres.

Annelie se volvió hacia Karin.

—¿Puedo preguntarte cómo va la investigación policial?

—Puedes, pero desgraciadamente no puedo decirte gran cosa.

—Ah, ya, es secreto.

—No, no es eso, sino que no hay mucho que contar. No puede decirse que sea un secreto para nadie que se trata de Arvid Stiernkvist.

—La legendaria familia Stiernkvist.

Todas las miradas se dirigieron a Lycke.

—El tío Bruno, ya sabéis —añadió, lo que provocó más de una risa.

—Sí, lo sabemos, pero Karin no —dijo Hanna—. ¿Conoces a Bruno Malmer? Oh, disculpa, me refiero al profesor Bruno Malmer.

—No. —Karin negó con la cabeza—. ¿Debería?

—¡Bueno! —exclamó Lycke.

—Sí, venga, Lycke, no te cortes. ¿Qué hay de nuevo? ¿Ha pasado algo que deberíamos saber? El tío Bruno suele aportar unas anécdotas buenísimas.

—Vale, de acuerdo —dijo Lycke, y se volvió hacia Karin—. Le llamamos tío porque es el tío paterno de mi marido. Tomad nota de esto. No podréis echarme en cara que sea familiar mío. Sea como fuere, Bruno siempre ha estado muy interesado en la historia y la arqueología. Después de estudiar historia en la Universidad de Uppsala, le ofrecieron dar clases en Edimburgo, en Escocia. Allí conoció a un arqueólogo marino escocés. Juntos empezaron a investigar embarcaciones de la Compañía Sueca de las Indias Orientales naufragadas en aguas escocesas. Hay varias de estas embarcaciones; de hecho, tengo algunas balas de cañón del *Drottningen af Sverige* que el tío Bruno me regaló.

—¿Realmente puedes llevarte cosas de un barco naufragado? ¿A quién pertenecen los hallazgos? —preguntó Hanna.

—No lo sé. Pregúntaselo al tío Bruno. Aunque creo que alguna vez habrá sido un poco flexible con el cumplimiento de las leyes —contestó Lycke.

—Imagino que sí —dijo Annelie, y se llevó una cucharada de helado a la boca.

Karin vislumbró una oportunidad.

—La legendaria familia de los Stiernkvist —les recordó.

—Exacto —dijo Lycke, y señaló con la cuchara—. El tío Bruno nos contó que cuando la mayoría no se atrevía a decir nada negativo sobre los nazis, la familia Stiernkvist ayudó a los judíos, tanto durante como después de la guerra. Creo que por entonces vivían en Londres, al menos antes del estallido. Seguramente también ganaron mucho dinero haciéndolo, pero en líneas generales creo que eran gente extraordinariamente bondadosa y, además, adinerada.

—¿Os lo podéis imaginar? Confiscaron las propiedades de los judíos. Oro, porcelanas, arte y dinero en metálico. Aquí, frente a nuestras costas, pasaban transportes con judíos noruegos de camino a los campos de exterminio, pero también embarcaciones cargadas con las pertenencias de los judíos. Los llamaban «los barcos del oro».

Se hizo el silencio alrededor de la mesa. Las llamas de las velas oscilaban agitadas, sobre todo por el aire que espiraba Lycke, que era quien estaba sentada más cerca. De pronto, bajó la voz y paseó la mirada por todas las mujeres sentadas a la mesa.

—Dicen que no todos los barcos del oro llegaron a su destino, que algunos se hundieron por el camino con sus tesoros. Y otros fueron secuestrados. Es todo lo que sé. Lo siento, me temo que mi aportación a la velada no ha sido precisamente reconfortante. Si queréis saber más, tendréis que hablar con el tío Bruno.

—¿Vive por aquí? —preguntó Karin, cautivada por el relato.

—Vive arriba, en Myren —dijo Hanna, y bebió un sorbo de coca-cola de su copa de vino.

—Escuchadme, todavía queda algo de postre —intervino Lycke—. Acabémoslo, o me pasaré toda la semana comiéndolo a escondidas.

—¿Myren? —repitió Karin.

—Un barrio de casas adosadas de aquí, de Koön —explicó Lycke—. En su centro hay una antigua granja de color rojo del siglo dieciocho. Allí vive el tío Bruno. Estoy convencida de que se alegrará mucho si consigue que alguien escuche sus historias.

Hanna se levantó y golpeó la copa solemnemente con la cucharilla.

—Además de agradecerte la maravillosa cena que has preparado, Lycke, yo también tengo una buena historia que contaros. Los Tégner, ya sabéis, la finííísima familia Tégner para la que hice de canguro hará ya cien años. Pues Lars, el padre de familia, se casó con Sanna que tiene diecinueve años menos que él. En todo caso, cuando Sanna cumplió los treinta el año pasado, nos invitaron a la fiesta. Sólo para que no se me olvide luego, os cuento que le regalaron una salsera de Gullholmen. Envuelta en celofán y con un enorme lazo rojo. Es obvio que está fuera de lugar regalar unos pendientes... Bueno, pero a lo que iba. Nuestra pequeña familia consiguió llegar con la ropa limpia y bien planchada a su elegante y espléndida villa recién reformada en Marstrandsön.

—Bueno, pero ¡qué velada tan maravillosa! —exclamó Annelie, e hizo un gesto distinguido con la mano y fingió dar besos en la mejilla a alguien invisible.

—Pues sí. Pero ahora os cuento. Estaba yo sentada a la mesa pasando un rato agradable cuando apareció Ida, me tiró de la manga del vestido y me dijo: «Mamá, ha pasado algo.» La seguí hasta la cocina, que, por cierto, está hecha a medida por un ebanista de Orust. Ni una sola cosa estándar a la vista. Y allí estaba mi hijo, con una cara de culpa tremenda. Detrás de él vi el extintor y, un metro más allá, el vestíbulo que parecía lleno de nieve...

Las risas parecían no tener fin cuando Hanna reveló cómo su hijo había llenado el vestíbulo de los anfitriones de espuma del extintor.

—Todos los zapatos y abrigos de los invitados... Sí, ya me entendéis. Encima, estábamos en enero, o sea que incluso había algún que otro abrigo de pieles... Tuve que contarle al anfitrión lo que había ocurrido y el pobre se alteró tanto que llamó a su nueva esposa Agneta, lo que decididamente fue una pifia mayúscula, pues es el nombre de su primera mujer...

190

• • •

Hacía mucho tiempo que Karin no lo pasaba tan bien. Cuando ya estaba de regreso en el barco, cepillándose los dientes, no pudo evitar volver a reírse al pensar en todas las historias que le habían contado aquella noche. Lycke daba una imagen de familia estable y bien avenida. Sintió una punzada en el pecho. Karin era la única soltera, todas las demás estaban casadas y tenían hijos. Por un breve instante, allí de pie en el *Andante*, se sintió triste y abandonada, pero pronto llegó a la conclusión de que la rutina diaria de Sara no era especialmente envidiable. Un día fantástico, pensó. Y mejor sola que... ¿Cómo era lo que cantaba Susanne Alfvengren? Se detuvo en medio del cepillado y de pronto lo recordó. «Es preferible la soledad a solas que la soledad de dos.»

Markus realizó su ritual de siempre antes de una inmersión. Se sentaba en un lugar apartado, en este caso el baño de la embarcación, y escuchaba música. El MP3 era pequeño y rojo, el color del amor. Eso le hizo pensar en Sara. En otro momento, en otro lugar, podrían haber sido pareja. Los momentos robados que habían compartido eran de gran valor para él y, a pesar de que hacía poco que se conocían, ella sabía más de él que nadie. Lo sabía todo, y cuando se sentaron a contemplar las piezas del puzle de sus vidas, comprobaron que varias de ellas encajaban entre sí.

Movieron y giraron las piezas, leyeron los viejos documentos que Sara había encontrado en una de las cajas del sótano de Siri y Waldemar y los cotejaron con lo que Markus ya sabía hasta que, al final, tuvieron la verdad ante sus ojos.

Con la ayuda de Sara, también consiguió esclarecer el pasado de su madre y cómo ocurrió el accidente de navegación. Sara se había acordado de pronto de la alianza que había caído del bolso de Siri aquel día, hacía ya varias semanas. Se dieron cuenta de que tendrían que encontrarla y Sara creía saber cómo hacerlo.

La sensación de desasosiego en el estómago se negaba a desaparecer. No le había dado tiempo a enviar el correo electrónico y sabía demasiado sobre el grupo del barco para que se sintieran cómodos con él volviendo a Alemania. La ventaja era que no sabían todo lo que él sabía. En cuanto llegaran a puerto, haría las maletas y se iría sin decirle nada a nadie, salvo a Sara. Ella siempre tendría un lugar en su corazón. Se preguntó si Tomas sabía lo afortunado que era. Si algún día Markus llegaba a casarse, sería con alguien de su categoría. Ojalá la hubiera conocido antes de que ella y Tomas fueran pareja.

En la cabina del barco, Blixten encendió un cigarrillo y descubrió la cámara que Markus se había dejado en la bolsa roja impermeable sobre el pañol. El alemán solía llevarla encima allá adonde fuera, aunque aquella noche estaba muy callado y distraído.

—¿Qué creéis que ha fotografiado? —preguntó Blixten.

—¿Chicas guapas? ¿A nosotros? —Se oyeron risas aisladas procedentes de los hombres de a bordo. Aquella noche, el fiordo de Marstrand estaba agitado y hacían falta las risas para liberar la tensión que se respiraba en el barco. Las olas rompientes rugían a su alrededor.

—¡Mirad, si soy yo! —exclamó uno de los hombres cuando los píxels se ordenaron y crearon una imagen en la pantalla LCD de la cámara.

—Barcos, la isla, casitas rojas. Es muy propio de los alemanes sacar esta clase de fotos. Les encantan las casitas de madera roja.

Siguió avanzando las imágenes y, tras la séptima casita roja, iba a devolver la cámara a la bolsa cuando de pronto se detuvo.

—Pero ¿qué coño es esto? —dijo, y tocó el hombro del capitán del barco para llamar su atención—. Echa un vistazo a esto.

La fotografía había sido tomada bajo el agua y mostraba un baúl que descansaba de lado en el fondo del mar. Dos símbolos adornaban la tapa del baúl, además de los muchos percebes.

—¡Maldita sea, entonces era cierto! Han estado allí todo el tiempo, y encima los hemos encontrado. Sólo que a nuestro amigo alemán se le ha olvidado contárnoslo. Me preguntó por qué.

—¿Y ahora qué hacemos?

—Dejaremos que se sumerja. Que baje mucho y se quede allí un rato. Un buen rato. Los accidentes ocurren con mucha facilidad. —Apagó la cámara y la devolvió a la bolsa sobre el pañol. Parecía un capitán corsario arengando a su tripulación. Tener un traidor en casa era fatal en su situación. Era importante dejar claro qué les pasaba a los traidores. Entonces sacó el cortador de pernos que utilizaban para cortar cadenas. Se lo dio a Mollstedt, se inclinó y le dijo algo al oído. Mollstedt asintió con la cabeza.

Markus escuchaba una pieza de música clásica en su reproductor MP3. Solía hacerlo para calmar los nervios, pero por alguna razón no funcionaba como de costumbre. Apagó la música y enrolló el cable de los auriculares. Luego lo metió todo en el bolsillo superior de la camiseta, se subió la cremallera del traje de neopreno hasta la barbilla y salió del baño.

—Bueno, ya hemos llegado. Ahí está el barco naufragado —dijo el hombre que llevaba el timón y señaló la pantalla iluminada—. Me temo que será la última inmersión de la noche. —Echó un vistazo a su reloj.

Los dos buzos se prepararon. A Markus le costaba ponerse las aletas y al final lo ayudó Mollstedt. Markus escupió en sus gafas de buceo, se las colocó y luego se puso los guantes. Por último, desapareció en las oscuras aguas. Los hombres de a bordo asintieron discretamente con la cabeza en un acuerdo tácito. El agua se movió bajo sus pies como protestando por su plan. Ya habían terminado sus días suficientes almas inocentes alrededor del islote rocoso de Pater Noster. Mollstedt se sumergió tras Markus con el cortador de pernos bien agarrado.

Pater Noster, 1963

Le sonrió antes de que su cuerpo se encogiera con un gemido y vomitara. Arvid estaba tan enfermo que se vieron obligados a hacer un alto en casa del padre de ella con la esperanza de que se recuperara.

Desde que se cayó al agua, todo había ocurrido como en una nebulosa. Sabía que había nadado hasta que creyó quedarse sin fuerzas, recordaba el sabor a agua salada y sangre en la boca y entonces, justo entonces, unos brazos fuertes la habían agarrado y subido a bordo. El borde de la regala era duro y se golpeó el codo. Abrió los ojos cuando la depositaron sobre el fondo, junto a Arvid. Su hermano, Karl-Axel, manipulaba los remos y gobernaba el bote con gesto de concentración.

Había pasado un día entero desde la travesía en el velero. La respiración de Arvid sonaba distinta, más débil, como si el aire ya no le llegara a los pulmones y el aire viejo no pudiese ser espirado.

—¡Respira! ¡Arvid, tienes que respirar! —Elin susurraba con la esperanza de que su desesperación no se oyera.

Se acurrucó contra Arvid y le levantó la cabeza para que descansara sobre su brazo. Luego se aclaró la garganta y empezó a tararear suavemente *Nocturne*, el pasaje que Arvid solía cantarle a su hijo aún por nacer. Sólo un rato después pudo sobreponerse lo suficiente como para ponerle palabras.

> *¡Duerme, mi tesoro! La noche avanza.*
> *El amor te velará dulce y secretamente.*

Ella le besó la frente y le pasó la mano por el pelo. Luego le cogió la mano y se la posó sobre su vientre. Le pareció distinguir una leve sonrisa en los labios de él y acarició el bello contorno de su labio superior. Entonces Arvid boqueó y espiró por última vez, suave y silenciosamente. Ella recordó lo que él le había dicho aquella primera vez, en la confitería Bräutigams, que estando a su lado podía espirar sin necesidad de volver a inspirar. Sintió una patadita en su vientre, como si el que estaba allí dentro también quisiera despedirse.

El doctor Erling no pudo hacer nada, sólo prevenirlos. Prevenirlos de las fuerzas oscuras, esas de las que muchos sabían pero muy pocos se atrevían a hablar. Si esas fuerzas ocultas eran capaces de alcanzar a una persona tan respetada como Arvid, qué no podrían hacerle a ella. De momento, los dos serían declarados desaparecidos. Erling, que era un buen amigo de su hermano, opinaba que eso protegería a Elin. Muy pocos sabían que era más que la acompañante de Arvid, que era su alma gemela y su esposa y que su hijo común crecía en su vientre.

Las lágrimas corrieron por sus mejillas y sintió un dolor desgarrador cuando le anudó el pañuelo alrededor del cuello y le subió la manta para que no tuviera frío. Erling cogió su mano y le prometió guardar el secreto de lo que había pasado aquel día. Tampoco comentó a ninguno de los presentes las pruebas que se llevó para analizar. Aunque no sirviera de nada, quería determinar las causas de la muerte. Poco sospechaba entonces que, mucho más tarde, sus análisis tendrían utilidad.

El doctor la esperaba en la puerta. Había llegado la hora de marcharse. Elin se volvió hacia Arvid por última vez y se despidió agitando la mano. Incapaz de decirle adiós, susurró:

—Nos volveremos a ver pronto, y contaré cada minuto hasta que llegue ese momento.

15

El rápido cambio de temperatura por la noche había creado una niebla compacta que bañó toda la costa oeste durante las primeras horas de la mañana. Solía pasar en primavera, antes de que se calentara el agua. Todos los sonidos y toda la luz eran absorbidos por una bruma blanca y húmeda. Las casitas de madera, rodeadas por un manto de niebla, parecían frágiles objetos de cristal empaquetados en papel de seda para una mudanza. A pesar de que el estrecho entre Koön y Marstrandsön era angosto, no se veía nada de una isla a la otra.

Siri miró sorprendida al joven que les sostuvo la puerta principal de Putte y Anita. El capataz con ropa de trabajo azul había sido sustituido por un hombre recién afeitado, de rostro bronceado y una camisa Boss azul. Desprendía un fresco aroma a jabón. Roland cogió su abrigo y lo colgó en una percha en el armario marrón del vestíbulo. Putte y Waldemar ya estaban sentados a la mesa del comedor cuando Siri y Roland entraron. Éste le retiró una silla y se la acomodó cuando ella tomó asiento. Luego se le sentó delante y retiró la goma que sujetaba el rollo con los planos.

—Bienvenidos, me alegro de que todos hayáis podido venir —dijo Putte—. Bueno, Roland, supongo que será mejor que te encargues tú.

Las manos de Roland se movieron por el plano que representaba las viviendas y el anexo de Pater Noster.

Debían decidir cómo seguirían adelante. El macabro hallazgo en la despensa de Pater Noster y la presencia de la policía habían supuesto unas dos semanas de retraso en la construcción. Roland había repasado el proyecto y la planificación para comprobar cuánto trabajo quedaba aún por hacer. Extendió una hoja sobre la mesa, encima del plano. Era un organigrama con las actividades pendientes y el orden en que debían realizarse. Seguramente podría convencer a los chicos para que recuperaran el tiempo perdido si le daban permiso para trabajar los fines de semana, así como contratar a un par de suecos para que sustituyeran a los dos polacos que habían vuelto a casa. Putte asintió con la cabeza, era una buena idea.

La reunión se alargaba, pero no importaba. A Siri le gustaba Roland, tuvo que admitir finalmente para sus adentros. Parecía fuerte. Sus ojos se encontraron por un breve instante, aunque tal vez demasiado largo, pues él bajó la mirada.

Anita no participó en la reunión. Hacía tiempo que se había formado una idea de Siri y Waldemar y no quería tener trato con ellos más allá de lo imprescindible. Siri le había contado con orgullo que había costeado la operación de pecho de su hija, puesto que ella misma había tenido tres hijos y sabía los estragos que eso causaba al cuerpo. Ahora había podido darle a su hija lo que ella no había tenido. Cuando Siri hablaba de su hija, siempre se refería a Diane, pese a que tenía dos. Annelie no contaba para ella de la misma manera. Anita pensaba que era del todo incomprensible, pues Annelie era la que tenía la cabeza mejor amueblada. Había obtenido una licenciatura y se había abierto camino en la vida por su cuenta. En el caso de que Diane tuviera alguna cosa amueblada, desde luego nadie pensaba que fuera la cabeza. Anita oyó un grito y, acto seguido, Siri apareció en la cocina.

—¡Mis Armani! —chilló. Se frotaba los vaqueros con una servilleta—. Me los he manchado con café. No me habría importado si no fueran los Armani. No porque no pueda permitirme comprar unos nuevos, pero este modelo es muy difícil de encontrar. Ojalá no les quede ninguna mancha.

—Mucho me temo que tendrás que quitártelos. Espera, voy a ver si encuentro algún par que pueda prestarte —ofreció Anita. La otra pareció asustarse ante la posibilidad de ponerse unos pantalones suyos.

Anita echó las perchas a un lado y encontró unos que sin duda le irían pequeños. Se le escapó una sonrisa al descolgarlos. Si Siri empezaba a tener problemas para respirar, la reunión no tardaría en acabar. Siri los miró indecisa, pero le dio las gracias.

A Anita no le apetecía esperar sentada a que terminase la reunión mientras el día tocaba a su fin. Eran las once cuando le hizo una llamada a su nuera Lycke. Ese nombre, que significaba «felicidad», se correspondía a las mil maravillas con aquella joven mujer. Martin no podría haber encontrado a nadie mejor, y pronto se convirtió en la hija que Putte y ella nunca tuvieron. Creía que Lycke sentía lo mismo por ellos, al menos eso esperaba. Anita sabía que, ahora mismo, estaba pasando por un mal momento, porque tenía la casa patas arriba por las obras y además un niño al que cuidar, a la vez que trabajaba a jornada completa. Martin dedicaba el tiempo que le quedaba a las obras y Anita intentaba ayudar a Lycke en todo, haciendo la compra, cocinando y cuidando a Walter. No le suponía ningún sacrificio y, además, su nuera era muy agradecida.

Diez minutos más tarde, Anita subió a bordo del ferry, que se deslizó a través de una neblina blanca como la leche para cruzar a Koön. Lycke la esperaba enfrente del Konsumbutikken. Walter, que caminaba al lado de cochecito, salió corriendo al verla y Anita se puso en cuclillas para recibir su cálido abrazo.

—¡Abuela! ¡Hola, abuela!

—¡Hola, Walter! ¿Has echado de menos a la abuela? ¿Damos un paseo? Hola, niña. ¿Cómo va todo? —le preguntó a Lycke, y le dio un abrazo.

—Más o menos, si quieres que te sea sincera. Las placas de aislamiento llevan un mes aparcadas en el vestíbulo. Empiezo a estar harta de tener que escurrirme entre las pilas con el niño en un brazo y las bolsas de la compra en la otra mano. Disculpa, no quería ser quejica.

—Qué va, no importa. Al fin y al cabo, yo te lo he preguntado y de vez en cuando hay que quejarse.

—Ayer organicé una cena de amigas y estuvo muy bien. Hacía tiempo que no nos reuníamos todas.

—Me alegro. ¿Quiénes asistieron?

Lycke le contó los detalles y que habían acabado hablando del tío Bruno.

—Hace tiempo que no lo veo —dijo Anita—. Y mucho me temo que tampoco Putte lo ha visitado últimamente. ¿Qué te parece si nos acercamos a ver si está en casa?

—Walter acaba de comer y seguramente se duerma pronto en el cochecito, o sea que sí, te acompañamos. Por cierto, Martin me habló de la búsqueda de un tesoro. Suena muy emocionante. ¿Cómo va?

—Me siento como si fuéramos novios otra vez —le confió su suegra.

—Se te nota. Pero ¿existe ese tesoro en realidad? Quiero decir, ¿qué clase de tesoro es?

—Ni idea, pero es lo que menos me importa —respondió Anita y sonrió—. Buenos días, Marta. ¿Cómo va todo? —saludó por encima de la valla blanca del jardín de Slottsgatan 8B.

—Bien, gracias. Las malas hierbas siguen creciendo —contestó Marta, que se había metido en el arriate con un pañuelo en la cabeza, unas botas de agua en los pies y un rastrillo en la mano. Se llevó la mano a la espalda—. Aunque he de reconocer que es maravilloso que, por fin, la primavera esté en camino. Es curioso, pero algunos inviernos parecen más largos que otros.

—Sí, esperemos que ya se haya acabado el frío.

—Mis narcisos ya han salido, mirad. —Marta señaló el arriate recién desherbado. *Arkimedes* se frotó contra su pierna antes de tumbarse sobre una placa de pizarra para lamerse las patas, pero en todo momento pendiente de su ama.

—La neblina suele ser una señal fiable de que la primavera está a punto de llegar. Putte se va a Londres esta noche y allí hace dieciocho grados. Esperemos que el calor llegue aquí —dijo Anita antes de despedirse y seguir su camino.

—Mamá, ¿cuántos rayos tiene el sol? —preguntó Walter.

—Uf —se adelantó Anita—. Muchos.

—Abuela, ¿cuánto pesa una gaviota?

Lycke se rió.

—Con todos los estudios universitarios que tenemos y ni siquiera somos capaces de contestar preguntas tan importantes como éstas.

En la esquina de Slottsgatan con la calle Fredrik Bagges doblaron a la izquierda. El adoquinado se fundió con un pavimento liso en la larga recta, donde alguien había tomado la decisión de cubrir los viejos adoquines en lugar de volverlos a colocar. El agua de Muskeviken reverberaba tímidamente, pero la niebla impedía que el sol penetrara. Era imposible ver los muelles desde el paseo de la bahía, a pesar de que estaban a sólo treinta metros.

Walter se había cansado de caminar y bostezaba abiertamente. Anita lo metió en el cochecito y bajó el respaldo para que pudiera echarse. Lo envolvió cariñosamente en la mantita de lana azul claro.

—Todavía no nos hemos dado nuestro chapuzón de marzo —reconoció Lycke—. Debería aprovechar para hacerlo hoy, ahora que no sopla el viento. Sólo que es un poco lúgubre bañarse entre la niebla. Prefiero el viento frío y cortante, pero con un sol radiante.

Sara y Lycke solían bañarse en el mar al menos una vez al mes durante todo el año. Un paseo y un chapuzón rápido. Los baños invernales eran más breves que los estivales y Lycke solía llevar el biquini debajo de la ropa de invierno. Bañarse con biquini y gorra de lana podía considerarse extravagante. Los transeúntes que las veían solían detenerse y se echaban a temblar a pesar de sus ropas gruesas, antes de soltar algún grito alentador o de comentar lo locas que estaban.

—Ahórrate el chapuzón y guárdatelo para cuando estés con Sara —dijo Anita, y le metió el chupete en la boca a Walter, que ya había cerrado los ojos. Acarició la mejilla de su nieto—. El niñito adorable de la abuela.

Karin apareció entre la niebla. Lycke se llevó un dedo a los labios y señaló en dirección al cochecito.

Ella asintió con la cabeza.

—Hola. Gracias por la velada, fue muy divertido —susurró.

—Querías conocer a Bruno Malmer, ¿no? —dijo Lycke—. Pues ahora mismo íbamos a su casa. Acompáñanos.

La casa del siglo XVIII del tío Bruno estaba en medio de unas casas adosadas, casi nuevas, al lado de un parque infantil. Era una suerte que Walter se hubiera dormido, de lo contrario, no podrían haber seguido sin encallarse en el tobogán y los columpios. El tío Bruno se alegró mucho de la visita y se apresuró a preparar café.

—Pasad, pasad —dijo, para luego volverse hacia Karin—. Me temo que no nos conocemos.

Ella agradeció que Lycke la presentara primero como su amiga y luego como agente de policía. El hombre llevaba barba y un bigote impresionante de puntas retorcidas con cera. Vestía unos pantalones marrones ajados, con bolsas en las rodillas, un polo y una americana de tweed a cuadros. Un explorador recién llegado de una expedición podría ser una descripción muy acertada del tío Bruno, o tal vez un científico de principios del siglo XX.

Olía a tiempos pretéritos y un poco a cerrado, y no hacía precisamente calor en aquella casa. El tío Bruno abrió la puerta de una estancia un poco caldeada. Un fuego que ardía en una antigua estufa blanca intentaba no desentonar con el viejo e irregular suelo de preciosos tablones en el que cada generación de la familia había dejado su huella. Bruno rechazó amablemente la ayuda ofrecida y despejó una mesa donde había un montón de libros, cartas marinas y libretas con anotaciones. Las invitó a sentarse en un sofá de estilo Biedermeier. Se quedó con los documentos y libros entre las manos mientras buscaba un sitio adecuado para dejarlo todo. Finalmente se decidió por una mesita al lado de la ventana. Las cartas marinas se enrollaron en cuanto las soltó y cayeron al suelo, cuya inclinación era tan pronunciada que salieron rodando impulsadas por un golpe de aire hasta que el borde de la alfombra las detuvo.

Karin echó una mirada fascinada a toda la estancia. Las paredes estaban cubiertas de cuadros, casi todos marinas. Entre los marcos asomaba un papel pintado irregular y descolorido que dejaba entrever que los cuadros no siempre habían estado colgados en el mismo orden. Una estantería baja de color blanco recorría la pared enfrente de la estufa. Estaba repleta de libros y las puertas que antes protegían los estantes estaban apoyadas contra la pared detrás del sofá. La estantería no hacía juego con el sofá, ni con ninguna de las mesas. Cada uno de los muebles era bonito por separado, pero en conjunto daban una impresión curiosísima. Karin estaba acostumbrada a visitar casas de la más distinta índole, pero la del tío Bruno era, a su entender, algo único.

Bruno no tenía leche en casa y, por tanto, tuvieron que tomar café solo. A Karin casi le sorprendió que aquel brebaje negro y espeso no dejara marcas en la taza blanca y, por una vez, se alegró de que le hubieran dado una taza y no un tazón. Si bien había crema de leche, un vistazo furtivo a la fecha de caducidad, sobradamente sobrepasada, y el olor sospechoso la hicieron desistir. Anita negó con la cabeza discretamente al ver que Karin cogía un bollo, y cuando ésta lo mordió entendió por qué. Consiguió reblandecer el bollo reseco con un sorbo de café y así al menos pudo masticarlo.

Lycke le contó al tío Bruno que Karin había navegado mucho, pero el anciano no pareció oírle. Sólo mostró verdadero interés cuando Karin le explicó que no sólo había estado en Noruega y Dinamarca con el barco, sino también en Escocia, las islas Shetland, las Orcadas, las Hébridas, tanto las exteriores como las interiores, Irlanda del Norte y las islas de Santa Kilda, frente a la costa oeste de Escocia.

—Escocia... —repitió, y su mirada se tornó soñadora. Karin le entendía.

El tío Bruno se preparó una pipa con cuidado y empezó a contarles de sus propios hallazgos alrededor de las islas Shetland y las embarcaciones de la Compañía Sueca de las Indias Orientales que había encontrado allí.

—Llevaba buscando uno de esos buques naufragados desde hacía dieciocho años. ¿Qué os parece? Casi dos décadas.

Karin asintió con la cabeza e intentó beber un sorbo más de café.

—¿A lo mejor el café te sienta mal? —Bruno encendió la pipa con una cerilla. Unas pequeñas bocanadas de humo dulzón se elevaron y se propagaron por la estancia, para desaparecer gracias a la buena ventilación—. Pues sí, tengo un pequeño *cottage* en las islas Shetland. —El tío agitó la mano en dirección al globo terrestre que tenían delante, en el suelo, y que curiosamente no mostraba las islas referidas—. Al norte de Escocia y más cerca de la costa noruega de lo que cabe esperar —añadió, y dio una chupada a la pipa hermosamente tallada—. En realidad, ya había recogido mis cosas y había cerrado la casa por la temporada. Las tormentas de otoño no son precisamente benignas en las Out Skerries. Se encuentran en el punto más oriental de las islas Shetland, muy cerca de Noruega.

Karin fue la única que asintió con la cabeza.

—De hecho he estado allí. Es un lugar increíble.

Bruno asintió con aprobación.

—*Outstanding, remarkable*—dijo con el acento escocés más cerrado que pudo, y le salió humo por la boca al pronunciar esas alabanzas—. Sea como fuere, un amigo mío había perdido una cesta de langostas nueva. Le prometí que me sumergiría para buscarla y fue entonces cuando, por azar, di con el barco naufragado. La última inmersión de la temporada.

—¿Y la cesta de langostas? ¿La encontraste? —preguntó Lycke tras cubrir disimuladamente su bollo con la servilleta.

Bruno la miró incrédulo, como si se hubiese vuelto loca. ¿A quién demonios le importa una cesta de langostas si acabas de encontrar una nave, un velero de la Compañía Sueca de las Indias Orientales que llevas buscando desde hace casi dos décadas? Entonces se volvió hacia Karin, que se había dejado hechizar por el relato. Y es que el ambiente no podía ser más idóneo. Unos grandes tiestos grises y otros azules y pequeños ocupaban el alféizar de la ventana con sus nudosos pero sorprendentemente vivos pelargonios. A Karin le pareció que aquellos recipientes habían contenido té importado de China en el siglo XVIII, pero no estaba segura.

El tío Bruno seguía en las islas Shetland.

—Varios residentes me habían contado que, tras una tormenta, a veces podías encontrar monedas de plata por la playa. Resultó que en el barco había un baúl con monedas de plata cuya tapa había desaparecido. Cada vez que las corrientes removían las aguas con fuerza, algunas monedas eran arrastradas a la costa. Actualmente, el tesoro se encuentra en el museo de Lerwick. —Bruno sacó un recorte en blanco y negro del *Shetland Times* y se lo dio a Karin.

Al final, Lycke lo interrumpió.

—Karin está interesada en los barcos del oro y en la familia Stiernkvist.

El tío Bruno soltó unas bocanadas de humo antes de preguntar:

—¿La investigación de Pater Noster, quiero decir, Hamneskär? ¿Estás trabajando en ella?

Karin asintió con la cabeza.

—Se dice que es Arvid Stiernkvist el que habéis encontrado allí. ¿Es así?

Ella lo confirmó, parecía que sí podía tratarse de él.

—¿Cómo demonios acabó en ese lugar? —preguntó Bruno.

—Es una buena pregunta. Si tiene alguna idea, bienvenida sea.

—Sí, muy bien. Emparedado, me han comentado.

Karin no vio ninguna razón para intentar mantener en secreto algo que, a todas luces, ya conocía todo el pueblo, así que lo confirmó: habían encontrado a Arvid Stiernkvist emparedado en la despensa del sótano de Hamneskär.

—Pobre diablo.

—Pero tampoco es seguro que estuviera vivo cuando lo emparedaron —precisó Karin.

—¿Quieres decir que ya estaba muerto entonces?

—No lo sabemos con certeza. Lycke me habló de los barcos del oro y me dijo que usted era la persona indicada con quien hablar. —Karin intentaba conseguir información, en lugar de ser quien la proporcionara.

—Los barcos del oro, sí, y la familia Stiernkvist. ¿Cuánto sabes y cuánto quieres saber?

—Todo. Me gustaría que me contara todo lo que sabe. —Karin advirtió que su voz sonaba tensa y expectante, pero el tío Bruno sonrió.

—La familia Stiernkvist tenía una empresa de transportes. La fundó en Inglaterra el padre, Gilbert, y luego los hijos se hicieron cargo, después de que la familia se mudara a Suecia. La madre era sueca, de Lysekil, creo recordar. Gilbert también era de ascendencia sueca, por eso el apellido Stiernkvist. Pero entonces llegó la guerra y el Banco Nacional de Suecia trasladó sus lingotes de oro. Si el país acababa en manos del enemigo, al menos querían que la reserva de oro estuviera fuera de su alcance.

—¿Adónde la trasladaron? —preguntó Karin.

—Ésa es una buena historia, porque los lingotes de oro fueron trasladados en coche desde Estocolmo hasta Bergen, en Noruega. Una vez allí, los cargaron en barcos suecos y fueron llevados a Nueva York. ¿Te lo imaginas? No podían ser muchos los que lo sabían.

Karin asintió con la cabeza.

—¿Son ésos los llamados barcos del oro?

—Sí y no. Había dos tipos de barcos del oro. La empresa de Stiernkvist era responsable del transporte de la reserva de oro sueca. A los barcos que trasladaron aquel oro los llamaban así, es cierto. Pero también había otros barcos del oro, y son éstos en los que más pienso. Muchas familias judías eran adineradas y cuando se los llevaron a los campos de exterminio, los nazis se quedaron con sus propiedades. Todas, desde la porcelana, las obras de arte y los muebles, hasta las joyas y las cuentas bancarias. Fundieron alianzas y dientes de oro y los convirtieron en lingotes anónimos con sellos legales. Este oro judío robado también fue trasladado, entre otros medios, por mar. Y ésos son los otros barcos del oro.

»Por más que lo niegue el gobierno sueco, nosotros también comerciamos con los alemanes, que nos pagaban con oro. Dicen que una buena parte de aquellos barcos desapareció. No recuerdo que encontraran ninguno. Aunque, sin duda, se silenciaron muchas cosas. ¿Has oído hablar del tren de Melmer y el oro nazi?

A Karin apenas le dio tiempo a negar con la cabeza, y el tío Bruno prosiguió con su intenso y vívido relato.

Habían pasado tres horas en la casa. Walter se despertó en su cochecito y Lycke salió a ocuparse del niño. Todos se dispusieron a marcharse, Karin con la sensación de haberse enriquecido, y salieron al porche.

—¡Anita! —exclamó el tío Bruno—. Ahora que me acuerdo. Espera un momento. —La vieja y gruesa puerta de madera chirrió cuando volvió a entrar en la casa.

Pareció que algo caía al suelo y lo oyeron maldecir antes de volver con un libro en la mano.

—Aquí tienes. Me lo prestasteis hará ya... bueno, creo que unos cinco años. Lo lamento, pero lo había olvidado por completo.

—¿De veras? —dijo Anita sorprendida, pero su expresión cambió al ver el libro de tapas de piel. Pasó la mano por la cubierta antes de abrirlo por la primera página.

Anita & Per-Uno
May the hills rise to meet you, and may you always have the wind in your back.

¡Muchísimas felicidades en el día de vuestra boda!
Afectuosamente, Karl-Axel

—¿Qué es esto? —preguntó Lycke.

—Un cuaderno de bitácora —contestó Anita tras un momento—. Nos lo dio Karl-Axel Strömmer como regalo de bodas. Lo había olvidado.

—Strömmer, sí —dijo Bruno—. Ahí tienes, Karin, otra familia fascinante. Axel Strömmer era el farero de Pater Noster. Corre una vieja historia según la cual sus hijos, Karl-Axel y Elin, se hicieron con dos barcos alemanes mediante engaños. Vaya, que se los birlaron. Se comenta que Arvid también estuvo implicado.

Sonó el teléfono en el interior de la casa.

—Bueno, nunca encontraron el oro y, al mismo tiempo, Elin y Arvid desaparecieron. Aunque no lo sé. Corren tantas historias fantásticas por ahí... —añadió, y alzó la mano a modo de despedida antes de entrar para contestar el teléfono.

Oslo, diciembre de 1963

Era una noche fría y ella volvía del trabajo. Le pesaban las piernas y las botas apretaban sus pies hinchados. Notaba cómo la sangre le latía y los pies, que habían caminado toda la noche sobre el suelo del restaurante, pedían a gritos un descanso y salir de su prisión de cuero. El camino a través del parque del palacio era un atajo. Miró alrededor antes de apretar el paso entre las farolas pesadamente ornamentadas. No era el mejor camino para una mujer sola en medio de la noche.

Un poco más allá había alguien echado en el suelo. Al acercarse, Elin vio que se trataba de una mujer. Le preguntó si se encontraba mal, pero ella apenas abrió los ojos. Elin posó una mano sobre su pálida frente y la mujer gimió. Estaba muy fría y medio inconsciente. Una de sus piernas había adoptado un ángulo poco natural. Elin echó un vistazo a los senderos del parque. Intentó calmarla y le dijo que iría en busca de ayuda. Se quitó el abrigo y lo extendió sobre su cuerpo, al tiempo que le prometía que volvería muy pronto. Luego salió corriendo en dirección a la calle ancha.

Tres horas más tarde estaban sentadas en el hospital, esperando a que se secara el yeso de la pierna de la señora Hovdan. Sus ojos gris claro se posaron en Elin.

—¿Cuándo saldrás de cuentas? —preguntó.

—¿Perdón? —dijo Elin.

—El niño. ¿Cuándo darás a luz?

Entonces llegaron las lágrimas. Elin lloró hasta temblar, incapaz de parar.

—Tranquila, tranquila, tan malo no puede ser —la consoló la mujer.

Elin se lo contó todo. Cuando más tarde, aquella misma noche, fue a buscar sus pocas pertenencias a la habitación que había alquilado y las llevó al piso de la señora Hovdan, ya se sentía mejor. El piso era grande y estaba justo detrás del palacio, en la esquina de Riddervoldsgate con Oscarsgate. La señora Hovdan era viuda y no tenía hijos. Fue como si una bondadosa mano invisible las hubiera reunido.

Elin leyó el recorte de periódico en que se mencionaba la desaparición de la pareja que, se temía, había tenido un accidente de barco. Un oficial de policía de nombre Sten Widstrand hacía un llamamiento a la población para que facilitara cualquier información al respecto. Elin se preguntó cómo manejaría la verdad, qué diría si de pronto ella volvía y contaba lo ocurrido y quiénes iban a bordo del barco. Leyó el artículo una y otra vez. Un día precioso, pensó. Un día precioso.

• • •

—¡Hola, Putte! —llamó Anita cuando entró por la puerta.

Se oían dos voces de hombre, pero los abrigos y los zapatos de las visitas no estaban.

—En la cocina.

La presencia de Putte en la cocina no era muy frecuente. Anita se quitó las botas de una patada, pero no se molestó en quitarse los calcetines gruesos ni en ponerse las zapatillas. Dejó la chaqueta sobre el respaldo de la butaca de la entrada.

Putte estaba removiendo una enorme olla con un cucharón de madera. El famoso estofado de pollo. Sabía hacer dos platos y ése era uno de ellos. Lo preparaba más o menos una vez al año y Putte solía explicarle lo complicado que era. Sin embargo, aquel día se mostraba inusitadamente callado mientras removía la olla. Las voces de hombres provenían de la radio. Cuando apareció Anita en la puerta, Putte cambió de emisora y bajó el volumen. En lugar de las voces masculinas, se oyó una débil música clásica.

—¿No quieres saber cómo ha ido la reunión? —preguntó.

—La verdad es que no. En cambio, tengo que preguntarte si sabes qué es esto. —Anita sacó el cuaderno de bitácora y disfrutó al ver la sorpresa de Putte. Era demasiado impaciente para esperar una respuesta, así que se contestó ella misma—: Pues sí, es el cuaderno de bitácora que nos regaló Karl-Axel para nuestra boda. El tío Bruno lo tenía y olvidó devolvérnoslo en su día. ¿Sabes a qué barco perteneció?

Putte, sosteniendo el cucharón con mano inmóvil, negó con la cabeza. La salsa corría por el mango del cucharón y por sus nudillos y goteaba en la placa de vitrocerámica con un silbido.

—*M/S Stornoway* —dijo Anita—. ¿Qué me dices? ¿Echamos un vistazo a la página ciento trece?

Putte dejó el cucharón en la olla y se secó la mano en el delantal, que apenas daba para rodearle la creciente barriga. En ese momento se oyó la cisterna del lavabo de invitados y Anita se sorprendió al ver aparecer a Waldemar con los zapatos y la chaqueta puestos.

—La necesidad no tiene leyes —comentó, y le sonrió antes de mirar el libro que había sobre la mesa—. ¿Quién está escribiendo un diario? ¿O no es un diario?

—Es un cuaderno de bitácora. Un amigo muy querido nos lo regaló cuando nos casamos. Se lo habíamos prestado a alguien y lo habíamos olvidado. —Anita cerró el libro.

—Interesante. ¿Un barco de paseo o un buque mercante?

—Algo intermedio, todavía no hemos tenido tiempo de echarle un vistazo. Creo que se llamaba *M/S Stornoway* —dijo Anita evasivamente.

—Me suena vagamente conocido —dijo Waldemar.

—También hay una ciudad que se llama así.

—Ah, claro, eso es. ¿Puedo tomar un vaso de agua? Mis pastillas para la presión hacen que se me seque la boca.

Sonó el teléfono y Anita fue en busca del inalámbrico mientras Putte abría una botella de agua con gas Ramlösa.

—Oye, ¿podría ser sin sabor cítrico? —pidió Waldemar cuando Putte dejó la botella y un vaso sobre la querida y desgastada mesa abatible que había pertenecido a la abuela de Anita.

—Por supuesto, pero no creo que nos quede ninguna aquí. Tendré que mirar en la despensa. Un momento. —Putte tapó la olla, bajó el fuego y se fue.

Un par de minutos después volvió con dos botellas de Ramlösa. Le dio una a Waldemar.

—Aquí tienes. Sin sabor cítrico.

Waldemar bebió de la botella y se levantó de la silla.

—Bueno, pues muchas gracias. Veremos si encuentro el camino de vuelta a casa entre la niebla.

—Tendrías que haberte traído el GPS —dijo Putte mientras lo acompañaba hasta la puerta.

—Ja, sí, o incluso el radar. —Waldemar se puso su gorra de visera y desapareció entre la neblina.

Anita había terminado la conversación telefónica y se sentó a la mesa de la cocina con el cuaderno de bitácora delante. Las páginas estaban sobadas y numeradas a mano. En la parte superior de cada hoja había una casilla impresa con las anotaciones de fecha, hora, posición del barco, distancia recorrida durante el día, condiciones meteorológicas y mareas. El resto de las páginas estaba cubierto por una caligrafía anticuada con muchas florituras, perfectamente horizontal a pesar de que el papel no era pautado. Anita reconoció la letra. No sólo era la de Karl-Axel, sino que era exactamente la misma que aparecía en la pequeña hacha del barco en miniatura de la biblioteca. Pasó la mano por el papel. En la página cuatro descubrió algo.

—¡Putte! —dijo—. Mira lo que pone.

Él se colocó las gafas progresivas y giró el cuaderno hacia sí. Las migas de pan del desayuno emitieron un ruidito desagradable al rozar entre la mesa y el libro.

—¡Demonios! —exclamó—. ¿Crees que es cierto? —Se quitó las gafas y miró a Anita.

El *M/S Stornoway* y su embarcación hermana, cuyo nombre no aparecía, habían zarpado de Peterhead en la costa este escocesa después de permanecer en el astillero para una revisión del timón. Luego habían cargado ocho arcas enormes.

—No pone nada del contenido de las arcas, ni de cómo se distribuyó la carga entre ambos barcos. Extraño. El nueve de octubre de 1951 abandonan el puerto de Peterhead en Escocia y cruzan el mar del Norte hasta Suecia. No se cruza el mar del Norte en balde, sobre todo en octubre —dijo Putte, pensativo.

—¿Adivinas quiénes aparecen como capitanes? Arvid Stiernkvist y Karl-Axel Strömmer.

—¿Me dejas ver? Unos chavales nada malos para ese puesto. Pero ahora creo que deberíamos mirar la página ciento trece.

Ambos se inclinaron sobre el libro y contuvieron la respiración cuando Anita volvió ceremoniosamente la página 111 para, por fin, ver lo que ponía en la 113. El problema era que faltaba. Alguien había arrancado la hoja entera.

—¡Joder! —exclamó Putte.

—¡Qué extraño! —dijo Anita—. Y en la página ciento quince volvemos a tener el verso de Karl-Axel.

—¿Qué es lo que te parece tan extraño?

—El principio es el mismo, pero al final hay unas líneas adicionales. Escucha.

—No —dijo Putte—. Ahora mismo llamamos a Bruno y le preguntamos si él arrancó alguna hoja.

Putte llamó y un Bruno ofendido le contestó que él no había tocado nada del libro. Entonces Anita se centró en leer los viejos versos y los añadidos.

Entre los cerros de Neptuno y la montaña del Monzón,
sus cimas a veces nevadas
y siempre mudando de color.

A través de la nebulosa de aguanieve y lluvia
te damos la bienvenida al hogar de tu infancia de blancos destellos.

La belleza de la novia es manifiesta.
El novio está a su lado, orgulloso,
mas nunca se lo ve llegar.

Una herramienta de tiempos pretéritos
cerca del lugar donde tantos descansan en paz

—Hasta aquí es igual a la hoja de la miniatura del barco, pero luego siguen versos adicionales. Suenan como una advertencia. ¿Me escuchas, Putte?

—Sí, sí —murmuró él.

—Algunas letras están resaltadas, ¿lo ves? —dijo Anita, y empezó a leer.

No como las amables campanas de la parroquia,
invito a los hijos del esfuerzo a que descansen y respiren.
No como las del templo, los invito a la paz.
Marino, escúchame, perdido entre la niebla
hacia peligrosos escollos,
escucha mi advertencia: ¡da media vuelta!
¡Lucha y vela y reza!

Anita cogió una hoja y apuntó las letras resaltadas siguiendo el orden. «Breccia», si ponía las dos ces marcadas, o «Brecia».

—Supón que no se trate de Vinga. El texto también encaja muy bien con otro lugar.

—¿Con cuál?

—El mar y el hogar de la infancia con destellos blancos se refieren a Karl-Axel Strömmer. Y ¿dónde se crió Karl-Axel?

—En Pater Noster. Su padre era el farero... —contestó Putte dubitativo.

—Exactamente, hogar de la infancia con destellos blancos. La luz del faro de Pater Noster es blanca y es un faro de atraque, exactamente como el de Vinga.

—Pero ¿y eso de «La belleza de la novia es manifiesta y el novio está a su lado, orgulloso, mas nunca se lo ve llegar»?

—¿Recuerdas lo que Karl-Axel nos contó sobre su hermana Elin, que se casó con Arvid Stiernkvist, que apenas se los veía juntos y el accidente que tuvieron? ¿Te acuerdas que nos lo contó?

—Sí, claro. Una historia muy triste. No acabo de entender lo que llevó a Arvid a casarse con Siri.

—¿Crees que fue casualidad que recibieras la carta en cuanto encontraron el cuerpo de Arvid Stiernkvist? Fue así como empezó todo —dijo Anita.

Putte se rascó la cabeza, pensativo.

—No lo sé. Bien, tendrás que seguir dándole vueltas sin mí, te saldrá al menos igual de bien que conmigo. El deber me llama.

Putte tenía que tomar el avión de la noche a Londres para cerrar un negocio, pero estaría de vuelta para el almuerzo del día siguiente. Anita asintió con la cabeza.

—Si quieres, puedo llevarte a Landvetter —se ofreció mientras comían el estofado de pollo.

—No hace falta, quédate aquí. Lee el cuaderno de bitácora y veamos si encuentras algo. —Y la besó cariñosamente.

Dos horas más tarde, cogió la pequeña maleta con ruedas y se fue andando hasta el ferry. Ya eran las seis y media de la tarde y la luz de las farolas apenas llegaba al suelo por culpa de la niebla. Putte se colocó bajo la farola de delante de su casa, agitó la mano para despedirse y desapareció de la vista de Anita. En ese momento, ninguno de los dos sabía que nunca llegaría a coger aquel vuelo a Londres.

16

Karin y Lycke caminaron juntas hasta Fyrmästargången. Tras un breve titubeo, Karin aceptó la invitación para cenar en casa de Lycke y su marido Martin.

Las placas de aislamiento seguían en el mismo lugar de la noche anterior.

—Creo que me voy a volver loca —dijo Lycke—. Tendremos que moverlas de aquí, es casi imposible entrar.

—¿Dónde deben ir? —preguntó Karin, y no pudo evitar preguntarse si lo correcto era «adónde» o «dónde». Maldito Folke.

—Arriba, en el desván. —Lycke señaló la escalera.

—Pues vamos allá. ¿Se podrá entretener solo un ratito? —Hizo un gesto con la cabeza hacia Walter, que estaba ocupado reconstruyendo una torre de Lego a fin de volver a tirarla para que se deshiciera en mil pedazos.

Tardaron veinte minutos y bastantes risas en subir todas las placas.

—¡Fantástico! —dijo Lycke, y echó un vistazo al vestíbulo, de pronto luminoso y despejado—. No podría haberlo hecho sola.

Luego Karin se implicó en los juegos de Walter y se echó en el suelo para ayudarlo en sus construcciones. El niño no cabía en sí de contento. «¡Más!», decía cada vez que derrumbaba la torre, y su rostro se iluminaba como un sol cuando Karin volvía a erigir una torre más alta que la anterior.

Lycke la miraba agradecida.

—Tienes buena mano para los niños.

—Sí, los niños son maravillosos. Mi hermano tiene dos. Niño y niña —dijo Karin. Se interrumpió un momento, antes de añadir—: Acabo de separarme después de una relación de cinco años.

—¿Qué pasó?

—Göran trabaja en el mar por turnos de seis semanas. Está seis semanas fuera y luego otras seis en casa sin hacer nada. Tal vez habríamos podido arreglarlo, haber hecho algo para recuperar el tiempo perdido, pero por alguna razón no lo hicimos. Al principio, odiaba verlo sacar su enorme maleta para irse, pero al final era un alivio. Ojalá hubiera pensado en cambiar, en buscarse un trabajo en tierra. Entonces habríamos podido salvar la relación. Sentía como si él diera por hecho que yo iba a estar siempre allí, que había dejado de esforzarse.

Lycke la escuchaba.

—¿Y ahora cómo estás? —preguntó.

Karin lo pensó un momento.

—No lo sé. Un poco triste, pero en el fondo bastante bien. Echo de menos a sus padres. Como Göran estaba fuera tanto tiempo, yo me acerqué a ellos mucho más de lo habitual. Pasábamos los fines de semana juntos en su casa de veraneo y me sentía como una hija más.

Lycke asintió con la cabeza.

—Se trata de tener a alguien con quien hablar, que te estimule y valore lo que haces. Aunque, para serte sincera, siento que soy la única que cuida de Walter y que se encarga del trabajo doméstico, mientras Martin se ocupa de arreglar la casa. A veces esta distribución de tareas me resulta un tanto injusta.

—Pero ¿y los padres de Martin? ¿Anita es tan simpática como parece? —preguntó Karin, y enganchó un par de Legos más a la nueva torre.

—Es mejor. De hecho, es maravillosa. Supongo que hay muy pocas mujeres que puedan decir eso de sus suegras. Bien, ¿abrimos una botella de vino? Al fin y al cabo es domingo, ¿o no?

—Tengo vino en el barco, puedo ir a buscarlo —se ofreció Karin.

—Perfecto, pero también tenemos vino en el sótano. Basta bajar la escalera y a mano izquierda. Todavía no hemos arreglado la habitación de la derecha y quién sabe lo que podrías encontrar allí. Arañas del tamaño de gorriones o incluso setas gigantes.

Karin se rió.

—Disculpa. A veces me siento muy cansada. Al próximo que me diga «Es muy bonito darle tu propia impronta a la casa» o «Sois muy jóvenes, tenéis el futuro por delante», le suelto un bofetón. Estoy harta de esa clase de comentarios.

—Escucha, Lycke, me quedo a cenar encantada, pero entonces quiero contribuir con el vino. Walter puede acompañarme a buscarlo, si es que te atreves a soltarlo.

—¿Quieres dar un paseo con Karin, Walter? —preguntó Lycke. El niño levantó la mirada del Lego.

—¡Yupi! —gritó entusiasmado, y corrió a ponerse los zapatos. Lycke soltó una risita.

—Me temo que tendrás que ponerte el mono antes que los zapatos, cielo.

Karin tomó prestado el carrito con dos ruedas que la mayoría de los habitantes de la costa parecía preferir. Walter se acomodó en el fondo de madera.

—¡Más rápido! —urgió a Karin como un comandante.

El carrito pesaba mucho y era una suerte que la calle hiciera bajada. No se atrevió a salir al muelle con él, así que sacó al niño y lo cogió de la mano.

—¡Papá! ¡Tito Johan! —Walter agitó la mano en dirección al barco azul oscuro que en ese momento atracaba frente al de Karin.

Era una embarcación típica de Marstrand, diseñada y construida en el lugar. A bordo había dos personas con un parecido desconcertante.

—Hola, Karin, ¿qué significa esto? ¿Has secuestrado a mi hijo? —Martin sonrió.

—Soy niñera ocasional, y además una invitada sorpresa para cenar en tu casa. Walter y yo hemos venido por vino a mi barco.

—¿Es tuyo? —preguntó Martin, al tiempo que cogía a Walter en brazos.

—Entonces seremos dos invitados sorpresa. —El hombre que gobernaba el barco se acercó para saludar—. Aunque yo no traigo vino, pero sí el primer plato. —Levantó una langosta negra azulada que se revolvía furiosa contra la goma que sujetaba sus pinzas.

—Me temo que ganas tú —dijo Karin.

—Johan, el hermano de Martin. —Sonrió—. ¿Qué clase de barco es ése?

—Un Knocker Imram de acero, francés. Sólo hay tres o cuatro.

—Eso explica por qué no reconozco el modelo. Tiene que ser pesado, ¿no?

—Dieciocho toneladas.

—Parece muy sólido y resistente —dijo Johan, que había subido a bordo. Acarició la borda, echó un vistazo a los obenques y admiró el estay de popa, parcialmente aislado para hacer las funciones de antena.

Martin se había hecho cargo del niño, que de pronto recordó que tenía que hacer pipí.

—Más bien creo que es la novedad de hacer pipí en un barco —dijo su padre.

Karin abrió la escotilla y bajó la escala, se metió en la cabina y les indicó la puerta. Walter y papá Martin pisándole los talones desaparecieron en el pequeño baño para probar el váter. Karin volvió a cubierta. Johan señaló el timón montado en el espejo de popa.

—Reconozco la antena del radar, pero ¿qué es esto?

—Un timón. Gobierna el barco. Casi como un autopiloto, pero sin corriente. Lo ajustas en un ángulo contra el viento y funciona de maravilla, siempre que el viento no cambie de rumbo, claro.

—Muy ingenioso. —Johan echó un vistazo al panel solar y el generador de viento—. Pareces haber pensado en todo.

—Tal vez esté un poco sobredimensionado aquí y allá, pero me gusta. Sin duda pesa más de lo que debería, pero no es un barco para hacer regatas, sino para largos viajes y para soportar tiempo adverso. —Karin siguió la mirada de Johan, curiosa por saber cómo veía el barco. No era una belleza, desde luego, sino anguloso y práctico, aunque para Karin era hermoso.

Mientras estuvieron fuera, Lycke había preparado un postre.

—Espero que le dé tiempo a cuajarse —dijo mientras metía la bandeja con los moldes en la nevera, que le abrió Martin.

—Pannacotta al chocolate blanco.

—¡Qué lujo! —exclamó Karin.

—Hola, Lycke, mi cuñada favorita. —Johan le dio un abrazo y un beso en la mejilla.

—Y tu única cuñada, no te olvides —bromeó ella.

La langosta acabó en una enorme olla de agua hirviendo.

—Hola, langosta —dijo Walter, agitando la mano en un saludo.

El pescado se hacía en el horno sobre un lecho de piñones, mantequilla al eneldo y colas de cangrejo. El aroma del plato se propagó por toda la casa. Karin bebió un sorbito de vino tinto y se puso a mirar una pared tapizada de fotografías enmarcadas. Todos los marcos eran diferentes y había fotos en blanco y negro y de color entremezcladas. Johan señalaba y le explicaba quién era quién. De algunos dudó y tuvo que llamar a Lycke para que lo aclarase.

—Pero Johan, deberías saberlo —le reprochó ella.

—Dime ya de una vez quién es y deja de echármelo en cara.

—Pero si es Ulla. De esto sólo hace diecisiete años, deberías reconocerla.

—Eso es, Ulla —dijo Johan y sonrió. Ni siquiera intentó fingir que sabía quién era. Karin se rió.

Había dos fotografías tomadas en el jardín, donde habían montado una carpa con mesas bien dispuestas con viandas y un montón de gente elegantemente vestida alrededor. En el medio estaba Lycke con un niño en brazos envuelto en un faldón de bautizo. Martin los rodeaba a ambos con un brazo protector.

—El bautizo de Walter —explicó Johan, señalando con su copa de vino—. Yo soy el padrino.

—Por lo tanto, Johan es responsable de la educación cristiana de nuestro hijo. ¡Menudo consuelo! ¿Qué día fue el bautizo, Johan? —Lycke le sonrió.

—Bueno, creo que...

Justo en ese momento sonó el reloj de la cocina, indicando que la langosta estaba lista. Johan aprovechó la ocasión para escapar y se llevó la olla a la terraza para que se enfriase.

—¡La tapa! —le advirtió Martin.

—Sí, lo sé. —Johan le lanzó una mirada elocuente.

—¿Qué pasa? —preguntó Karin.

—Una vez olvidamos ponerle la tapa a la olla y se nos fastidiaron dos langostas recién hervidas —explicó Johan.

—No olvidamos, sino olvidaste —precisó Martin, y sonrió socarrón.

—Ya, ya —dijo Lycke, y negó con la cabeza—. Karin, ¿te acuerdas de Sara, que estuvo aquí ayer?

Karin asintió con la cabeza.

—Pues bautizamos a Walter el mismo día que Sara y Tomas bautizaron a su hijo pequeño. Tienen un sacerdote en la familia y no fue ningún problema.

Karin apenas daba crédito a lo que estaba oyendo.

—¿De quién es familiar? Me refiero al sacerdote —preguntó.

—Creo que de Siri —terció Martin—. Es su hermano, me parece.

—Nooo —se asombró Lycke—. ¿Realmente es su hermano? En todo caso, era familiar de alguien de aquí. El sacerdote titular se puso enfermo y cuando la ambulancia se lo llevó y lo metió en el ferry, allí estaba ese pastor para relevarlo.

—¿Cómo se llamaba? —preguntó Karin, e intentó expulsar a Folke de su mente cuando le susurró el presente del verbo: «se llama».

Martin negó con la cabeza.

—No lo recuerdo, pero supongo que aparecerá en la fe de bautismo de Walter. Aunque no sé dónde puede estar. —Se acercó a la estantería de obra del salón y sacó una carpeta en la que ponía «Walter» con pulcra caligrafía. La abrió—. Como ves, en esta casa impera un orden metódico, pero si quieres que te sea sincero, hemos tenido suerte: el sacerdote se llamaba Simon Nevelius —dijo, y cerró la carpeta.

Vaya con el sacerdote, pensó Karin. Robban y ella deberían haberle preguntado si tenía alguna conexión con Marstrand.

Oslo, 1963

Elin se puso el delantal blanco sobre el vestido negro y se recogió el pelo. Antes de salir se miró en el espejo. Estaba bien, constató, pero no duraría mucho. La señora Hovdan se acercó a ella por detrás.

—No seas injusta contigo misma —le dijo, y le acarició la mejilla.

Elin le sonrió. No sabía qué habría hecho sin la ayuda de aquella anciana.

El frío le heló las piernas cuando atravesó la nieve fangosa. La falda corta no le brindaba calor ni ninguna protección contra el viento cortante. El agua penetraba las botas de piel, pero iba tan ensimismada en sus pensamientos que apenas se daba cuenta. Sus piernas se movían como por impulso propio y finalmente llegó a la puerta de siempre.

Había vendido el inmueble que Arvid les había comprado e invertido una parte importante del dinero en el restaurante. Apenas dos meses después, los rumores del nuevo restaurante se habían extendido y empezaba a tener una buena recaudación y un personal excelente. Siempre había clientes esperando en la barra, confiados en que alguien que había reservado mesa no se presentara, pero eso casi nunca ocurría.

Elin metió papel de periódico en las botas y las dejó en la cocina, al tiempo que saludaba a los cocineros. Esperaba que estuvieran secas a la hora de volver a casa.

Había mucha gente para ser martes por la noche. Elin tomó los pedidos y fue por las bebidas. Nadie sospechaba siquiera que ella pudiera ser la propietaria y eso era precisamente lo que quería. La señora Hovdan era quien aparentaba estar al frente del establecimiento: una persona estricta que se ocupaba de las entrevistas de trabajo y de pagar los sueldos al personal.

Elin, por su lado, oía lo que se decía y sabía quién se metía las propinas en el bolsillo en lugar de echarlas en el bote que luego repartían fraternalmente entre el personal de cocina y el de sala. Los que no se comportaban correctamente desaparecían de la noche a la mañana, sin que nadie llegara a entender cómo los propietarios podían enterarse de todo si nunca estaban allí. Acabaron formando un equipo muy unido, con tres en la cocina, un maître y siete camareros, incluida ella, que servían las mesas. Elin era muy apreciada entre sus compañeros, pero a medida que fue creciendo su vientre también empezaron las habladurías.

Eran cerca de las diez y media del domingo cuando Karin abandonó la casa de Lycke. La niebla había cedido y Karin miró al cielo estrellado en un intento de recordar el nombre de las diferentes constelaciones. Hubo un tiempo en que las conocía todas, algo que resultaba muy ventajoso cuando navegaba. Göran y ella habían planeado hacer un largo viaje por mar, de un año o dos. Habían hablado de las Antillas, o de seguir la costa rumbo norte hasta Canadá. Luego continuarían hasta Islandia, las islas Feroe, las Shetland y finalmente de vuelta a casa.

Ya no haría nunca ese viaje, al menos no con Göran. La Osa Mayor la miró desde el cielo. El Cinturón de Orión. La Osa Menor... Podía quedarse horas echada en el camarote de proa mirando el cielo estrellado a través de la escotilla de cubierta.

Casi había llegado al barco cuando divisó una figura que se paseaba alrededor del *Andante*. Cuando estuvo más cerca, vio que era un hombre. Tenía la espalda encorvada, como si hubiese levantado algo demasiado pesado y ya no consiguiera erguirse. Renqueaba de un lado a otro, batiendo los brazos para mantenerse en calor. De vez en cuando miraba alrededor con gesto intranquilo.

Karin se arrepintió de haber rehusado el ofrecimiento de Johan de acompañarla hasta el barco. Redujo el paso brevemente, mientras consideraba dar media vuelta para pedirle a alguien que fuese con ella, pero al final se animó y decidió seguir adelante. No era fácil colarse por las buenas en el *Andante*. Los ojos de buey apenas medían quince centímetros de diámetro y la escotilla de entrada estaba provista de un buen candado y una ingeniosa barra de acero inoxidable que cerraría el paso a cualquiera. En cambio, no sería tan difícil romper las escotillas de cubierta y entrar, pero no sin hacer mucho ruido. Karin tosió exageradamente para no sorprender al hombre, que se sobresaltó y se volvió hacia ella.

—Hola —dijo Karin. No sacó las llaves. Estaban solos en el muelle y no se había encontrado con nadie en el camino. Era domingo por la noche y hacía frío. Lo más probable era que la gente estuviera en casa viendo una película o ya se hubiera acostado para reponerse con vistas al lunes por la mañana.

Había helado y se habían formado algunas placas de hielo traicioneras aquí y allá. Karin miró hacia el borde del muelle, donde estaba el hombre. Si intentaba algo, seguramente podría empujarlo al agua. Aunque, en realidad, ése era su plan B.

—¿Tú eres la agente de policía?

El hombre tenía un acento muy pronunciado. Llevaba un gorro de lana calado hasta la frente. Sus cejas pobladas asomaban por el borde, pero sus ojos eran amables. Tenía la nariz roja por el frío. Llevaba levantado el cuello de su anticuada cazadora marrón. No parecía abrigar demasiado. Un grueso e informe jersey de lana asomaba por debajo de la chaqueta. Los vaqueros claros estaban lavados a la piedra y eran tan cortos que dejaban entrever unos calcetines blancos de algodón y un par de delgadas zapatillas deportivas. Karin asintió con la cabeza.

—Me gustaría hablar contigo —añadió él.

—¿De qué se trata? —preguntó ella, y dudó si debía invitarlo a subir al barco o no.

—Mirko. Fue mi amigo Mirko quien encontró el cadáver en Pater Noster.

En efecto, el que había llamado para denunciar la aparición del cadáver se llamaba Mirko. El capataz Roland lo había dicho y, por lo que sabía Karin, ese detalle no se había filtrado a la prensa.

—Sí, nos habría gustado hablar con él —dijo Karin.

—Le gustaría hablar con vosotros, pero tiene miedo.

—¿Miedo de qué?

El hombre, que se presentó como Pavel, no respondió. Karin no sabía si era su nombre de pila o su apellido, pero tampoco era demasiado importante. No dejaba de echar miradas furtivas alrededor.

Se sentaron sobre la cabina, debajo del toldo que Karin había extendido después de la limpieza general. Encendió un quinqué y le ofreció un cojín helado.

Después, aún titubeante, le dio su teléfono móvil y se preguntó que diría Carsten sobre las llamadas de móvil a Polonia. El hombre marcó el número y lo borró al finalizar la llamada, tal como le había prometido a Mirko. Karin pensó en su factura telefónica especificada, en la que aparecían todas las llamadas con número, fecha, hora y duración. Primero habló Pavel. Hablaba en voz alta y Karin comprendió que había algún problema, pero eso fue todo. Luego le pasó el teléfono.

—Es Mirko —le dijo.

Cuando Pavel se hubo marchado, a Karin le quedaron dos cosas bastante claras. En primer lugar, que Arvid llevaba puesta la alianza cuando los polacos lo encontraron. Eso significaba que alguien se la había quitado para sustituirla por otra. En segundo lugar, que había gente buceando alrededor del islote de Pater Noster por la noche.

A pesar de que era tarde, Anita no se había acostado todavía. Quería seguir la nueva pista que habían encontrado. Comprobar si existía algo que se llamara «Brecia» o «Breccia» sería un buen comienzo. Según la enciclopedia que consultó, Breccia con dos ces era un tipo de roca. El segundo libro que había bajado de la estantería era una antología de poesía. Anita la hojeó antes de dejarla a un lado.

No había nada que se asemejara ni por asomo al poema que tenía delante. Los demás libros que había seleccionado versaban sobre la costa oeste. Buscó Hamneskär y Pater Noster en *La costa de la provincia de Bohus* y luego en otro libro, antes de abandonarlos todos. Acababa de ver las noticias cuando abrió la *Guía de faros* y empezó a leer sobre Pater Noster y la señal luminosa que habían instalado en la isla en 1869. «El primer faro con señal luminosa de Pater Noster se levantó en 1869 y constaba de un campanil accionado por un molino de viento. En el reloj aparecía la siguiente inscripción...» Anita se detuvo al ver el texto.

No como las amables campanas de la parroquia,
invito a los hijos del esfuerzo a que descansen y respiren.
No como las del templo, los invito a la paz.
Marino, escúchame, perdido entre la niebla
hacia peligrosos escollos,
escucha mi advertencia: ¡da media vuelta!
¡Lucha y vela y reza!

¡Exactamente el mismo texto! Entonces se trataba realmente de Pater Noster. Un poco más abajo, el autor hablaba del particular tipo de roca que había en aquella isla. Breccia. Marcó el número de Putte. Era tarde y apagó la luz de la biblioteca. Si el avión a Londres seguía el horario previsto, debería haber llegado al piso de Mayfair, pero no contestó. A lo mejor se había encontrado con algún conocido en el avión. Llamó al móvil, pero tampoco contestó.

Fue a buscar una copa de Drambuie a la que añadió hielo y se sentó en la butaca inglesa de la biblioteca, con el foco del barco miniatura como única iluminación. Algo en la embarcación reflejaba la luz de la lámpara y arrojaba un rayo de sol artificial sobre el panel de madera oscura de la pared. Anita removió el licor en la copa. Los cubitos de hielo resonaron contra el cristal, como piezas de un rompecabezas en una caja.

Bebió un sorbo más. Luego miró el barco, la rosa náutica en el suelo y el reflejo en la pared. La página 113 seguía persiguiéndola, sobre todo porque alguien había arrancado precisamente aquella hoja del cuaderno de bitácora del *M/S Stornoway*. Se había sorprendido a sí misma varias veces durante el día cavilando sobre el significado del mensaje. Aunque también podría ser como había dicho Johan: que no se tratara de la página de un libro. Dejó la copa sobre la mesita auxiliar y se levantó. A lo mejor había alguna razón por la que Karl-Axel se había mostrado tan meticuloso a la hora de determinar el rumbo y el emplazamiento de aquella maqueta cuando dieron los últimos retoques a la biblioteca. Se colocó al lado e intentó calcular el ángulo desde la proa hasta el reflejo sobre la pared. Superaba los noventa grados, pero ¿era de 113?

Con la ayuda de una silla de la cocina alcanzó el panel de madera que señalaba el reflejo. Al apoyar la mano en él se oyó un chasquido. Se disparó el resorte de lo que resultó una trampilla y en la parte interior apareció una posición de longitud y latitud.

57 grados 54,4 minutos Norte
11 grados 29,5 minutos Este

Putte abrió los ojos. Todo le daba vueltas y el suelo parecía moverse bajo sus pies. Tenía las manos atadas y un trozo de cinta adhesiva le amordazaba la boca. Intentó recordar lo que había pasado. Iba sentado en el ferry, incluso había hablado con una menuda señora que vivía en Slottsgatan. Había tosido y ella le había ofrecido unos caramelos de miel, al parecer, una especialidad húngara. Luego había abandonado el ferry para dirigirse al aparcamiento que alquilaban en Koön y había abierto el coche para dejar el equipaje en el maletero.

Hasta ahí recordaba, después todo se había fundido en negro y así seguía. La única luz que veía provenía del resquicio debajo de una puerta y del ojo de la cerradura. Aquello parecía una especie de trastero. Lo único que tenía claro era que estaba en una casa. Oyó voces al otro lado de la puerta, pero no pudo discernir lo que decían.

La noche había sido muy fría y el termómetro del *Andante* indicaba nueve grados bajo cero. La primavera había recibido un severo golpe. Karin agradecía el *sprayhood*, el pequeño toldo que colgaba sobre la entrada del barco. Protegía y evitaba que le cayera encima la nieve al abrir la escotilla. El frío la golpeó en la cara y el aire gélido la hizo toser.

Parecía que alguien hubiese espolvoreado generosamente azúcar glasé por todo Marstrand. Las rocas de Bohus vestidas de invierno eran aturdidoramente bellas. En todas las grietas había una fina capa de nieve, pero allá donde el viento había soplado con más fuerza, la piedra gris había quedado al descubierto. El cielo era azul celeste y el manto blanco ocultaba toda la suciedad y los defectos. Los colores parecían más claros y los contornos más agudos. Los cristales de nieve reflejaban el sol y la superficie del muelle —que Karin intuía traicioneramente resbaladiza— brillaba. Pensó que su hogar flotante estaría todo helado cuando volviera. La estufa Reflex era sin duda fiable, pero no se atrevía a dejarla encendida.

Aparcó delante de la comisaría del centro de Goteburgo a las ocho menos cuarto de aquella fría mañana de lunes. La remodelación del edificio para convertirlo en Centro de Justicia estaba muy avanzada. El grupo de reconocimiento al que pertenecía Karin y el grupo de investigación policial eran los únicos que aún seguían allí.

Karin le había dado vueltas a la nueva información recabada, según la cual el sacerdote que no había casado a Siri y Arvid podía ser el hermano de ella, y que alguien salía en barco en medio de la noche para sumergirse en las frías aguas alrededor de Pater Noster. La sola idea de meterse en aquel mar le provocó escalofríos. Folke acababa de echar agua en la cafetera cuando Karin entró en la cocina. Parecía de mal humor.

—Hola, Folke. ¿Qué tal el fin de semana?

—¿Soy el único que hace café en esta casa? —fue su huraña respuesta.

—No, no lo eres, pero sí el que mejor lo hace —respondió Karin, esperando que eso lo ablandara.

—¿Encontraste a esa Marta Striedbeck el viernes? —preguntó sin apartar la vista del café que empezaba a gotear en la jarra.

—Sí, pero la revelación más interesante del fin de semana proviene del sacerdote que nunca casó a Siri y Arvid.

Folke, que no se apartaba de la cafetera para poder llenar su taza con la parte más cargada de aquella infusión negra como el alquitrán, miró a Karin con expresión de sorpresa.

—¿Dices que no los casó?

—Eso es. —Y pasó a contárselo todo.

Cuando terminó de hacerse el dichoso café, Karin estaba concluyendo el relato sobre la entrevista que ella y Robban habían mantenido con el sacerdote Simon Nevelius en Läckö. En el mejor de los casos, el semblante de Folke denotaba incredulidad cuando vertió el brebaje humeante en la taza de Karin.

—¡Dejadme un poco, chavales! —La voz seguía ronca, pero era inconfundible: Robban.

De pronto, la mañana de lunes pareció aclararse.

Dio un abrazo a Karin. Folke sacó la taza de Robban del armario y le sirvió café.

—Ya no contagio. O eso creo. Sofia afirma que ya estoy bien. No me atrevo a contradecirla en algo tan logístico, como diría Tigle.

Karin y Folke no parecieron entenderlo.

—*Winny de Puh*, ya sabéis. He visto todos nuestros DVD y luego me pasé a los de los chicos.

—Creía que ya era hora de que volvieras —dijo Karin.

Dio la impresión de que Folke se la dejaría pasar, pero no pudo resistirse.

—Creo —la corrigió—. Creo. Debes usar el presente si te refieres a algo que tiene lugar ahora.

—Qué bien que no haya cambiado nada en mi ausencia —dijo Robban—. Se puede decir «haya cambiado», ¿no?

El móvil de Karin sonó. Miró la pantalla: era Carsten.

—¿Dónde estás?

—¿Cuándo aprenderás a decir buenos días, Carsten? Estoy en la cocina. ¿Quieres que te lleve un café?

—Sí, pero te dejaré quitarte la chaqueta antes.

—«Sí, gracias», se dice. Aunque en danés lo pronunciáis «Sí, *grésies*». Te he sorprendido, ¿verdad? Sí, hablo danés. Folke y Robban están aquí conmigo. ¿Quieres que me los lleve?

Tomaron asiento en el despacho de Carsten, que se levantó de la silla para coger la taza de manos de Karin y se molestó en darle las gracias. Luego se sentó en el borde del escritorio. Empezó dándole la bienvenida a Robert.

—Parece que vais a tener ocasión de volver a Marstrand. Han encontrado un cadáver en el puerto... Veamos... —Echó un vistazo a sus papeles—. Ayer por la noche. La vigilancia costera recibió la alerta y acordaron recogerlo y llevarlo a Tångudden, donde nos lo entregaron. Margareta ya está ocupándose de la autopsia. Al parecer, hay varios puntos oscuros y por eso ha acabado en nuestras manos. El hombre tenía los pies atados y las manos le habían sido amputadas. Un horror.

—¿No se suponía que Marstrand era un idílico lugar rocoso? —ironizó Robban.

—¿Edad? ¿Sabemos quién es? —preguntó Karin.

—Ahora mismo no sé nada más, pero Margareta quiere que alguno de nosotros se acerque para hablar con ella a eso de las tres.

—Iré yo —se ofreció ella—. Quién sabe, a lo mejor guarda relación con Arvid Stiernkvist.

—Lo dudo mucho —refunfuñó Folke.

—¿Has tenido un mal fin de semana? —preguntó Robban molesto. No se le había escapado que Folke estaba de un humor de perros.

Folke lo miró airado. Karin se preguntó qué podía haber pasado para que estuviera tan irascible. Tal vez se sentía menoscabado, ahora que Robban había vuelto, pero ya estaba de mal humor antes de eso. Aprovechó para contarles a Folke y Carsten que se había mudado al barco, que estaba muy oportunamente amarrado en Marstrand. Le pareció que Folke se preguntaba cuánto tiempo llevaría viviendo allí. Ya está bien de contemplaciones, pensó. Si quería saber algo, que lo preguntara.

Luego dio cuenta de los acontecimientos del fin de semana y dejó que Robban relatara lo que les había contado el sacerdote Nevelius en el palacio de Läckö. Carsten suspiró y volvió a sentarse tras su escritorio cuando supo de la excursión de Robban y Karin, aunque pareció sorprenderse y se puso de pie al oír que Arvid y Siri nunca se habían casado.

—¿Que no se casaron? —dijo, pasmado.

—¡Exactamente! —confirmó Karin.

—Pero ¿por qué mentir en un asunto así?

—Buena pregunta. Nosotros también nos la hicimos. ¿Tal vez porque tiene algo que ganar haciéndolo? Según el pastor, Arvid ya estaba muerto cuando arregló lo del certificado de matrimonio.

—Pero ¿cómo sabía Siri que Arvid había muerto? —preguntó Folke.

—No sé si lo sabía, pero creo que sí. Claro, cabe preguntarse cómo podía estar segura de que realmente había muerto, visto que el cuerpo no se ha encontrado hasta cuarenta años después...

—¿Quizá la señora está implicada en la muerte de su marido? —aventuró Carsten.

—No es su mujer, lo que resulta aún más interesante. Pongamos que, por alguna razón que desconocemos, quería convertirse en su esposa. Por ejemplo, era bastante rico.

—Entonces, Arvid ya estaba muerto cuando el sacerdote inscribió sus nombres en el registro de matrimonios, y eso lo sabe él y también Siri. Vaya, vaya —suspiró Carsten.

Entonces Karin contó la visita que había recibido la noche anterior en el barco, incluida la conversación telefónica con Mirko en Polonia.

—¿Hablaron mucho rato? —preguntó Carsten, apoyado en el borde del escritorio con los brazos cruzados.

—Un par de minutos.

—En polaco, claro. Habría sido interesante saber lo que se dijeron —dijo Folke.

Así pues, a pesar de todo era capaz de sentir un poco de curiosidad, pensó Karin satisfecha.

—Sí, desde luego habría sido interesante —convino, y empezó a buscar algo en el menú de su móvil. A continuación lo dejó sobre la carpeta verde del escritorio de Carsten y se oyeron las voces de dos hombres discutiendo en polaco—. Los grabé —explicó Karin, para sorpresa de sus compañeros—. Pero desgraciadamente no sé polaco.

—¡Demonios, qué lista eres! —exclamó Robban.

—Sabes muy bien que no puedes grabar una conversación sin el consentimiento de los implicados —le recordó Folke, y se acabó su café.

—Vaya, no tenía ni idea —replicó Robban, provocador—. Tendremos que borrar la grabación, es la única solución.

Folke resopló.

—Como ya os mencioné, tenemos que dejar de lado al pobre Arvid, a pesar de que queden muchas preguntas en el tintero. Ahora debemos centrarnos en este nuevo caso —intervino Carsten—. Bien, Karin y Robert, iréis a Marstrand para hablar con Yngve... —Se puso las gafas de lectura y consultó el informe que tenía en la mano—. Yngve Jansson. Fue él quien encontró el cadáver... Veamos. Estaba probando el motor de su barco el domingo por la noche cuando... Bueno, leedlo vosotros mismos. Creo que era pescador. —Le dio el informe a Karin.

—¿Era o es pescador? ¿Antes era pescador y ahora está jubilado? —terció Folke.

—Folke, vamos a tener que repasar el registro de personas desaparecidas para ver si alguna coincide con este nuevo cadáver —dijo Carsten, sin responder a la pregunta.

Folke salió del despacho arrastrando los pies. Robban y Karin estaban a punto de irse también cuando Carsten añadió:

—Por cierto, Karin, ve a ver a Jerker para que haga una transcripción de esa conversación. A lo mejor encontramos algo en ella. Le pediré a Marita que busque un traductor.

Ella iba a replicar algo, pero Carsten alzó las manos para cortarla.

—Sí, sí, ya lo sé.

El castillo de Läckö, se dijo, y negó con la cabeza cuando cerraron la puerta. No pudo evitar reírse.

17

Estaban ya muy cerca, tenían que estarlo. Habían buscado en todos los barcos naufragados, sin resultado. La cámara de Markus les había mostrado que por fin estaban en el lugar correcto. El hombre de la sonrisa adusta al que llamaban Blixten miró la fecha de las fotografías antes de empezar a repasar la ruta y las inmersiones que habían realizado aquella noche.

—Aquí —dijo, y señaló una línea en la carta marina—. Tiene que ser uno de estos barcos. Aquí —repitió, y dio una calada al cigarrillo—, o aquí. —Expulsó el humo por la nariz.

El hombre del otro lado de la mesa arrugó la frente.

—Bueno, yo creo que es esta marca. Recuerdo que Markus bajó solo a echar un vistazo.

—De acuerdo, pues ésta.

A continuación, Mollstedt se sumergió. Los demás se asomaron expectantes a la borda, esperando que reapareciera con buenas noticias. Lo primero que rompió el espejo del agua fue una mano con el pulgar levantado. Mollstedt se sacó la boquilla de la boca.

—Está aquí. He encontrado un arca junto al casco. Éste es el lugar. Ocupaos del barco auxiliar para subirla. Volveré a bajar, a ver si encuentro más arcas en el interior.

El hombre que estaba al mando asintió con la cabeza y cogió el teléfono. Cuatro horas más tarde, la grúa del barco auxiliar bajó la tercera arca sobre la cubierta.

—Están soldadas o estañadas o algo así. No podremos abrirlas sin las herramientas apropiadas.

—No importa, ya las abriremos más tarde. Ahora procura subirlas todas a bordo. ¿Cuántas quedan?

—Cinco.

—Ocho en total. ¿No hay ninguna en el otro barco?

—No, parece vacío.

—Qué extraño. Vuelve a echar un vistazo, haz el favor.

—Pudo tratarse de un barco de acompañamiento, para despistar o de socorro, quién sabe.

Trabajaron rápido y con eficacia, sobre todo porque el pronóstico que había dado el fiable DMI, el Instituto Meteorológico de Dinamarca, anunciaba tormenta. Los vientos de fuerza 10 que soplaban sobre las ciudades se trasladarían a la costa oeste durante la noche. La noche, pensó. Ojalá llegaran a Dinamarca antes que el temporal. Skagen o Fredrikshamm, según el viento. Depositaron la cuarta arca sobre cubierta y retiraron rápidamente los cabos para volver a dárselos al buzo que esperaba allí abajo. El trabajo era pesado, pero todos estaban dispuestos y sabían lo que tenían que hacer.

Tomas estaba en casa y a Sara no la sorprendía. Durante los últimos tres meses había trabajado entre sesenta y setenta cinco horas semanales y llevaba tiempo dando señales de necesitar reposo. Ahora estaba echado en el sofá, viendo un DVD y hablando de lo cansado que estaba, sobre todo porque se había ocupado de los niños durante tres horas mientras ella estaba en la cena de chicas del sábado.

Sara estaba enfrascada en la elección de una gorra. La elegante, que tenía el visto bueno de su suegra, con el distinguido logo a la vista en la frente, o la que realmente le daba calor. La decisión fue fácil: se caló esta última por encima de las orejas. Luego fue hasta el buzón de la casa. La caja de madera crujió en protesta por los grados bajo cero cuando lo abrió y sacó el periódico y un grueso sobre blanco a nombre de Tomas. No llevaba sellos, ni dirección ni remitente; ojalá no fuera algún colega que le había llevado un poco de trabajo extra a su marido. Dejó el diario y el sobre encima de la mesita del sofá antes de irse.

El frío le mordía las mejillas. Agitó la mano saludando a Lycke, que estaba sentada al ordenador, trabajando, cuando pasó por delante de su casa. Lycke señaló su café con leche, pero Sara negó con la cabeza. No quería quedarse enganchada charlando con su amiga y así frustrar el paseo que se había propuesto dar.

Decidió tomar el pequeño sendero que bordeaba Blekebukten y continuaba en dirección sur a lo largo de la bahía de Muskeviken. El frío había endurecido las rodadas y pisadas del sendero normalmente fangoso, y además parecía haberse llevado todas las fragancias. Simplemente no olía a nada, la naturaleza estaba helada y fría.

Llevaba el cuello de la chaqueta subido, en parte contra el frío, pero también para no tener que hablar con nadie. Paseó la vista por los muelles flotantes, donde los barcos esperaban anhelantes la llegada del verano. En esa época del año sólo había unos pocos amarrados y al fondo, a lo lejos, con el fiordo de Marstrand detrás, estaba el barco de Karin. A Sara le pareció que tenía un aspecto imponente. Tomas y ella habían intentado sin éxito encontrar una plaza de amarre para el suyo desde que se trasladaron a Marstrand. Pero ahora había planes para incrementar el número de plazas en Blekebukten y a lo mejor, con un poco de suerte, podrían botar el barco la primavera siguiente.

Buscó con la mirada una manera de escapar cuando vio que Siri y Brigitte, envueltas en sus pieles, se acercaban arrastrando los pies, Brigitte ayudada por su perro *Lady*, que tiraba de ella. Si querías que un rumor se extendiera por todo el pueblo, debías contárselo a Brigitte, la mujer más chismosa del lugar y una hipocondríaca recalcitrante. El dispensario de Marstrand estaba abierto lunes y jueves, y Sara no recordaba haber estado allí sin encontrarse siempre con Brigitte.

Su suegra la saludó secamente, sin darle ningún abrazo, y miró con reprobación la gorra.

—Hola, Sara, ¿cómo va todo? —preguntó Brigitte.

Sara evaluó sus alternativas: contarle cómo estaba en realidad o contenerse y poner cara de póquer. Optó por esto último.

—Bien, gracias, todo bien. Y tú, ¿cómo estás?

—Bueno, vuelvo a estar resfriada y sospecho que me ha bajado a los pulmones. Es esa tos reacia a desaparecer. —Brigitte tosió—. Aunque lo peor es el entumecimiento de las piernas.

—Vaya, eso es preocupante. Espero que te repongas.

—¿Sigues estando de baja? —preguntó Brigitte.

—Sí, desgraciadamente sí —respondió Sara, evasiva, e intentó dejar de sentirse como un parásito. Por otro lado, habían sido su ánimo combativo y su espíritu de sacrificio los culpables de que se encontrara en aquella situación.

—Dios mío, qué suerte —respondió Brigitte—. ¡Oh!, quién pudiera quedarse en casa cada día —suspiró.

—Pero, Sara, ¿qué es lo que tenéis en la ventana del salón? —preguntó Siri.

—¡Es precioso! —se apresuró a decir ella en un tono exageradamente entusiasta. Desde luego no era precisamente eso lo que Siri opinaba.

—A lo mejor deberías cambiarla por otra decoración. Ya sabes que en su día trabajé en el sector y sé lo que me digo. Y por Navidad no teníais ninguna corona colgada en la puerta. A mí me parece que da un aspecto muy impersonal no tener una corona.

—Si la corona te parece tan importante, puedes comprarnos una y colgarla tú, si quieres —dijo Sara impulsivamente, y cerró la boca. Debería haberse mordido la lengua; había que andarse con cuidado y sopesar bien las réplicas. Su suegra era como un toro y Sara acababa de mostrarle un trapo rojo, eso sí, muy brevemente, apenas un visto y no visto, pero aun así...

—Sí, Sara, aquí tienes a alguien que realmente entiende de buen gusto, seguramente podría darte un montón de buenos consejos —dijo Brigitte—. Debe de ser maravilloso tener a los abuelos tan cerca.

El labrador negro tiró impaciente de la correa.

—Espera, guapo, mamá está hablando. *Sit.* —El perro la miró con reproche: no tenía la menor intención de sentarse en el suelo helado—. ¡*Sit*, te he dicho! —bufó Brigitte.

El chucho olisqueó un rastro amarillo en la nieve y no hizo caso de la orden.

—Por cierto, ayer me encontré con Diane en Goteburgo. No llevaba a los niños. ¿Ya han empezado a ir a la guardería, o qué? —preguntó Brigitte.

—Sí, normalmente sí, pero ayer los cuidé yo —dijo Siri—. Diane había quedado para almorzar con Viveka Warner, ya sabéis, la hija de Georg Warner. Son muy amigas y Vivi llama cada dos por tres a Diane. Pero no se ven muy a menudo durante el invierno, porque viven en Estocolmo. De todos modos, almorzaron de maravilla en Sjömagasinet. —Se volvió hacia Sara y añadió—: Me parece muy lamentable que ni tú ni Tomas hayáis venido a verme estando yo sola en casa.

—Tomas ha estado trabajando muchísimo y yo... Yo no he estado bien —dijo Sara, y sintió cómo se le formaba un nudo en la garganta.

—Al menos podríais haber llamado —respondió Siri con hosquedad.

Sara estaba a punto de disculparse, pero se contuvo. ¿Qué demonios estoy haciendo?, pensó. Y dijo:

—Tú también podrías haber cogido el ferry y venir a vernos, o habernos telefoneado.

Siri entornó los ojos y Sara vio cómo crecía la arruga en su frente.

—Me parece que no estaría mal un poco de consideración por tu parte —dijo Siri, y miró a Brigitte. Luego se volvió hacia Sara—. Nosotros siempre nos hemos desvivido por ayudar a nuestros hijos, hemos sido justos y les hemos enseñado buena educación.

En consonancia con esa declaración, en ese momento el perro se sentó y se puso a cagar en la acera. Ni Siri ni Brigitte parecían darse cuenta, pero Sara sabía el gran número de ojos que las miraban desde detrás de las cortinas y lo mal que les caía, ella incluida, la gente que no recogía los excrementos de sus perros.

—¿De veras? —dijo. Sabía perfectamente que no era el momento ni el lugar para decirlo, pero le dio igual.

—¿Disculpa? —Siri la miró con ceño.

—¿Te parece correcto ayudar a tres de tus nietos ahorrando para sus viviendas? —atacó Sara.

Siri palideció y se volvió hacia Brigitte como para darle una explicación.

—¿Es así? —preguntó Brigitte, impaciente, y se lamió los labios. Había deslizado la mano discretamente en el bolsillo de su abrigo y apagado su teléfono móvil para que no la molestaran.

—Pues sí, tanto Annelie como Tomas están al tanto. Y también es muy amable por vuestra parte que ayudéis a Diane y Alexander a comprar una casa, pero no sé si puede decirse que sea precisamente justo. Bueno, tengo que irme. Hasta luego.

—Sí, yo... Supongo que yo también debería... —balbuceó Brigitte, que habitualmente padecía de verborrea crónica. De hecho, Sara nunca la había visto tan callada.

Dobló la esquina de la calle de Fredrik Bagge a paso ligero y con una sensación rayana en la euforia, y encaró Slottsgatan dejando atrás a las dos mujeres boquiabiertas.

• • •

Veinte minutos después de la reunión en el despacho de Carsten, Karin y Robban estaban en el coche de camino a Marstrand, mientras Folke se había quedado en su escritorio del cuarto piso de la comisaría. Era una solución que a los tres les pareció excelente. Robban conducía esbozando una amplia sonrisa.

—O sea que grabaste la conversación. ¡Muy bien hecho!

—Qué alivio que hayas vuelto. No es lo mismo con Folke.

—A él le encantan sus normas y sus reglas, ya lo sabías.

—Cuando dices «sabías», ¿a qué te refieres exactamente? —repuso Karin, y ambos rieron—. Oye, eso de que Siri y Arvid no estaban casados, me pregunto si los de la parroquia de Torsby podrían echarle un vistazo al registro de matrimonios para ver si tienen algo más sobre Arvid Stiernkvist. No consigo dejar de pensar en que, de hecho, llevaba otra alianza en el dedo. ¿Quién pudo molestarse en quitársela y para qué?

Cuando Karin había telefoneado a Inger, de la parroquia de Torsby, ésta pareció pensar que le asignaban una misión emocionante y prometió llamar en cuanto supiera algo. Karin se la imaginó saliendo a toda prisa del triste despacho que seguramente tenía y bajando al archivo para rebuscar entre los viejos registros polvorientos de los años sesenta. Karin casi tenía mala conciencia por haberle pedido que echara un vistazo a todos los libros entre 1960 y 1965.

Pasaron por el McDonald's Drive Thru de Kungälv. Robban pidió dos cafés, uno con mucha leche, ella no tuvo que recordárselo, y dos trozos de tarta de manzana.

Karin iba a beber un sorbo de café cuando sonó su móvil.

—Soy Doris. Doris Grenlund, la del taxi. —La anciana hizo una breve pausa antes de continuar—. Disculpa si te molesto, pero no me hacen caso. —Karin intentó vincular aquella voz indignada con un rostro y al final cayó en que se trataba de la vecina inválida de Marta Striedbeck.

—No pasa nada —dijo Karin.

—Algo va mal, pero como ya te he dicho, nadie me escucha. Es uno de los inconvenientes de hacerte vieja. La gente cree que estás chocha y deja de tomarte en serio.

—¿Qué es lo que va mal?

—Marta. Sé que le ha ocurrido algo. Siempre hacemos el crucigrama juntas.

—Doris, vas a tener que explicármelo para que lo entienda bien.

—Sí, sí. —La anciana estaba agitada—. Marta y yo hacemos crucigramas juntas los lunes. O bien nos sentamos en mi casa para hacerlo, o bien, si estoy en casa de mi hija, la llamo y lo hacemos por teléfono. Llevamos años haciéndolo cada lunes.

—¿Y?

—Pues que no contesta. Llamo y nadie contesta.

—A lo mejor ha salido —sugirió Karin.

—Jamás. No se lo perdería por nada del mundo.

Karin oyó otra voz al fondo.

—Pero mamá, ¿a quién estás llamando? —Debía de tratarse de la hija de Doris.

—Tenéis que escucharme. Ha pasado algo. Sí, tienes que disculparme, Karin, pero no te habría llamado de no ser porque no encuentro una solución mejor al problema. Tengo miedo de que haya salido por leña y se haya resbalado... O que...

Karin pensó en las traicioneras placas de pizarra que había delante del cobertizo de Marta.

—No te preocupes, Doris. Iré a verla —dijo.

A pesar de que Karin sólo conocía a Doris de los tres cuartos de hora que había tardado el taxista en llevarlas a Goteburgo, no creía que fuese la típica aprensiva que llamaba para fastidiar innecesariamente. Pensó en su propia abuela, que siempre temía importunar a los demás, y le repitió a Doris que iría a ver a Marta en cuanto pudiera, sin revelarle que iba de camino a Marstrand. También le prometió que la llamaría en cuanto supiera algo.

Odense, Dinamarca, 1964

El niño nació en Odense, Dinamarca. Un pequeño de 2,6 kilos. Siri ni siquiera se molestó en mirar el fardo, y les pidió a las enfermeras que se lo llevaran. No quería tenerlo en brazos y siempre pensaría en él como «eso», no como «él».

Aquella noche habían nacido dos bebés en la maternidad danesa. Una niña y un niño. Una terrible tormenta había ocasionado cortes eléctricos y dejado toda la isla de Fionia a oscuras. Tres días más tarde llegó una pareja sin hijos a la maternidad. El hombre miró al niño y se emocionó ante aquellas manitas que se aferraban a su dedo índice. Cogió al bebé en brazos con delicadeza y se lo llevó a casa. Lo criaron como si fuera suyo.

Un mes después del parto, Siri había recuperado prácticamente la figura y volvió a Suecia en tren. Blixten la esperó, pero todo se había estropeado, todo había cambiado. Era como si algo se hubiera roto en mil pedazos. Nunca volvería a permitir que un hombre se hiciera cargo de su vida. A partir de ese momento, todo lo que hiciera sería en su beneficio y el de Diane.

18

El pescador Yngve Jansson tenía la espalda ligeramente encorvada. Realmente parecía lo que era, una persona que se había pasado toda la vida en la cubierta de un pesquero, mirando por la borda y sin sacar del agua ni una sola nasa ni un solo butrón de más. Tenía la cara curtida y aunque Karin le supuso más de sesenta y cinco años, se lo veía fuerte y musculoso. Tenía unos vivaces ojos azules y parecía que nada se le escapaba.

Karin sabía que mucha gente veía la vida de pescador como apacible y serena. Es posible que fuera así mientras brillara el sol y no hiciera demasiado viento, pero cuando campaban las tormentas otoñales y caía la oscuridad antes de poder vaciar las artes de pesca, la vida era todo menos idílica. Había que tomar muchas decisiones, a menudo rápidamente, como bien sabía Karin, pese a que sólo había pescado con caña desde el *Andante*. El que trabaja solo en un pesquero ha de tener un ojo puesto en el barco, pero también en posibles tormentas que se avecinen, en la ubicación de la siguiente nasa de langostas o la cadena con las cajas de las cigalas, en si el lugar es el adecuado o si hay que mover el arte.

El barco de Yngve estaba amarrado en el puerto pesquero. Él estaba sentado en el varadero gris, donde la puerta que daba al mar tenía un letrero que ponía «Oficina». Reidar, el hombre que alquilaba y vendía kayaks en Marstrand en el edificio contiguo, había pasado a tomar café. Eran pocos lo que salían a remar con la temporada recién estrenada, y menos en un día laborable.

—Estaba a punto de entrar en Lykta —respondió Yngve a la pregunta de Robban sobre dónde había encontrado el cadáver.

—¿Sabéis dónde está la casa de PG? —preguntó Reidar al ver los semblantes inquisitivos de Karin y Robban.

—Sí, es la casa gris en el lado de Koön, en la bocana norte —dijo Karin.

—En la entrada de la bocana —precisó Yngve. Se acercó a la gran carta marina que colgaba de la pared y les mostró por dónde había salido por la mañana y qué camino había tomado de vuelta.

Karin siguió su dedo por Marstrandsön, pasando por el islote de Pater Noster, zona donde las islas tenían nombres como Pottan, Elloven, Levern, Stora Buskär, Långeryggen y Systrarna. Justo en la entrada de la bocana norte, Yngve había visto algo flotando en el agua.

—Un submarinista. Cuando me acerqué vi que estaba muerto —dijo—. Llamé al guardacostas por la VHF.

—La radio, la radio VHF —explicó Karin para que Robban lo entendiera.

—El cero cincuenta y uno iba de camino a Goteburgo y llegó en diez minutos.

—¿El barco de acción medioambiental de la vigilancia costera? —preguntó Karin.

Yngve asintió con la cabeza.

—Pero cuando los chicos del cero cincuenta y uno subieron el cuerpo a bordo, vieron que le faltaban las manos y tenía atadas las pantorrillas. Y eso huele a cosas muy feas... ¡Uf, mal asunto! —Ingve se secó la boca con la manga de la camisa—. Oí que llamaban a la policía marítima y entendí que debían presentarse más al sur.

Karin anotó dónde exactamente había encontrado el cadáver y aprovechó para preguntar cómo soplaba el viento y en qué sentido iba la corriente. Yngve contestó admirado a sus preguntas.

—Supongo que habrán sido esos rateros —masculló luego.

—¿Rateros? —preguntó Karin, e intentó ignorar a Robban, que se había colocado detrás de los dos hombres y señalaba sus posaderas.

—Esas sabandijas del centro de rehabilitación —dijo Yngve.

—El centro de rehabilitación que está por aquí y que trata a jóvenes que se han desviado un poco del camino —explicó Reidar—. A veces hacen submarinismo, entre otras cosas. Yngve cree que el submarinista podría ser uno de ellos.

—Pero si hubieran sufrido algún accidente nos habríamos enterado —dijo Karin.

—Yo no estaría tan seguro —respondió Yngve, escéptico—. Pandilleros que envían a una pensión en el archipiélago. —Negó con la cabeza—. En mi juventud te molían a palos y ya está.

—Ahora estás siendo injusto —dijo Reidar—. Es muy fácil endilgarles a estos chavales la culpa de todo lo que pasa por aquí. Pero hay que decir que los chicos de Marstrand también se las saben todas. ¿Te acuerdas de cuando, hace unos años, rompieron los cristales de todos los coches del aparcamiento de Myren y Blekebukten? Pues fueron chavales de Marstrand. Uno de los chicos perdió una tarjeta de ferry con su nombre, fue así como lo pillaron.

—Pero hay un abismo entre nuestros jóvenes y esos gamberros —replicó Yngve, indignado.

—Al menos los chicos del centro de rehabilitación han decidido intentar cambiar de vida, al fin y al cabo por eso están aquí. Siempre saludan y creo que es nuestro deber apoyarlos.

—Así que la bocana norte... —Karin interrumpió la digresión y volvió a señalar la carta marina.

Yngve explicó cómo había encontrado el cadáver, que no soplaba viento y que no había visto ninguna embarcación aparte de las habituales. Después de que Yngve hubiera dado los nombres de los barcos que para él eran «habituales», Karin y Robban le dieron las gracias y se despidieron. Estaban a punto de irse cuando el pescador le preguntó a Karin:

—¿Es suyo el barco que está en Blekebukten?

En realidad no necesitaba preguntárselo: Karin intuía que estaba al corriente de qué barcos eran de quién y que sabía perfectamente cuánto tiempo llevaba amarrado el suyo en el muelle flotante.

—Nunca había visto uno igual. ¿Qué clase de barco es?

—Un Knocker Imram, un barco de acero francés.

—¿Es buen marinero?

—Sí. Se las arregla muy bien entre las olas. Es como si fuera otra fuerza viva. Las olas no lo detienen como a los barcos de plástico; el mío parece partirlas en dos.

—Tengo entendido que también vive a bordo. ¿Cómo lo calienta?

Karin le contó lo de la estufa de gasóleo y sobre su idea de cambiar la instalación, de manera que pudiera calentarlo con corriente del puerto. Yngve tenía contactos y le dio el número de alguien que seguramente podría ayudarla. Karin sonrió y le dio las gracias. Robban cerró la puerta al salir.

En el muelle se veían jaulas para cangrejos apiladas en filas perfectamente alineadas. Al lado del puesto de Yngve había un contenedor con una unidad refrigerante que emitía un zumbido.

—Imagínate tener un trabajo como éste —dijo Robban, e hizo un gesto hacia el pesquero blanco.

—Sí, desde luego puedes ganarte la vida de muchas maneras. Imagínate ser pescador de profesión y luego, cuando estás libre, ponerte a pescar con tu caña desde las rocas. Eso sí sería gustarte lo que haces... —dijo Karin, y caviló en lo que debían hacer a continuación.

Casi era la hora del almuerzo y decidieron comer algo en Hamnkrogen, en la isla de Koön. Así, de camino podían aprovechar para hacerle una visita a Marta.

Robban acababa de poner el coche en marcha cuando Karin le pidió que se detuviera. Volvió corriendo al puesto de Yngve, llamó a la puerta y entró sin más. Yngve y Reidar seguían sentados tal como cuando ellos se habían ido cinco minutos antes. Yngve apartó la taza de café con cara de culpa.

—Pues sí, supongo que debí haber mencionado que tomé unas fotos —dijo con voz entrecortada antes de que Karin abriese la boca—. Las tomé cuando vi que se trataba de un cadáver.

Se mostraba inseguro y Karin comprendió que se sentía incómodo. La cámara estaba encendida. Se apresuró a echar un vistazo a la pantalla y el estómago se le revolvió. Dios mío, pensó. Robban y ella no habían mirado las fotografías tomadas por la vigilancia costera y, más tarde, por los técnicos de la policía. Había aprendido a poner cara de póquer, pero su silencio hizo que los dos hombres se sintieran aún más incómodos.

—No pretendía... Siempre pensé que... —balbuceó Yngve, nervioso.

—Sí, sí, está bien —repuso Karin secamente, y les explicó que tendría que llevarse la cámara. Casi había olvidado por qué había vuelto—. Simon Nevelius —dijo finalmente. Sabía que era arriesgado, pero si sacaba algo, mejor que mejor—. ¿Es familiar de alguien de por aquí? —Miró a los dos hombres sin ofrecerles otro nombre como alternativa.

—Pues sí, lo es —dijo Yngve—. Es el hermano de Blixten.

—¿Blixten? O sea, ¿el Rayo?

—Sí. Lo llaman así porque siempre ha sido una persona muy lenta. Es el viejo agente de policía, Sten Widstrand.

. . .

Aparcaron el coche y tomaron Sveagatan hasta Slottsgatan. Inger los llamó para contarles que Arvid Stiernkvist se había casado con Elin Strömmer en 1963. El oficiante de la boda había sido el viejo pastor de Marstrand, y ése fue su último enlace antes de retirarse. Por tanto, Arvid Stiernkvist ya estaba casado cuando Siri hizo que Simon Nevelius inscribiera su nombre y el de Arvid en el registro.

—La alianza —le dijo Karin a Robban.

—Ya sabes que no soy mujer, así que tendrás que usar frases enteras cuando quieras hablar conmigo. Mis dotes telepáticas no están demasiado desarrolladas.

—¿Recuerdas que en el informe forense ponía que Arvid llevaba un anillo, pero que la alianza que nos dio Roland no era ésa, sino que, según Jerker, se trataba de una nueva?

—Sí, es verdad. ¿Quieres decir que alguien intencionadamente le quitó el viejo anillo porque en él aparecían los nombres equivocados? ¿Porque ponía «Elin y Arvid»?

—Creo que sí. En tal caso, sólo hay una persona interesada en que no se descubra el antiguo matrimonio. También nuestro buen pastor que, ahora lo sabemos, no es familiar de Siri, sino de Sten. ¿Eso qué significa?

—No tiene por qué significar nada —dijo Robban.

—A veces eres el policía más crédulo que conozco. ¿Por qué la ayuda el sacerdote? ¿Por bondad o porque alguien se lo pidió? Su hermano, por ejemplo. ¿Por qué lo hizo? ¿Porque le daba pena la pobre Siri?

Los adoquines eran traicioneramente resbaladizos y Karin tuvo que agarrarse a la chaqueta de Robban para no caerse. Abrió la verja de madera blanca del jardín de Marta, dio un paso atrás y echó un vistazo al buzón, donde se amontonaban el periódico y la correspondencia. Normalmente, los pensionistas se apresuraban a recoger el correo en cuanto aparecía la furgoneta amarilla. No acudió nadie cuando Karin llamó a la puerta por la que había entrado la anterior vez. Karin accionó el picaporte, que estaba cerrado con llave. La casa tenía varias entradas, pese a que era muy pequeña, y Karin probó la siguiente puerta. El gozne chirrió cuando la abrió.

—Hola. ¿Marta? —llamó.

—Oh. Hola, hola —dijo la mujer, confusa. Venía de la parte de atrás.

—¿Está todo bien? —preguntó Karin, y echó un vistazo a la habitación.

Marta echó también un vistazo atrás antes de contestar.

—Sí, claro, ¿por qué no iba a estarlo?

—Doris estaba preocupada por ti. Por cierto, éste es mi compañero Robert Sjölin. —Hizo un gesto en dirección a Robban.

Marta lo saludó con la cabeza mientras se secaba las manos con una toalla.

—¿Pasa algo en especial? —dijo, sin estrechar la mano que le tendió Robban.

—Doris te ha llamado, pero dice que nadie contesta —explicó Karin.

La casa estaba fría y, teniendo en cuenta la temperatura exterior, a Karin le sorprendió que la mujer no hubiera encendido ningún fuego.

—Pues sí, qué raro. No recuerdo que haya sonado el teléfono. En ese caso, tendría que haberlo oído.

—¿Podrías comprobar si funciona?

Marta se quedó quieta un momento, como si no hubiera oído a Karin, y luego se dirigió al vestíbulo.

—Sí, parece que sí funciona.

Robban señaló la cómoda: todos los cajones estaban abiertos y su contenido esparcido por el suelo.

—¿Han pretendido robarle? —preguntó.

—No, no... Yo... estaba buscando algo y tenía prisa. De hecho, tengo que seguir buscando. Si me disculpáis...

—¿Quieres que te traiga un poco de leña? —preguntó Karin.

—No, no hace falta. —Señaló la leña que había en la cesta, junto a la chimenea.

—Doris me contó que soléis hacer el crucigrama de *Allers* juntas —dijo Karin al tiempo que dejaba la correspondencia sobre la mesita de al lado de la puerta.

—Sí, es verdad, lo había olvidado. —Marta volvió a lanzar una mirada atrás. Intentó hacerlo discretamente, pero tanto Karin como Robban se dieron cuenta.

—A lo mejor podrías llamar a Doris para tranquilizarla —dijo Karin.

—No sé si tendré tiempo.

Arkimedes apareció en el vano de la puerta y se sentó sin llegar a entrar. Karin lo miró extrañada.

—Bueno, gracias por haberos molestado en venir.

Y, sin más, Marta dio por terminada la visita, más bien los echó de un empujón, cerró la puerta y giró la llave sin dejar entrar al gato.

Karin intentó atisbar algo por la ventana mientras avanzaban hacia la verja.

—¿Ésta era la amable anciana que me describiste, casi tan simpática como tu abuela? —bromeó Robban.

—Sí, pero estoy a punto de cambiar de opinión.

—Pues prefiero sin lugar a dudas a la abuela Anna-Lisa.

—Desde luego, pero Marta no era así la última vez que nos vimos. A lo mejor no le has caído bien —dijo Karin, y le sonrió. En ese mismo instante resbaló en una placa de pizarra y se cayó de bruces.

—A veces Dios no se retrasa en darnos el castigo que merecemos, ¿no es eso lo que suele decirse en estos casos? —sonrió Robban, y la ayudó a ponerse en pie—. Ahora en serio, no veía el momento de que nos fuéramos. ¿Realmente crees que ella misma armó todo ese desbarajuste con los cajones de la cómoda?

—No; me cuesta creerlo, pero ¿qué podemos hacer? ¿Quieres que volvamos? —dijo Karin, al tiempo que se sacudía la nieve de los vaqueros con la ayuda de los guantes.

Fueron al restaurante Hamnkrogen y tomaron asiento al lado de una ventana con vistas sobre Marstrandsön. Folke llamó cuando estaban a media comida.

—¿Dónde estáis?

—Querrás decir adónde estáis —lo corrigió Robban. Karin comprendió inmediatamente quién llamaba.

—¡Muy gracioso! Se dice dónde estáis y adónde vais. Adónde indica movimiento.

—¿Llamabas para eso? ¿Para darme una lección de sueco?

—Falta te hace, desde luego. Por cierto, se dice clase de sueco. No, llamaba porque Karin tenía que ir a ver a Margareta en el Instituto de Medicina Forense a las tres, pero como todavía estáis en Marstrand, supongo que tendré que ir yo.

—Me temo que no llegaremos a tiempo, pero si resulta que sí, iremos directamente a Medicinarberget desde aquí. Ve tú antes, así al menos uno de nosotros será puntual. —Robban oyó el suspiró de Folke antes de colgar.

La nieve de los pantalones de Karin se había fundido y tenía todo el lado izquierdo frío y húmedo. Robban fue a buscar el coche mientras ella se cambiaba los pantalones por unos secos en el barco. Incluso le había prometido un café antes de volver a Goteburgo. Karin se sentó a la mesa de navegación y se quitó los vaqueros mojados. La temperatura era sorprendentemente agradable, teniendo en cuenta que la estufa llevaba apagada desde su marcha por la mañana.

Daba vueltas a sus pensamientos. Sten, el viejo agente de policía, y el pastor Simon eran hermanos. Siri nunca había estado casada con Arvid. Y luego estaba el nuevo cadáver encontrado en el puerto. Había una carta marina desplegada sobre la mesa de navegación. Pasó el dedo entre los escollos alrededor de Pater Noster.

Se tomó los nombres con cautela, puesto que sabía que en el siglo XIX habían enviado gente desde Estocolmo para elaborar el mapa de la costa de Bohus. Lo más probable era que nadie hubiera previsto el problema que surgiría cuando la población del archipiélago diera los nombres de los islotes y escollos a gente de la capital que no entendía el dialecto, sino que lo interpretaban como mejor podían. Incluso en la actualidad, sobrevivían algunos de los viejos nombres de los islotes, a pesar de que las cartas náuticas decían otra cosa. Muy recientemente, al faro Barrlind le habían devuelto su nombre original después de llamarlo Berlín durante muchos años. Levern, Skuteskär, Elloven, Pottan, Skethasen y Systrarna. Le cruzó una idea por la cabeza y se le encogió el estómago. Su cuerpo reaccionó antes de que pudiera acabar de pensar en ella.

Robban subió a bordo con estrépito. En circunstancias normales, Karin le habría dicho que a un barco hay que subirse con cuidado y no como un elefante, pero estaba demasiado excitada.

—Disculpe, señorita, ¿es aquí donde sirven café? —preguntó él, y enarcó sus oscuras cejas con picardía.

—¡Un momento! —Karin cerró los ojos y se los tapó con las manos para concentrarse mejor.

—¿Te encuentras mal? —preguntó Robban, y cerró la escotilla detrás de sí.

—Joder, cállate aunque sólo sea un minuto... Levern, Pottan, Elloven. Systrarna...

Poco a poco, empezó a salir algo de algún rincón recóndito de su conciencia. «Systrarna Elloven», ponía en el dorso de la fotografía en el dormitorio de Marta. ¿Seguro que era eso? ¡No era el nombre de las mujeres de la foto, sino un lugar! Systrarna, las Hermanas, eran dos islotes contiguos situados al norte de Pater Noster. Elloven era una pequeña isla al sur de Systrarna.

—Mira esto —dijo Karin, ansiosa, y señaló un punto en la carta marina con el dedo. Le contó lo de la fotografía en casa de Marta y le mostró las islas cercanas a Pater Noster. El corazón le latía con fuerza.

—Pues sí, no es tan raro —comentó Robban tras escuchar la explicación—, conozco a más de una persona que hubiera pensado lo mismo al leer ese texto en una foto de dos mujeres.

—Ya, y es precisamente lo que quería que pensáramos quien lo escribió. Echa un vistazo. —Volvió a señalar la carta marina—. Entre Systrarna y Elloven sólo hay agua. Veamos, unos cinco metros de profundidad... La pregunta es si hay algo bajo el agua. ¿Algo por lo que valga la pena sumergirse? Al fin y al cabo, tenemos a un submarinista muerto...

—Quizá tengas razón. Tendremos que hacerle otra visita a la adorable y acogedora Marta Striedbeck para preguntárselo sin tapujos. Si tenemos suerte, nos invitará a un café, aunque no me hago ilusiones.

Marita acababa de volver a la comisaría después del almuerzo. Constató que la nevera de la cocina necesitaba un repaso, más de una fiambrera llevaba demasiado tiempo allí, pero no tuvo ocasión para sumirse en sus pensamientos, pues en aquel momento apareció el intérprete polaco. Era un hombre más bien bajo y llevaba un gorro de piel. Al quitárselo, descubrió una coronilla calva tan reluciente que incluso podría servir de espejo. En el lado izquierdo tenía una enorme marca de nacimiento que recordaba a Gorbachov.

—Piotr Zagorsky. —Su apretón de manos fue cálido y firme y la mirada amable cuando la saludó. Aceptó un café y siguió a Marita hasta una pequeña sala de reuniones para traducir lo que Karin había grabado en el móvil.

Media hora más tarde, Marita entró en el despacho de Carsten.

—¿Algo interesante? —preguntó él, innecesariamente a tenor del semblante de Marita. Sus mejillas ardían y sostenía una libreta en la mano.

—Escucha —dijo—. Cuatro personas salieron en barco la noche del sábado. Dos de ellas llevaban puesto el equipo de buceo.

—¿Encontraron algo?

—Más bien perdieron algo. Pavel vio que a la vuelta sólo había tres hombres a bordo. Faltaba uno de los submarinistas.

—Pudo haber desembarcado en algún lugar antes de llegar a puerto.

—Es poco probable. Los polacos también lo consideraron, pero están convencidos de que la tripulación lo quitó de en medio. No mencionan ningún nombre, salvo el de una persona a la que llaman Åske (Trueno) o Blixten (Rayo), a no ser que tenga que ver con el tiempo que hacía. En resumidas cuentas, los polacos creen que esos tres hombres se deshicieron del cuarto hombre a bordo... Veamos... Se refieren a él como el submarinista o simplemente Markus. —Marita levantó la mirada de los papeles.

—Así pues, tenemos a una persona desaparecida —concluyó Carsten.

—Y hemos hallado un cadáver. Podría tratarse de la persona que mencionan los polacos. Por cierto, ¿sabes dónde está Folke?

—Ni idea. Tenía que ir al Instituto Forense. Inténtalo en el móvil y pregúntale a él, pero también a Karin y Robert, si saben algo de un tal Blixten. —Carsten volvió a su ordenador y pulsó *enviar*.

Putte no sabía cuánto tiempo llevaba en aquel trastero cuando la puerta finalmente se abrió. La luz exterior era tan fuerte que se vio obligado a cerrar los ojos y luego entreabrirlos gradualmente. Miró sorprendido a las dos siluetas que aparecieron en el umbral. Aun así, no pudo evitar sentir cierta admiración por el nudo que ataba sus manos. Era un nudo de experto y, que él supiera, sólo había una persona capaz de hacerlo: Karl-Axel Strömmer.

—¿Qué demonios pasa aquí? —dijo Putte—. ¿Es alguna clase de broma pesada?

—Per-Uno. En primer lugar, queremos disculparnos por nuestra forma de proceder algo brusca, pero era lo único que podíamos hacer. Si eres tan amable, escucha lo que tenemos que decirte y luego juzga por ti mismo.

Dos ancianitas, pensó Putte, aunque se apresuró a rectificar: las ancianas no se dedicaban a secuestrar gente. Eran brujas. Unas brujas de la peor calaña. Sin embargo, reconoció a una de ellas: la señora de los caramelos de miel del ferry. Aquellos malditos caramelos. Se preguntó que llevarían. Putte intentó recordar su nombre. Marta. Marta Striedbeck. Hizo ademán de rascarse la cabeza. Le dolía y palpitaba.

—Escucha —dijo la mujer de pelo rubio antes de presentarse como Elin Stiernkvist.

Dios mío. Elin era la hermana de Karl-Axel, al que se suponía muerto en un accidente de navegación hacía miles de años. ¿Era posible? Allí estaba, vivita y coleando, hablando con él.

—Anita y tú corréis peligro. Os han tenido bajo vigilancia desde hace mucho tiempo, por eso nos vimos obligadas a intervenir y te secuestramos. De no haberlo hecho así, ellos habrían sospechado.

—Desde luego. ¿Y quiénes son «ellos»? ¿De qué coño estáis hablando?

Elin y Marta se miraron y decidieron contárselo, procurando elegir las palabras adecuadas. Se lo contaron casi todo. Estuvieron hablando hasta bien entrada la noche y por la mañana permitieron que Putte llamara a Anita, aunque siguiendo ciertas instrucciones.

—Hola, Anita, soy yo. Sí, lo siento mucho, no podremos salir a navegar. Todo se ha retrasado y tengo que asistir a una... una... eh... reunión. —Él mismo se dio cuenta de lo rebuscado que sonaba aquello y no hacía falta conocerle demasiado para comprender que ocultaba algo—. Oye, no me he traído el número de Pierre François Lolonois. Ya sabes cómo es a veces, así que, si te llama, dile que llegaré tarde y que probablemente ni siquiera llegue a tiempo de verle. Ve a tu clase de francés y no me esperes. Y, por cierto, haz el favor de recoger los bucaneros.

Estaba en peligro. Putte esperaba que entendiera su mensaje y, en caso de que no estuviera sola, que los que pudieran escucharlo no entendieran nada.

Tomas miró sorprendido el contenido del sobre.

¡«Querido hermano»! ¿Qué demonios...? Leyó la carta lentamente. De no haber sido por todos los documentos y el pequeño pero pesado paquete, nunca se lo habría creído. Ya sabía que el padre de Diane no era el mismo que el de Annelie y él, pero nunca les contaron que tuvieran otro hermano, el gemelo de Diane.

Sonó el teléfono: era su madre, histérica.

—¡Ahora te vas a enterar de lo que me ha hecho esa chica! —gritó Siri.

—Hola, mamá —dijo Tomas con fatiga.

—Pues escuchame bien. Nos la encontramos en la calle Brigitte y yo, y me ha ofendido intolerablemente. Exijo una disculpa. —Y empezó a contar lo que le había dicho Sara.

—Ya basta —la cortó Tomas.

—¿Qué has dicho? —bufó Siri.

—He dicho que ya basta.

—A mí no me hables así. Desde luego, acabas siendo como la chusma con que te mezclas. Ya me he dado cuenta de que es una mala influencia para ti.

Tomas giró el anillo que había encontrado en el paquete que acompañaba los documentos. Era una alianza de oro. Dentro había una inscripción grabada: «Elin y Arvid. 4/10/1962, 14/6/1963.»

—O tal vez sean los malos genes... ¿Por qué nunca me contaste que Diane tiene un hermano gemelo?

—¿Perdón?

Oyó que su voz temblaba en el auricular.

—¿Y por qué no nos has contado que Sten Widstrand es su padre y no Arvid Stiernkvist? La verdad es que nunca estuviste casada con Arvid Stiernkvist, ¿no es así? Aunque la palabra clave en todo este asunto es veneno, supongo.

—No sé de qué me estás hablando.

—¿De verdad? Pues espera un momento, que ahora mismo te voy a leer algo.

Tomas sacó las copias de las dos cartas del montón de documentos. Una era de Siri a Sten y la otra, la respuesta de Sten. Leyó las palabras incomprensibles en voz alta. Cómo lo habían planeado todo. La travesía en barco, la comida que habían preparado, el café, el rumbo que debían tomar. Cómo Waldemar oficialmente había estado a bordo cuando, en realidad, era Sten quien los había acompañado y, además, había escrito el informe policial sobre el accidente. Siri y Sten se habían llevado a Elin y Arvid, los habían envenenado y Siri había arrojado a Elin por la borda.

Tomas siguió leyendo sobre el hermano de Sten, Simon Nevelius, que muy oportunamente era sacerdote y confiaba en ellos. El pobre Simon, al que habían engañado para que inscribiera el nombre de Siri junto con el de Arvid en el registro de matrimonios.

—El único problema era que Arvid ya estaba casado, aunque tú entonces no lo sabías. —Tomas sostuvo el anillo en la mano y acarició su superficie con el pulgar. Se había hecho el silencio en el otro extremo de la línea—. Y una cosa más —dijo—. No hables nunca, nunca, mal de mi mujer. Si hay alguien que tiene clase y estilo aquí, ésa es ella. —Y colgó.

Se puso la chaqueta y los zapatos. Pensaba ir a ver si Markus estaba en casa. Había tantas cosas que quería preguntarle. Por ejemplo, cómo había conseguido el anillo.

Entonces rectificó. De hecho, la entrevista con Markus podía esperar. Primero iría a buscar a Sara. Cogió las llaves de la encimera de la cocina con una mano, al tiempo que con la otra marcaba el número de la policía de Goteburgo en su móvil.

Esperaba que hubiera una salida para él y Sara. Era tal como decía Markus en su carta: podía estar contento de estar casado con ella. También mostraba lo que pensaba Markus de Sara, pensó Tomas cuando cerró la puerta con llave.

19

La médico forense Margareta Rylander-Lilja estaba de pie al lado de una de las mesas de autopsia de Medicinargatan 1C. Alzó la mirada y saludó con la cabeza sin sonreír cuando Folke apareció en la puerta.

—Llegas tarde.

—Sí, yo...

—Lo que es aún peor que llegar tarde es venir con una excusa mala.

El hombre tendido sobre la mesa de autopsia de acero inoxidable tenía un cuerpo bien formado, facciones agradables y pelo espeso. Salvo por el corte en Y que le recorría el tórax y la falta de manos, se podía llegar a creer que sólo estaba durmiendo. Folke negó con la cabeza. Con los ojos abiertos de par en par, siguió a la forense a la mesa contigua, colocándose lo más lejos posible y de espaldas a la mesa que en ese momento un ayudante limpiaba con agua a presión.

Margareta tenía manos largas y estrechas, como de pianista, las uñas cortas y sin pintar. En la mano derecha sostenía una tablilla con una hoja fijada. Los entrenados ojos de la doctora habían examinado el cadáver que yacía sobre la mesa. Luego había documentado las lesiones sobre una ficha que mostraba el anverso y el reverso de un cuerpo humano. En realidad, significaba duplicar el trabajo, puesto que su principal herramienta de trabajo era el dictáfono que llevaba sujeto al cuello de la bata y se activaba mediante la barbilla, pero había aprendido la técnica hacía mucho tiempo y le parecía que le ofrecía una imagen más completa de los casos. Sobre todo, cuando luego tenía que acordarse de un fallecido y sus lesiones.

Siempre había un técnico de la policía presente cuando se realizaba la autopsia de alguien que probablemente había sido asesinado, y Jerker había estado allí antes. Normalmente era él quien luego informaba a la brigada criminal, pero ahora estaba Folke.

—Tenía que encontrarme con Jerker aquí para... —empezó.

Margareta ignoró el comentario y tapó el rotulador que estaba usando. Era una mujer elegante, de unos cincuenta años, a la que ninguno de sus compañeros de trabajo osaría llamar Maggan, al menos estando sobrios. Margareta mostraba más empatía y cuidado por sus pacientes que muchos médicos, quienes, al fin y al cabo, trabajaban con personas vivas. Tal vez fuera porque los pacientes que recibía Margareta ya no tenían ocasión de decir nada y su única opción era confiar en ella.

Le costaba entender cómo Folke podía trabajar en casos importantes y, aun así, mostrar tan poco empeño e interés. O tal vez era una actitud que adoptaba para mantener a raya el espanto y el horror. Sea como fuere, para ella no era demasiado importante. A veces le parecía que Folke se obsesionaba con detalles nimios, incapaz de hacerse una idea general del asunto, y eso la irritaba. Todo en él era irritante, con esa actitud de sabelotodo y sus martirizantes correcciones lingüísticas.

Margareta dejó el bolígrafo y la tablilla sobre una mesa auxiliar de acero inoxidable y se centró en las dos personas que tenía delante. Una seguía con vida, pero de alguna manera parecía menos viva que la que yacía sobre la mesa.

—¿Ha sido difícil establecer la hora de la muerte? —preguntó Folke.

—En absoluto, estoy muy segura de la hora. —Margareta miró su afectada expresión de circunstancia: la muerte de alguien tan joven es siempre una tragedia, proclamaba.

—¿Cuándo murió? —Folke titubeaba, evidentemente incómodo por hallarse en una sala de autopsias. Se abotonó la chaqueta como dando a entender que no tenía intención de quitársela.

—A las cuatro de la mañana.

—¿En plena noche? ¿Qué hace uno con traje de submarinista en mitad de la noche? —se asombró Folke, y se recolocó la bufanda, también para marcar que sólo estaba de paso.

—Ni idea, pero por suerte no me corresponde a mí averiguarlo. Mira.

Folke avanzó dos pasos timoratos y se cambió los guantes de cuero de una mano a la otra.

—Acércate más si quieres verlo. —Margareta le indicó dónde debía colocarse.

Folke se sintió como un colegial y dio un par de pasos más. La forense se fijó en que se golpeaba nervioso el muslo derecho con los guantes. Qué irritante. Margareta señaló el empeine derecho del hombre. Folke se estiró tímidamente para ver mejor.

—Tenía los tobillos atados con una cuerda que al parecer estaba enganchada a algo bajo el agua. Jerker está analizando los nudos, sin duda marineros, porque desde luego no se trata de nudos al uso, sino hechos por un experto. Cortamos la cuerda sin deshacerlos. No estaban demasiado prietos, pero aun así...

—O sea, ¿quieres decir que alguien lo ató bajo el agua?

—No sólo eso. Acércate y verás. Aquí. —Margareta esperó.

Folke suspiró y miró hacia todos los lados menos hacia la mesa, a la que se acercó a regañadientes.

—Oh, esto es lo más... lo más espantoso... —susurró con tono ronco y se volvió asqueado. Le subió la bilis y a punto estuvo de vomitar—. Pobre diablo...

Margareta nunca lo había oído pronunciar una sola palabra salida de tono.

Al cadáver le faltaban las manos. Desde luego habían estado allí, pero alguien se las había amputado.

—No las cercenaron con un cuchillo, sino con algo más contundente —explicó Margareta—, posiblemente algún tipo de tenaza. Se las cortaron bajo el agua. —Abrió los brazos para ilustrar el gran tamaño que debían de tener unas tenazas o tijeras capaces de seccionar unas manos.

—Entonces... quieres decir que alguien lo ató para luego... cortar... cortarle las manos —dijo Folke. Le costó pronunciar algo tan espeluznante.

—Así es. Alguien le hizo un nudo alrededor de los tobillos que, de por sí, no debía de ser difícil de desatar. El pobre probablemente pensó que soltarse no le supondría ningún problema.

—Para alguien que sepa desatar esa clase de nudos —precisó Folke.

—Exacto. Yo diría que luchó por liberarse, pero si pensamos que tenía una hemorragia y estaba bajo el agua, nunca podría haber sobrevivido, ni siquiera soltándose. Había perdido demasiada sangre. Seguramente quien lo ató confió en que se quedara allí abajo, pero por alguna razón logró soltarse y su cuerpo subió a la superficie, aunque ya estaba muerto.

—Pero debe de hacer un frío espantoso en el agua en pleno invierno, ¿no crees? ¿Sabes cómo va eso?

—Sí, aunque lleves un traje de neopreno, hace mucho frío. Debajo llevaba ropa interior. En el bolsillo de la camiseta encontramos un reproductor de música o como quiera que se llame.

—¿Un walkman?

Margareta sonrió por primera vez y consultó su reloj.

—No, Folke, no; el walkman pertenece al paleolítico, eso lo sé hasta yo. Hoy en día se llaman Ipod, y cada poco van cambiando de nombre. Tendrás que hablar con Jerker porque se lo llevó para examinarlo. Visto que no hemos podido establecer su identidad, tendremos que ver si su descripción se ajusta a algún desaparecido. Es posible que así logremos identificarlo.

Folke asintió con la cabeza, pero no se le ocurrió decir que ya había empezado a trabajar en ello.

—Gracias —dijo, a falta de algo mejor. Parecía aliviado de que la reunión tocara a su fin.

—Bueno, pues esto es todo. No olvides hablar con Jerker.

Margareta le dio la espalda y cogió el bolígrafo y la tablilla de la mesa auxiliar.

Karin y Robban habían decidido volver a casa de Marta Striedbeck para preguntarle sobre Systrarna Elloven. Karin estaba segura de que la anciana sabía mucho más de lo que le había contado.

Ya se hallaban a medio camino del muelle flotante de Blekebukten y Robban todavía no se había tomado su café, algo que no pudo evitar comentar justo cuando de pronto sonó el teléfono de Karin, quien se detuvo para contestar. Escuchó la voz alterada que llegaba del otro extremo.

—¿Cuándo se fue? —preguntó Karin.

Robban la miró interrogante.

—No te lo vas a creer —dijo ella cuando hubo colgado.

—Supongo que no, pero al menos inténtalo.

—¿Quieres oírlo, o qué? —sonrió Karin.

—Pues claro. ¡Vamos, cuenta! Tus secretos están a salvo conmigo. —Se pasó la mano por los labios como cerrando una cremallera—. Anda, desembucha.

Entonces Karin le contó sobre la cena de chicas del fin de semana, y que había conocido a la suegra de Lycke, Anita, quien las había acompañado a casa del tío Bruno, y concluyó con la reciente llamada. Robban la escuchó con creciente interés.

Las barreras del ferry habían empezado a bajar, pero el capitán estaba de buen humor y los esperó. Karin agitó la mano en señal de agradecimiento.

Anita llevaba la ropa de abrigo puesta cuando llegaron. El anorak rojo emitió un frufrú cuando sus brazos rozaron los costados.

—¿Podemos sentarnos en algún sitio? —preguntó Karin tras presentarle a Robban.

—Sí, sí, naturalmente.

Anita los condujo hasta la cocina. Era del color del sol y muy acogedora, con una larga mesa y en medio una isla con los fogones y el horno. El alféizar de la ventana del fregadero estaba repleto de vasos. En cada uno había tres o cuatro esquejes de pelargonio metidos en agua. Ya tenían raíces y convenía que los trasladara cuanto antes a sus respectivas macetas.

—Cuéntanoslo todo desde el principio —pidió Karin, y tomó asiento en el banco de madera decapada, que crujió bajo su peso.

Anita titubeó, pero sólo un instante. Entonces empezó a narrar lo de la carta, el viaje a Vinga, la búsqueda del tesoro y cómo al final habían recuperado el cuaderno de bitácora.

—El libro que le habíais prestado a Bruno Malmer, ¿verdad? —quiso confirmar Karin.

Anita asintió con la cabeza y les explicó que habían dedicado largas horas a repasar un montón de libros e incluso el costado de la maqueta del barco. Sonrió al recordarlo, se lo habían pasado fenomenal.

—Bien. Y ¿qué ha ocurrido hoy? —preguntó Karin.

De pronto, Anita recobró la seriedad.

—Putte tenía que haber vuelto de Londres. Íbamos a intentar descubrir el lugar correcto, que seguramente aparece en el cuaderno de bitácora, y luego ir a comprobarlo.

—Es decir, tú y tu marido pensabais salir en barco.

Anita asintió.

—Pero él no ha vuelto. Temía que hubiera perdido el vuelo de regreso, ya le ha ocurrido alguna vez. Lo llamé al móvil, pero lo tenía apagado. Cosa rara en él.

—De acuerdo —dijo Karin—. Y luego te llamó él. Por cierto, ¿qué tipo de barco tenéis? Vamos a averiguar si sigue en el muelle.

—Ya lo he hecho. Es un Targa treinta y siete. Suele estar amarrado justo delante del Paradisparken, al lado del Grand Hotel, aunque ahora mismo está en el muelle de servicio del astillero de Ringen. Sólo hemos salido una vez. Tenía algo en las hélices traseras que necesitaba una reparación.

Karin asintió y anotó todo lo que Anita le había explicado.

—¿Qué te dijo cuando llamó? —preguntó luego.

—Eso es precisamente lo que me extraña. Dijo... —Se le quebró la voz y calló para reunir fuerzas—. Disculpadme. —Se puso en pie y se acercó al fregadero, abrió el grifo y dejó correr el agua antes de servirse un vaso. Bebió. Entonces prosiguió—: Dijo: «Anita, lo siento, no podremos salir a navegar. Me he retrasado un poco y tengo que asistir a una reunión.» Parecía cohibido y como si quisiera decirme algo que no podía. Yo tenía muchas ganas de contarle que había encontrado una pista, una posición anotada detrás del panel de la biblioteca, pero él no paraba de interrumpirme y no pude decírselo. Me pareció que lo hacía adrede.

—¿Sólo te dijo eso? ¿Que se había retrasado? —preguntó Karin, escéptica.

—No, no. Dijo que no tenía el teléfono de Pierre François Lolonois y que si llamaba tenía que decirle que se retrasaría, y que era posible que no pudiera reunirse con él. Luego prosiguió y me dijo que fuera a mi clase de francés, ya que no saldríamos a navegar, pero la clase es los viernes, no los lunes.

—¿Quién es ese francés que mencionó?

—Putte siente fascinación por la historia marítima y se sabe todos los nombres y las vidas de los piratas al dedillo. François Lolonois era un pirata sanguinario que causó estragos en el siglo diecisiete. Pero Putte le añadió un nombre de pila, dijo «Pierre» François Lolonois, y luego habló de mi clase de francés. Tal vez os parezca rebuscado, pero Putte nunca se equivocaría con un nombre, y luego hay algo más. Lo último que me dijo, y eso resutó lo más raro, fue que debía recoger los bucaneros.

—¿Los bucaneros? ¿Seguro que dijo bucaneros?

—Absolutamente —dijo Anita—. Supongo que sabes lo que significa.

Karin asintió.

—Piratas —dijo, y miró a Robban.

Jerker había revisado el reproductor MP3. Era del mismo color que el robot de cocina que les habían regalado para su boda, pensó mientras lo conectaba a su ordenador. Se oyó un *plin* que indicaba que la máquina había encontrado un nuevo dispositivo. Agradeció que aquel tío hubiese llevado traje de neopreno.

Además de algunos ficheros de música, Jerker encontró dos ficheros de imágenes y cinco archivos de texto. Hizo una copia de seguridad de todo el contenido y lo grabó en un disco. Dos de los archivos parecían encriptados y, además, muy bien. Tras un repaso rápido envió a Karin, Robban y Folke los archivos que había conseguido abrir, con la marca de alta proridad. Marcó el número de Karin, pero estaba ocupado, y lo mismo le pasó con Robban. Jerker dudó antes de marcar el de Folke.

Veinte minutos más tarde, Folke estaba mirando el equipo de alta tecnología que había en el despacho de Jerker. Ser policía ya no era lo mismo que antes. Hoy día, era muy raro ver a la policía salir en persecución de los malos blandiendo la porra. Ahora se requisaban ordenadores, y a veces no los llamaban ordenadores sino servidores, y cuando hablaban de *cookies* no se referían a pastelitos. Se le escapó un suspiro que Jerker oyó.

—Pareces un poco bajo de forma —dijo éste. Sonaba mejor que decir «viejo y cansado».

—Sí, de vez en cuando me siento como un dinosaurio hibernando —reconoció Folke.

—¿Tan grave es? —preguntó Jerker, al tiempo que tecleaba algo—. Acabo de enviarte un correo. Lo estoy imprimiendo ¿Sabes algo de alemán? —añadió cuando empezaban a salir hojas de la impresora.

Folke cogió los papeles. Si Karin hubiera estado allí, los habría hojeado para hacerse una idea, pensó Jerker, pero Folke se puso a leer una página tras otra. Al parecer, era un artículo sobre Suecia. Folke respiró hondo y siguió leyendo hasta el final del texto. Allí había un nombre. Lo anotó en su bloc, se despidió de Jerker y volvió a su escritorio con paso cansino.

Jerke se preparó para centrarse en los dos ficheros encriptados y tiró de sus dedos, uno tras otro, hasta que crujieron. A lo mejor podía acceder al contenido de otra forma. Por ejemplo, a través del ordenador en que se habían creado, que estaba registrado a nombre de una tal Sara von Langer. Con un poco de suerte, los ficheros originales estarían allí sin encriptar.

Cuando volvió a su mesa, Folke puso manos a la obra y repasó lenta y concienzudamente los dos primeros artículos, pese a que el alemán de la escuela tenía sus límites.

—Hola, Folke, ¿cómo va todo? —Carsten se acercó a su mesa. Venía de la calle y aún no se había quitado la chaqueta.

—Markus Steiner, creo que se llamaba el submarnista. Llevaba encima uno de esos reproductores en los que, por lo visto, se pueden guardar ficheros no sólo de música. Escribía artículos para algunas revistas, parece que era periodista.

—Markus Steiner. No suena especialmente sueco. —Carsten se inclinó para ver la pantalla.

—Los artículos están escritos en alemán —dijo Folke.

—Ya, alemán. ¿Lo controlas? Quiero decir, ¿sobre qué versan? —Carsten se corrigió, sabedor de que Folke era muy tiquismiquis.

—De momento he llegado al segundo artículo. Trata de cómo encontrar y comprar una casa en Suecia y las reglas y normas aplicables: el valor catastral, agentes inmobiliarios, impuestos sobre bienes inmuebles, etcétera.

—¿Has buscado su nombre en el registro de personas desaparecidas?

—Eeh... Pues no. —Folke se aclaró la garganta. Se sintió estúpido por no haberlo hecho, pero no tenía ganas de pedirle ayuda a Marita—. Ahora mismo iba a hacerlo —murmuró, y se removió en la silla.

—Si me das el nombre se lo pasaré a alguien; así no te distraes de los artículos. De todos modos, tengo que hablar con Marita de otro asunto. —Carsten echó un vistazo al reloj.

Aliviado, Folke le tendió a Carsten un papel con el nombre.

Había nueve artículos en total, pero cuando llegó al quinto le pareció que empezaban a cambiar de tenor. Se cuestionaba el papel desempeñado por Suecia en calidad de país neutral durante la guerra. Era más farragoso y complicado desde un punto de vista lingüístico. Marita lo había ayudado a regañadientes a encontrar un diccionario alemán-sueco, aunque después de haberle explicado que había una función de búsqueda integrada en el ordenador.

Con manos diestras, Karin sacó la posición que Anita había encontrado detrás del panel oscuro de la biblioteca.

—Cincuenta y siete grados, cincuenta y cuatro coma cuatro minutos Norte —dijo, y echó un vistazo al papel escrito por Anita—, y once grados veintinueve coma cinco minutos Este.

Robban la miró impresionado cuando pasó el compás y la regla por la carta náutica y finalmente marcó una cruz con el lápiz.

—Aquí —dijo, y señaló con el dedo las islas que estaban pegadas la una a la otra. Systrarna y Elloven.

—Robban —dijo Karin pensativa—. El tatuaje de Arvid Stiernkvist.

Él rebuscó en los bolsillos y finalmente sacó la nota en que lo tenía apuntado, al tiempo que ella encontraba la anotación en su libreta. Coincidían. Los número del tatuaje de Arvid eran los mismos que la posición que acababan de marcar en la carta, salvo por los últimos que no habían conseguido descifrar, respectivamente el cuatro y el cinco, que ahora les había dado Anita. Todas las hipótesis sobre que podía tratarse de los números de algún campo de concentración o de una cuenta en un banco suizo estaban equivocadas. El número eran una longitud y una latitud en la cuadrícula de la Tierra e indicaba que había algo oculto en el mar.

—¿Ha leído Putte el libro? —preguntó Karin.

—Sí —dijo Anita—, pero acabábamos de descubrir la página arrancada y los nuevos versos cuando tuvo que irse. Le irritaba que hubiera más versos.

—¿Y nadie más ha leído el cuaderno de bitácora? —preguntó Robban.

—Aquí en casa, no. Pero se lo prestamos a Bruno Malmer, y es posible que él se lo haya enseñado a alguien. Tendréis que preguntárselo.

—Entonces Bruno, tu marido y tú —enumeró Robban.

—Un momento —dijo Anita titubeante—. Ayer tuvimos invitados en casa. Uno de ellos, Waldemar von Langer, se quedó un rato después de que los otros se hubieran ido. Yo acababa de volver a casa con el libro bajo el brazo y lo dejé sobre la mesa de la cocina. —Señaló la mesa—. Puede haberle echado un vistazo.

Karin no pudo evitar levantar la vista de su libreta para lanzarle a Robban una mirada de ya-te-lo-decía-yo cuando salió a la palestra el nombre de Waldemar.

—Sin embargo, difícilmente podía saber qué página tenía que mirar —dijo Robban, más para Karin que para Anita.

—No, no parece probable que abriese el cuaderno por la página correcta directamente y, aunque lo hubiera hecho, los nuevos versos no lo ayudarían —concluyó Anita.

—¿Hay algo más que deberíamos saber? —preguntó Robban.

Anita lo pensó, pero al final negó con la cabeza.

—No, no lo creo.

Antes de que se fueran, Anita le dio el cuaderno de bitácora a Karin. Por un breve instante, las dos lo sostuvieron y Anita la miró sin decir nada. Era evidente que era más que un simple libro lo que les confiaba. Karin le pidió que llamara si aparecía alguien preguntando por el cuaderno de bitácora. La dejaron sentada a la mesa de la cocina, todavía con el anorak puesto. Robban le había preparado una taza de té y Karin había dejado una nota con los teléfonos móviles de los dos, por si se le ocurría alguna otra cosa. Al salir, Karin llamó a Lycke, que le prometió que iría inmediatamente.

—Por cierto, ¿te referías a piratas piratas, o se trata de una expresión que se utiliza en el mundo náutico o algo así? —preguntó Robban.

—Piratas piratas. ¿Nunca has visto a Burt Lancaster en *El temible burlón*? —contestó Karin, recordando la fotografía en blanco y negro del pirata rubio de torso descubierto que en su adolescencia había recortado de una revista.

—Sí, esa película es un clásico, incluso para un marinero de agua dulce como yo.

—*En garde!* —dijo Karin y señaló juguetona al vientre musculado de Robban. Le lanzó unos mandobles con una espada imaginaria.

Él no se movió. Estaba debajo de la araña del precioso vestíbulo y parecía perplejo.

—¿Me estás diciendo en serio que estamos tratando con piratas?

Robban sabía que, de vez en cuando, cuando se sentía presionada, Karin recurría al sentido del humor. En cierto modo, lanzar bromas medio surrealistas la ayudaba a enfocar y despejar sus dudas. Él prefería una habitación en silencio, a pesar de que estaba acostumbrado a trabajar con alboroto alrededor, sobre todo desde que era padre, o cuando se veía obligado a escuchar los argumentos de Folke mientras intentaba trabajar.

—De acuerdo —dijo Karin—. La pregunta es qué hacemos a partir de ahora. Tenemos a otro desaparecido, y no precisamente por voluntad propia. Si alguien se lo ha llevado, me atrevo a adivinar adónde se dirigen ahora mismo.

—¿A ese lugar entre las islas Systrarna y Elloven?

—Se trata de alguien que cree saber dónde se encuentra el barco naufragado. —Entonces cayó—. Y si ya está al corriente del tatuaje de Arvid, no necesita a Putte para nada. Basta con saber interpretar el tatuaje adecuadamente. ¿Lo habías pensado?

Oslo, primavera de 1964

El niño nació cuando el invierno se convertía en primavera. Estaba acurrucado en su pecho y Elin le acarició el pelo, que era igual que el suyo. Los ojos y la nariz eran de Arvid. Ojalá hubiera podido estar presente el día que nació su hijo. Nunca lo había echado tanto de menos. Se encerró en sí misma y ni siquiera la señora Hovdan consiguió llegar a ella.

Cuando anochecía y el niño se despertaba con hambre, solía sentarse en el sillón al lado de la ventana. La pálida luna los iluminaba y ella miraba hacia la oscuridad, hacia el cielo estrellado, preguntándose por qué Dios le había quitado a Arvid. Lloraba cuando hablaba con Dios, pero Él nunca le respondió. Había amenazado con no bautizar al niño, pero a Dios parecía darle igual. En cambio, a la señora Hovdan no.

—Ya está bien de tonterías —le había dicho, y había reservado hora en la iglesia.

Bautizaron al niño con el nombre de su abuelo materno, Axel, y el de su padre, Arvid, como segundo nombre.

Tres años más tarde, una noche en que el niño estaba a punto de acostarse, preguntó:

—¿Dónde está mi padre?

Ella sabía que esa pregunta llegaría tarde o temprano, y se había planteado muchas veces qué contestaría. Sin embargo, la sobresaltó cuando finalmente le fue formulada.

—Papá está en el cielo —respondió. A pesar de que habían pasado los años, volvió a sentir aquel nudo en el estómago, que creció al ponerle palabras. ¿Arvid los estaría viendo, podría ver a su maravilloso hijo y los fabulosos restaurantes que ella regentaba?

—¿Podemos saludarle? —preguntó el niño.

Elin abrió el cajón de la cómoda y sacó el álbum de fotos. Lo abrió con cuidado y le mostró las fotografías al niño. El abuelo con su uniforme de farero en Hamneskär. La crinolina de Pater Noster en el fondo. Las rocas, el mar. Marstrand. Un primer plano de Arvid trenzando una cesta de langostas sentado en una roca, al lado de la casa del farero. Casi podía oler el aroma a mar y algas.

Cuando Elin volvió a trabajar, la señora Hovdan se hizo cargo del niño. Los trató a ambos como si fueran de su familia.

—¡Abuela! —gritaba el pequeño, alegre, cuando ella lo recogía después del colegio.

En verano se iba con el abuelo. La señora Hovdan lo acompañaba.

Con el tiempo, se supo que Elin era la propietaria de los cinco restaurantes más exitosos de la ciudad y, más tarde, adquirió tres cafés. Al principio, fueron muchos los que cortejaron a la bella viuda sueca, y muchas las especulaciones sobre quién sería su nuevo esposo. Elin no se preocupaba. Nadie alcanzaría nunca la importancia de Arvid en su corazón. Por lo demás, no le faltaba el dinero y todo el tiempo libre que tenía lo pasaba con su hijo.

Al principio pensó en volver a Marstrand, pero aquel lugar pertenecía a otro tiempo, a otra vida. Se había forjado una nueva existencia en la ciudad, a pesar de que su cuerpo ansiaba volver a subirse a un barco, gobernar un timón y tensar una escota. Ya llegaría la señal, había pensado alguna vez sin creer realmente que fuera a ser así. Elin siempre había estado orgullosa de haber nacido Strömmer, una familia que la gente consideraba buena y honrada. Le repugnaba la idea del ojo por ojo, diente por diente. Cuando finalmente le llegó la señal, años más tarde, ya sabía muy bien lo que debía hacer, y también creía saber lo que Arvid y su hermano Karl-Axel habrían hecho.

20

—Creo que deberíamos intentar acercarnos a Systrarna y Elloven —le dijo Karin a Robban. Y como por arte de magia, apareció la embarcación del práctico deslizándose a través del puerto con Lasse al timón—. ¡Perfecto! Con un poco de suerte él me llevará —añadió, y agitó la mano para que el práctico se acercara al muelle.

—¿Sola? —preguntó Robban.

—Sí, puede que no sea el mejor plan del mundo, pero mientras tanto tú irás a hacerte el simpático con Marta Striedbeck para sonsacarla sobre Systrarna y Elloven. Francamente, creo que sabe mucho más de lo que nos ha dicho. Cuéntale que Putte ha desaparecido y lo demás.

—¿Lo demáss?

—Sí, para que acabe de comprender lo serio que es esto. Llamaré a Carsten para que envíe un barco patrulla y algunos refuerzos.

—Pero no sabemos con certeza si hay algo allí —dijo Robban.

—Es cierto, pero tenemos un submarinista muerto y una persona desaparecida que, encima, ha encontrado un cuaderno de bitácora muy solicitado. Por tanto, no resulta tan descabellado suponer que sí hay algo. Además, corremos el riesgo de que lo que buscamos desaparezca si no nos damos prisa. —Sonrió.

A continuación subió a la embarcación del práctico e hizo las presentaciones. Lasse se ofreció para llevar a Robban de Mastrandsön a Koön para que no tuviera que coger el ferry. Robban se lo agradeció y durante la breve travesía observó con interés el equipamiento del práctico. Saltó a tierra en Koön, tan ágil como una nevera, junto al astillero de Ringen. Sacó el móvil y fotografió a Karin en la popa del práctico. Luego escribió un mensaje: «Nos lo estamos pasando fenomenal navegando por el archipiélago. Saludos de Robert y Karin», y se lo envió a Folke. En el preciso instante que tomó la foto, el viento hizo volar una lona verde de la cubierta de popa, dejando a la vista un enorme cortador de pernos.

El despacho de Carsten llevaba tiempo cerrado. Folke miró el reloj. Era hora de volver a casa. Ordenó el escritorio meticulosamente. Los bolígrafos en su cubilete y la libreta en el segundo cajón. Luego dejó a la vista un grueso montón de papeles que parecían importantes. Justo cuando se disponía a apagar el ordenador, pasó Jerker por su mesa.

—Éstos —dijo, señalando una bolsa llena de ropa maltrecha— son los restos de lo que llevaba puesto Arvid.

—¿Ah sí? —dijo Folke.

Jerker vació la bolsa sobre la mesa.

—Pero ¿qué haces? ¿Y qué es lo que huele tan mal? —preguntó Folke.

—Eso quería comentarte. Hemos terminado el examen técnico. Todo es de muy buena calidad, salvo la bufanda, que no encaja ni por asomo. Aparte de que es fea, su material no es nada bueno. Además, está llena de manchas.

—¿Manchas? —Folke estudió la bufanda. Se había soltado un hilo, o al menos eso parecía. Encendió la lámpara de la mesa, que acababa de apagar, y la dirigió a la prenda. Entonces resolló y tiró del hilo suelto para ir deshaciendo el tejido, siempre con la mirada fija en el hilo.

—¿Qué demonios...? —Jerker se alarmó—. ¿Qué coño estás haciendo, Folke? Tenemos que devolver la ropa a los familiares. Esa bruja se pondrá hecha un basilisco.

—¡Maldita sea! —exclamó Folke—. ¡Esto es importante!

—Vale, tranquilo... —Jerker posó una mano en el hombro de su compañero—. ¿Estás bien?

—Morse, es lenguaje morse. Los puntos negros del hilo de lana están puestos en clave. ¡Mira! —Folke, que había sido telegrafista de la Armada, estaba seguro.

Se levantó con tal celeridad que derramó el café sobre el escritorio. El cartapacio absorbió una parte del líquido, pero el resto empapó el montón de papeles. Folke salió presuroso con el hilo en la mano en dirección al despacho de Carsten y abrió la puerta de un tirón. Jerker lo siguió sin pérdida de tiempo. Carsten miró asombrado cómo Folke entraba en tromba, con una mirada de poseso y un hilo de lana en la mano. Tras él apareció Jerker con una bolsa llena de ropa.

—¿Dónde están Karin y Robban? —gritó Folke—. ¿Dónde?

Karin, sentada en el asiento del práctico detrás de Lasse, estaba a punto de llamar a Carsten cuando sonó su móvil.

—Teníais razón. Ha venido alguien preguntando por el cuaderno de bitácora —dijo la voz de Anita.

—¿Quién? —preguntó Karin, excitada.

—Sten Widstrand, nuestro viejo agente de policía. Eso explicaría por qué Putte llamó a su pirata favorito Pierre François cuando ése no es su nombre, sino simplemente François. Intentaba advertirme contra Sten. *Pierre* significa «piedra» en francés, lo mismo que *sten* en sueco. Sten me dijo que os estaba echando una mano en la investigación y que venía por el cuaderno de bitácora.

—Vaya, ¿eso dijo? —murmuró Karin, al tiempo que oía una voz a sus espaldas:

—Tengo que pedirte que cuelgues.

Karin se volvió y vio primero a Waldemar y luego el arma que empuñaba: una pistola como las utilizadas por los nazis durante la guerra. Karin la reconoció gracias a todos los documentales que había visto. Los oficiales solían llevar ese modelo. Dejó el teléfono sobre el asiento contiguo e intentó pensar. Nada de pánico, se dijo, muéstrate racional, gana tiempo y simpatías.

—Ahí no. Dámelo —dijo Waldemar, e hizo un gesto hacia el teléfono. Karin lo cogió y se lo dio.

—¿De qué va todo esto? —preguntó con aire ingenuo, intentando aparentar que no sabía nada.

—¿No lo sabes? —preguntó Waldemar.

Karin negó con la cabeza y miró a Lasse, que estaba sentado con la mirada fija al frente.

—Esas reservas pertenecen al Tercer Reich —explicó Waldemar. Su voz sonó inexpresiva y metálica, como el arma que sostenía.

—¿Reservas? —preguntó Karin con cautela, al tiempo que Lasse se acercaba al muelle para que alguien subiese a bordo.

El práctico parecía el de siempre, nadie que lo estuviera viendo podría sospechar lo que estaba ocurriendo allí. La embarcación tenía muchos cristales, pero Waldemar sostenía la pistola muy baja y, desde fuera, era poco probable que se viera la cabeza de Karin. Lasse dio un paso atrás cuando se abrió la puerta y entró Sten Widstrand. Se movía con una ligereza asombrosa. Karin se preguntó si lo de las muletas había sido una artimaña. Si no, disponía de un medicamento realmente eficaz contra el dolor.

—¿No estamos complicando las cosas innecesariamente? —dijo Sten mirándola.

—Así siempre podremos negociar —contestó Waldemar, y cogió el timón—. Aquí tienes, Mollstedt. —Le entregó un rollo de cinta americana gris a Lasse y luego la pistola a Sten.

Lasse utilizó la cinta para maniatar a Karin con las manos a la espalda. Ella no sabía si oponer resistencia. Mejor hablar, decidió. Hacerse notar como un ser humano de carne y hueso, no sólo como un estorbo que quitar de en medio. ¿Cuánto tardaría Robban en hablar con Carsten y descubrir que ella no había llamado pidiendo refuerzos? Rogó que fuera pronto.

—¿Adónde nos dirigimos? —preguntó, sin saber qué más decir.

El ambiente a bordo era tenso y, cuando salieron de la bocana norte, las olas empezaron a mover el barco peligrosamente. Se dirigen a Pater Noster o al punto entre Systrarna y Elloven, pensó Karin. Al fin y al cabo, Waldemar conocía la posición, al menos someramente. Ella misma le había dado la latitud y la longitud.

—¿Habéis encontrado algo? —preguntó, a falta de algo mejor—. Me refiero a algo ahí fuera.

Los hombres se miraron. Cuanto más supiera, más peligrosa sería, pero si no la veían como un ser humano sería aún peor. Por otro lado, si se lo contaban todo sólo podría deberse a dos razones: una, que estaban seguros de salirse con la suya; y dos... Prefirió no pensar en esta segunda alternativa.

La oscuridad se cernió sobre el barco y sobre la mente de Karin. Intentó espantarla a medida que arreciaba el viento.

Aquella noche, a las 20.47 horas, la embarcación del práctico entró sigilosamente y sin luces de posición en la dársena de Hamneskär. Poco después fueron estibadas ocho arcas desde un barco auxiliar. Las olas rompientes rugían contra el malecón. El fiordo de Marstrand estaba encolerizado y Karin se vio empapada de agua salada cuando Waldemar la arrastró a la cubierta y la empujó a tierra. Alzó la mirada hacia el cielo, donde las estrellas empezaban a titilar. ¡Di algo!, se ordenó. ¡Habla y no te quedes como una pasmada! Sin embargo, las palabras se le habían terminado. Entonces se puso a canturrear.

—Dile al campo de los ángeles o a la tierra celestial si quieres... La tierra que heredamos y la verde floresta...

El faro daba cobijo. Karin estaba tan cerca que percibió el olor a madera vieja cuando Waldemar le ordenó que se arrodillara. La tierra estaba húmeda y se le mojaron las pantorrillas.

El aparcamiento de Muskeviken, un edificio bajo y feo de lámina corrugada desde el que se tenían unas vistas maravillosas del mar, estaba justo delante de la casa de Marta. Elin había aparcado el coche de Putte frente al número 29, el de Marta. Putte, que seguía medio inconsciente por obra de los caramelos de miel húngaros, fue trasladado del coche a la caja de madera que Marta había sujetado a una vieja carretilla. Uniendo sus fuerzas, lograron llevarlo desde el aparcamiento a la parte trasera de la casa y meterlo en el trastero. No había sido fácil, pero lo habían conseguido.

Putte escuchó la historia inverosímil de las dos ancianas y, por fin, todo encajó. Elin Stiernkvist. Tanto Karl-Axel como el padre de Anita habían hablado de Elin, la hija del farero, en tales términos que casi había llegado a creer que se trataba de una vieja leyenda de Marstrand.

Sin embargo, allí estaba. Sus rasgos faciales seguían despejados y francos, a pesar de que los años le habían añadido arrugas y tenía el pelo casi blanco. Seguramente, en ese momento Sigfrid, el padre de Anita, estaría riendo a mandíbula batiente allá en el cielo. Putte pensó en Anita y les habló del cuaderno de bitácora y de cómo se habían estancado en sus últimas pesquisas. Los tres habían deliberado sobre qué hacer y llegado a la conclusión de que necesitarían la ayuda de la policía. Putte estaba a punto de telefonear cuando llamaron a la puerta. Era Robban.

Éste creía que acababa de esclarecer la situación un tanto confusa en casa de Marta, en Slottsgatan, cuando sonó su móvil.

—¿Karin? No, no está aquí, acaba de embarcar con el práctico del puerto. ¿No te ha llamado para pedir refuerzos?

Robban escuchó la voz grave y seria de Carsten y luego, alarmado, preguntó:

—¿Con qué rapidez podemos conseguir más gente?

Unos segundos más tarde elevó la voz aún más.

—Pero ¿y la vigilancia costera? ¿No tienen algún barco cerca? ¡Joder, Carsten!

Asustado, *Arkimedes* saltó de su puesto en el sofá para meterse debajo y, desde allí, mirar receloso a las visitas, sobre todo al excitado Robban.

Carsten le dijo que un helicóptero estaba en camino desde Säve, pero Robban temía que no llegara a tiempo. También lo puso al corriente de que Folke había descubierto un código morse en la bufanda y que habían recibido el mensaje enviado por él. Jerker había encontrado un cortador de pernos en la foto que Robban había tomado de Karin en la popa de la embarcación del práctico. Era precisamente un cortador como aquél lo que se había utilizado para cercenar las manos del submarinista, que se llamaba Markus Steiner.

Robban llamó a Karin. El teléfono dio señal, pero nadie contestó.

—¡Demonios! —masculló Robban—. Debería haberla acompañado. —Pensó un momento y se volvió hacia Putte—. ¿Tienes las llaves del barco?

Putte rebuscó en el bolsillo y sacó el llavero, del que colgaban la llave del coche y una copia de la del barco. Robban se dirigió a la puerta y Putte se levantó del sillón.

—Vamos contigo —dijo Elin con un tono que no admitía réplica.

—Es muy amable por vuestra parte, pero no creo que... —empezó Robban.

—Ajá, pero me parece que nos necesitaréis a las dos. —Fin de la discusión. Se volvió hacia Marta—. ¿Todavía tienes la caña de pescar? —preguntó, y le guiñó un ojo.

—¿La caña de...? Ah, ya entiendo. Voy a ver. Te refieres a la que se utiliza para cazar aves marinas, ¿verdad?

—Exacto.

Marta fue en su busca y Robban oyó que abría un armario cerrado con llave. Robban resopló.

—Señoras, no tenemos tiempo para cañas de pescar. Karin necesita ayuda y debemos darnos prisa...

—Ya estoy lista. —Marta cogió una enorme bolsa y le pasó un impermeable a Elin, quien se lo puso apresuradamente.

Robban miró a su variopinto equipo de intervención rápida. No sería gran cosa si había que pasar a la acción, pero era mejor que nada.

—Diablos, vamos allá —masculló entre dientes—. Aunque supongo que me sancionarán por esto, qué remedio.

Putte sopesó la bolsa de Marta y miró desconfiado a las dos mujeres. Era más pesada de lo esperado. ¿Contenía realmente una caña de pescar? Tuvo sus dudas, aunque no respecto a que el equipo que aquella noche subiría al Targa 37 de Putte y Anita era de lo más atípico.

Una vez a bordo, Elin Stiernkvist se metamorfoseó en una especie de diosa del mar. A pesar de sus más de setenta años, iba y venía a paso ligero por la cubierta. Putte observó admirado la destreza con que se ocupó de los amarres. Ninguna de las dos ancianas había tenido problemas para embarcar, y cuando Putte puso en marcha el motor soltaron las amarras en el orden correcto y entraron las defensas. Finalmente, el barco se dirigió hacia la bocana norte a una velocidad muy superior a los cinco nudos permitidos.

Elin echó un vistazo alrededor. Societetshuset parecía un castillo de cuento dormido. Se fijó en las pesadas nubes del horizonte, las suaves rocas del cabo noroeste de Koön y las oscuras aguas del fiordo de Marstrand. Inspiró profundamente el frío aire marino y pensó en Arvid, sintiendo su presencia. Había sido allí, en el porche de Societetshuset, donde había estado sentado aquella tarde de verano. Él la había mirado con sus cálidos ojos castaños, lo recordaba como si fuera ayer, y si cerraba los ojos podía verlo. Había pasado gran parte de su vida viviendo del pasado, pero de alguna manera su recuerdo la había ayudado a seguir adelante. Tanto como su hijo, por supuesto. Había crecido hasta convertirse en un hombre muy parecido a su padre en los modos, y había heredado sus ojos castaños.

Putte había provisto a todos de modernos chalecos salvavidas que se inflaban automáticamente al contacto con el agua. El viento había arreciado a lo largo de la tarde y cuando atravesaron la bocana norte dejando atrás el resguardo que les había proporcionado Marstrandsön, las enormes olas del fiordo de Marstrand hicieron cabecear el barco. Putte echó un vistazo a la carta marina del trazador y aceleró al máximo, aunque cada ola los refrenaba un poco. Elin permaneció a su lado, impasible en medio del fuerte oleaje. Robban estaba a punto de ir al baño cuando vio lo que Marta estaba haciendo. No dio crédito a sus ojos.

—Pero qué...

La mujer había cogido una escopeta.

—De hecho tengo licencia —repuso ella.

—Sí, pero esto es una intervención policial...

—Aves marinas, por si no lo sabías. Soy una tiradora bastante buena, pregúntaselo a Elin.

Elin asintió y dijo:

—Antes... —vaciló— antes salíamos por la mañana.

Robban negó con la cabeza. No bastaba con que se hubiera llevado a tres civiles, sino que dos eran ancianas y, encima, una de ellas llevaba una escopeta. Aquello no hacía más que empeorar. Intentó ahuyentar la imagen de sí mismo delante de Carsten y los de asuntos internos. Por no hablar de Folke, que le recitaría toda la normativa de memoria.

Marta adivinó sus pensamientos y dejó el arma a un lado y lo agarró del brazo. Cuando la manga del impermeable se escurrió, él vio el número que llevaba tatuado en el antebrazo.

—Entenderás —dijo ella al advertir su mirada— que en cierto modo he vivido de prestado.

Entonces le contó del campo de concentración, de los primos que habían sido gaseados y del alemán que había abusado de ella aquella aciaga noche. Y de la gorra que le había robado y lo que les pasaba a los prisioneros si los pillaban sin la gorra puesta cuando pasaban lista. Y de las mujeres en aquella mañana gélida, el lugar de las ejecuciones y cómo las balas milagrosamente no la habían alcanzado. Y del defecto de visión que le había conferido una capacidad especial para ver en la oscuridad y la había ayudado a huir durante la noche. Al final, incluso reveló el secreto que había guardado durante tantos años: aquel oficial alemán había aparecido en Marstrand con el nombre de Waldemar von Langer y ella lo había vigilado desde entonces.

—Y ahora estoy aquí —concluyó—. Deja que te ayude.

Robban se quedó sin palabras ante aquella enormidad. Se limitó a alargar la mano y acariciarle la mejilla.

Sin un faro, la isla de Hamneskär era difícil de divisar. Putte había encendido el radar y confiaba en que los contornos que aparecían en la pantalla lo ayudaran.

—Aquí. —Señaló con el dedo—. Es un barco. Ha estado en el puerto de Pater Noster, quiero decir, de Hamneskär. —Marcó el punto en el radar y obtuvo su rumbo y velocidad—. Avanza a ocho nudos en dirección oeste. Es muy posible que sea el práctico, pero se dirige a Dinamarca.

—¿Podemos alcanzarlo? —preguntó Robban.

—Es difícil ir rápido con esta mar y, además, la embarcación del práctico está diseñada para esta clase de condiciones meteorólogicas. Nos ven en su radar de la misma manera que nosotros a ellos. Descubrirán que los seguimos.

Veinte minutos más tarde se oyó el estrépito de un helicóptero que quedó suspendido sobre sus cabezas y un haz de luz barrió las aguas embravecidas. Las crestas de las olas se iluminaron. La oscuridad fuera del cono de luz se tornó aún más negra y amenazadora, y la espuma blanca brillaba fantasmagórica a la luz repentina. Sonó el móvil de Robban. Eran los policías del helicóptero.

—¡La embarcación del práctico! ¡Hay una agente de policía a bordo! —gritó Robban al auricular.

El helicóptero se alejó en medio de un ruido atronador y ellos siguieron sus luces intermitentes hasta que desapareció a lo lejos. Putte parecía preocupado. El viento redoblaba su fuerza minuto a minuto y restallaba amenazador cada vez que el barco caía en un valle entre dos olas.

—No podemos seguirlos con esta mar gruesa, es demasiado arriesgado —dijo, y miró a Robban.

—Pero ¿y Karin? —preguntó éste.

—Dejemos que el helicóptero se encargue del práctico. Tenemos que buscar refugio en Hamneskär, aunque sea arriesgado. Es difícil entrar en la bocana del puerto con este tiempo. —Putte parecía decidido.

Robban se preguntó si la tripulación del helicóptero podría hacer algo. Las olas eran demasiado altas para largar una escala para subir o bajar a alguien desde un barco que, además, se tambaleaba sin pausa en aquel mar encrespado. Y el viento no tenía visos de amainar.

Preocupado, Robban no dejó de pensar en Karin mientras Putte se dirigía a la dársena y el barco lograba meterse entre los espigones protectores. Le temblaban las piernas cuando por fin pisó el muelle.

Karin daba la espalda al hombre que le había ordenado que se arrodillara. La cinta adhesiva se había pegado a sus labios secos y notaba la sangre en la boca.

¿Así es como acabará esto?, pensó. Recordó a su abuela. «Eso de ser policía, ¿no es muy peligroso?», había dicho cuando Karin ingresó en la academia de policía. Ella había prometido que siempre iría con cuidado. Entonces juntó las manos e intentó pensar en Dios.

Cerró los ojos cuando un disparo reveberó en la noche. El fragor de las olas los envolvía y, sin embargo, era allí donde perecería, sobre una pequeña roca, en el condado occidental de Bohus, en medio de un mar encrespado.

Robban se volvió horrorizado al oír el disparo. Detrás de él apareció Marta, escopeta en mano. Su semblante era frío y concentrado.

—Al fin ha recibido su castigo —dijo. Él no la había reconocido en todos aquellos años, pero ella nunca olvidaría la cara del soldado alemán que la había violado aquella noche en el campo.

Fue entonces cuando Robban vio una figura contra el muro y la chaqueta tan familiar para él. Le pareció moverse a cámara lenta cuando intentó correr, o tal vez fue el fuerte viento el causante de aquella sensación.

—¡Karin! —gritó—. ¡Karin!

Estaba agachada, amordazada y maniatada con cinta adhesiva. Robban la cogió entre sus brazos y le retiró el pelo de la cara. La abrazó y la acunó diciéndole palabras tranquilizadoras. Se quedaron así un momento y luego él se apresuró a retirarle la cinta de los labios de un brusco tirón.

—¡Ay! —gritó Karin—. ¡Qué dolor! ¿Estás loco? —Las lágrimas corrieron por sus mejillas.

—Pero es lo que suele hacerse con las tiritas —se justificó Robban.

—Sí, con las tiritas, exactamente. ¿Te parece que esto era una tirita? —Y de pronto se rió en medio del sollozo. Fue una risa nerviosa de alivio: seguía estando entre los vivos.

El hombre que yacía en el suelo ya no tenía pulso y sus fríos ojos grises miraban inexpresivos hacia el cielo estrellado. Robban cogió la pistola que Waldemar aún sostenía en la mano.

—Se fueron sin él —dijo Karin—. Cargaron las arcas en la embarcación del práctico y se fueron sin Waldemar. Aunque no sé adónde pensaban ir con este vendaval.

—¿Quiénes eran? —preguntó Robban.

—Lasse y Sten, el policía jubilado.

Elin llegó y se acuclilló a su lado. Robban le dijo a Karin quién era. Elin Stiernkvist. Ambas mujeres se parecían de manera sorprendente, como la versión joven y vieja de una misma persona.

—¿Entramos en el faro? —propuso Elin—. Si tenemos suerte, encontraremos una llave. Conozco todos los escondrijos.

Y ciertamente no le costó encontrar una llave que giró con facilidad en la vieja cerradura. Una vez dentro, encendió fuego en la estufa de hierro colado, mientras Putte fue por té y pan al barco. Se quedaron allí mientras duró la tormenta. Cuando amaneció, cerca de las cuatro de la madrugada, Elin cogió el viejo quinqué, fue a la despensa y se quedó allí largo rato.

A lo largo de la mañana, tanto la vigilancia costera danesa como la sueca habían buscado en vano supervivientes de la embarcación del práctico, que se daba por hundida durante la agitada y oscura noche. Al amanecer, un helicóptero había avistado el bote salvavidas del práctico a la deriva al norte de los bancos de arena de Skagen. La vigilancia costera danesa había conseguido tras arduo esfuerzo subir a bordo del bote, pero resultó que estaba vacío.

—Me pregunto qué habría en esas arcas —dijo Karin, y bostezó.

Eran las siete de la mañana y las olas no se habían calmado. A pesar de que el viento había amainado, el mar continuaba embravecido.

Robban y Putte asintieron. Putte les contó cómo Anita y él habían seguido las pistas.

Elin dijo que era muy propio de Karl-Axel hacer un mapa del tesoro, y añadió:

—Oro. Las arcas contenían oro robado a los judíos.

—¿Cómo lo sabes? —preguntó Robban.

—Mi hermano Karl-Axel me lo contó. Él y Arvid condujeron los dos pesqueros de Escocia hasta aquí.

—Pero los barcos se hundieron, ¿verdad? —preguntó Karin.

—Los hundieron entre Systrarna y Elloven para que el oro no cayera en las manos equivocadas. Sabíamos que el enemigo estaba cerca, pero no sabíamos quiénes eran. La intención era rescatarlo después y entregárselo a sus legítimos propietarios.

—Ya, muy bien. Pero aun así acabó en las manos equivocadas y, al final, fue a parar al fondo del mar, en algún lugar entre Suecia y Dinamarca —comentó Robban con tono sombrío.

—¿Eso crees? —dijo Elin, y sonrió.

Karin cayó en la cuenta de que todos se habían mostrado desconsolados aquella mañana, a excepción de las dos ancianas.

—¿Qué quieres decir? —preguntó.

—No es oro todo lo que reluce —respondió Elin, enigmática—. ¿La policía tiene submarinistas?

—Sí, supongo que el cuerpo de prevención de incendios los tiene... —dijo Karin expectante.

—Nunca se subió oro a la embarcación del práctico —explicó Marta—. Karl-Axel y Arvid lo cambiaron de sitio antes de emprender la travesía con los barcos desde Escocia.

—Pero entonces, ¿dónde está? —preguntó Karin.

—Siempre ha estado allí. —Elin señaló con el dedo hacia las olas entre las islas de Systrarna y Elloven.

—No entiendo. Se lo llevaron todo, todas las arcas, todo.

—Pero el timón no, ¿verdad? —dijo Elin.

Al día siguiente, el mar se había calmado y los timones del *M/S Stornoways* y la embarcación hermana fueron rescatados. Los flashes de las cámaras llovían del grupo de periodistas gráficos cuando los enormes pedazos de metal cubiertos de percebes y estrellas de mar asomaron a la superficie.

Jerker contempló con aire solemne desde la cubierta del barco auxiliar cómo la grúa bajaba primero un timón y luego otro, antes de soltarlos con un ruido sordo. Finalmente fue retirada la capa protectora con cuidado, dejando al descubierto el noble metal.

—Esto es una locura. En todos mis años... —empezó a decir.

—¿En todos tus años? —replicó Karin entre risas—. ¡Me parece que no eres tan viejo!

—No; quería decir que en todos los años que me quedan por trabajar nunca jamás volveré a asistir a algo así.

—Nunca digas nunca jamás —le recordó Karin. Sonrió y de pronto tomó conciencia de lo cansada que estaba. Feliz pero cansada.

—Sea como sea, ha sido un desenlace espectacular, ¿no crees, Folke? —dijo Jerker.

La verdad era que todo el mérito correspondía a Folke, por haber descubierto que el dibujo negro en la bufanda de lana blanca tenía un significado muy especial. Toda la comisaría se había enterado de que entre sus filas contaban con un viejo y habilidoso telegrafista. Folke nunca había recibido tantas palmadas en la espalda por parte de sus compañeros.

Elin se había servido del sistema morse para tejer un mensaje en la bufanda que, estaba convencida, no llamaría la atención del enemigo. Allí estaba todo, negro sobre blanco: la ruta de los barcos del oro, los timones sumergidos entre Systrarna y Elloven, así como los nombres de las personas de Marstrand que podían pertenecer al bando enemigo o que habían sido colaboracionistas durante la guerra.

«798 kilos de oro en timones», se leía en los periódicos al día siguiente. Debajo de los grandes caracteres negros de los titulares aparecían fotos de Elin y Arvid, de Karl-Axel y los timones, así como extractos del cuaderno de bitácora, una descripción de cómo se había fundido el oro para convertirlo en dos timones y cómo habían llenado las arcas de pesos de plomo y las habían estibado en los barcos. Karl-Axel Strömmer y Arvid Stiernkvist habían concebido un plan brillante pero arriesgado que, al final, había salido bien.

La verdad emergida después del hallazgo del oro era todo menos bonita. Siri sostuvo obstinadamente su relato y una Diane lacrimosa pero bien maquillada apareció en todas las portadas. Al lado de Diane, un Alexander obligado, y los tres niños. Siri reveló que Roland Lindström, el capataz de Hamneskär, le había dado la alianza de Arvid y que con su ayuda había engañado a la policía con el anillo falso. Luego, los periodistas se ocuparon del sacerdote Simon Nevelius.

Más tarde, los daneses revisaron las partidas de nacimiento y todo salió a la luz. Al final, Elin decidió contar todos los detalles de aquella fatídica travesía. Nunca la olvidaría. Apretó la alianza de Arvid fuertemente en la mano mientras hablaba. En realidad, la sorpresa entre los viejos habitantes de Marstrand no fue demasiado grande cuando se desveló que no era Arvid sino Sten el padre del hijo de Siri. Era uno de esos secretos que todo el mundo conoce, pero del que nadie habla en voz alta. Puesto que Sten ya estaba casado, Siri y él tuvieron que buscar una solución. Como viuda de Arvid, Siri sería considerada una persona respetable y, además, estaría asegurada económicamente, una solución que beneficiaba tanto a Sten como a Siri. Era, pues, Sten y no Waldemar quien había estado a bordo del velero cuando envenenaron a Arvid y empujaron a Elin al mar. La fútil suerte de Elin fue que, aquel día de finales de verano, no comió ningún bocadillo ni tomó café.

Arvid y Elin habían sido rescatados de las olas por el hermano de ella, Karl-Axel, quien los había puesto a salvo en casa del padre, en Hamneskär. Cuando el amigo de Karl-Axel, el doctor Erling, constató que era demasiado tarde para Arvid, todos se volcaron en proteger a Elin de las fuerzas del mal que habían amenazado a Arvid, y por tanto decidieron denunciar la desaparición de los dos, probablemente ahogados. Metieron el cuerpo de Arvid en la despensa y Elin emprendió una nueva vida en Noruega.

En cambio, Waldemar se había quedado, paciente, a la espera de que llegara su momento. Había abandonado Alemania con la misión de encontrar el oro desaparecido. Los años habían pasado y con ellos, sus patrones, pero Waldemar había continuado la búsqueda por su cuenta, convencido de que aquellos dos barcos del oro se hallaban en algún lugar cerca de allí. Siri había sido un pasatiempo agradable y una excelente tapadera. A cambio, ella se había prendado de su apellido de tan distinguida resonancia. Con el tiempo, Siri fue comprendiendo que él también tenía la conciencia sucia. Las consecuencias jurídicas de que Siri nunca hubiera estado casada con Arvid no habían hecho más que empezar.

Karin fue quien le contó a Sara que el cadáver encontrado era el de Markus. Tomas, por su lado, remitió a la policía todos los documentos que el malogrado alemán le había enviado, incluida la alianza de Arvid. Sin embargo, seguía siendo un misterio cómo había conseguido Markus dar con él, pero entonces Sara sonrió apenada y se lo explicó: había ido a casa de Siri para decirle que le había prometido a Markus ayudarlo con un artículo sobre Marstrand, y ¿a quién podía consultar sino a Siri? A lo mejor también había alguna fotografía divertida, dijo Sara y, mientras Siri fue a rebuscar entre los viejos recuerdos, rescató la alianza de Arvid del bolso de Siri.

Los padres adoptivos de Markus fueron a recoger los restos mortales de su hijo. Se hospedaron donde él había vivido, en el sótano de la casa de Sara y Tomas. Sin embargo, en lugar de llevarse el cadáver de vuelta a Alemania, decidieron incinerarlo y esparcir las cenizas en el mar, en la costa de Marstrand.

—Creo que su corazón estaba aquí —dijo su madre, mirando a Sara, que se limitó a asentir con la cabeza.

Los habitantes de Marstrand recibieron a Elin con los brazos abiertos. La saludaban con gestos aprobatorios cuando paseaba con la espalda erguida por las calles adoquinadas de su isla. Porque era su isla, su hogar. Marstrand. Karin la comprendía: había una especie de vínculo invisible entre ambas.

Al mismo tiempo se vendió Lyktan, la casa gris en la bocana norte que antaño había sido vivienda del farero, por una considerable suma que no había dejado de incrementarse a medida que la noticia se extendía. El nombre de los nuevos propietarios era, hasta nueva orden, secreto para todo el mundo, salvo para Karin. Los habitantes de Marstrand se lamentaron, convencidos de que se trataría, como de costumbre, de algún veraneante adinerado, hasta que Brigitte se enteró en el ferry de que Elin Stiernkvist había comprado una salsera y había pedido que se la entregaran en el embarcadero de Lyktan.

21

Las campanas de la iglesia de Marstrand llamaron a misa vespertina a las seis y media, aunque no se oyeron en la pequeña isla a la que el faro restaurado de Pater Noster acababa de ser trasladado. El trabajo para encajarlo con los dieciséis cimientos había tomado su tiempo, pero ahora volvía a erguirse bien anclado en Hamneskär. El armazón rojo relucía recién pintado.

La hija del farero, Elin Stiernkvist, nacida Strömmer, había cortado la cinta azurgualda y había sido la primera en subir al torreón. Se había quedado allí un buen rato, contemplando el mar.

Aquella noche, una muchedumbre expectante se repartió por las rocas frente a la vivienda del faro de Pater Noster.

Además del coro de la iglesia de Marstrand, acudieron a la cita la junta directiva de la asociación Amigos de Pater Noster y representantes de la empresa encargada de la restauración. Karin siempre recordaría a Elin, Marta, Erling, Putte y Anita, Robban y su mujer, Jerker, Folke y su esposa Vivan, Sara y Tomas, Lycke y Martin junto con su hermano Johan. Todos estaban allí, más de ochenta personas. Probablemente, no había habido tanta gente en Hamneskär desde la inauguración del faro, en 1868.

El viento había amainado. Los últimos rayos de sol formaban un sendero dorado y Karin se colmó del regocijo que tan sólo un sereno mar de oro líquido podía proporcionarle. Miró a Elin, también ella con los ojos fijos en el sendero de sol. Sencilla y sin artificios.

Con el pelo rubio recogido. Perlas en las orejas. Su hijo Axel a su derecha, Marta y Erling a su izquierda.

Todas las miradas estaban centradas en la linterna del faro, esperando que se iluminara. Se oyó el familiar y a su manera extraordinario parpar de los eíderes y las gaviotas moderaron sus graznidos por un rato. Entonces, los primeros destellos blancos barrieron el horizonte y se lanzó un cuádruple viva por Pater Noster antes de que el invitado de honor, Sven-Bertil Taube, entonara la canción de su padre, *Invitación al condado de Bohus*.

> *Ven a las playas bellas y desiertas,*
> *con sus endrinos y espinos blancos, doblados por la tormenta,*
> *con sus barcos hundidos, verdes de descomposición,*
> *que a pesar de sus cascos quebrados tienen la forma de las olas.*
> *Allá, entre el mar y la tierra, sobre la arena que se desliza,*
> *sobre las algas trémulas, puedes andar solo,*
> *y vivir en tiempos pretéritos,*
> *y también en el futuro de tu estirpe.*

Olía a sal y algas.

Se acercaban las vacaciones y pronto Karin emprendería un viaje en el barco. No sabía muy bien adónde ni por cuánto tiempo. Sólo sabía que tenía que estar de vuelta en Marstrand el 10 de septiembre, porque ese día le tocaba organizar la cena de chicas. A bordo del *Andante*.

Miró en derredor, a las caras que en poco tiempo se habían tornado extrañamente familiares para ella. A Sara con el brazo de Tomas alrededor de sus hombros y expresión ligeramente ausente.

Lycke le dio un leve codazo en el costado.

—¿Estás bien? —susurró.

Karin asintió con la cabeza.

Fuentes

La fantástica e intemporal música de Evert Taube, que sigue enrique-
ciendo mi vida. Los extractos de las canciones *Pierina, Mayo en Malö,
Nocturne* y *Tierra celestial* proceden de la antología *La llave del corazón se llama canción*, Albert Bonniers Förlag, Estocolmo, 1960. *Invitación al condado de Bohus procede de Baladas en el condado de
Bohus*, Albert Bonniers Förlag, Estocolmo, 1943. La totalidad de los
extractos se publican con el amable consentimiento de los titulares
de los derechos de autor de Evert Taube.

Terje W. Fredh, *En la estela de la guerra*, T. Fredh, Lysekil, 1992. El verso
sobre los taciturnos habitantes de Lysekil se encuentra en la página 48.

Victoria Ask & Maria Sidén, *Guía de faros - De Kattholmen a Smygehuk*,
Byggförlaget, Estocolmo, 2000. El verso de la campana de Pater Noster se encuentra en la página 69.

Ted Knapp, *A lo largo de la costa del condado de Bohus*, Warne Förlag,
Sävedalen, reimpreso en 2006.

David Mitchell, *Piratas y secuestradores*, Bernce, Malmö, 1978.

Agradecimientos

Me gustaría expresa mi gratitud a:

Bertil Nilsson, hijo del farero de Pater Noster, por ilustrarme sobre la vida en Hamneskär y sobre el trabajo de un farero.

Fredrik Kindberg, jefe de guías del castillo de Läckö, ¡por una visita inspiradora!

Ingrid Augustsson, de la Iglesia Sueca en Kungälv, que me explicó lo que necesitaba saber sobre las comprobaciones matrimoniales y los registros de matrimonio.

Mario Verdicchio, médico jefe del Instituto de Medicina Forense de Goteburgo, por una visita de estudio, así como por sus respuestas a numerosas preguntas.

Joakim Severinsson y Marie Tilosius, por su conferencia «Naufragios alrededor de Marstrand» en la reunión anual de la Asociación Local de Marstrand, marzo de 2007.

Patrik Blohm, cabo de policía de la Comisaría 1 de Goteburgo, por las respuestas a mis preguntas y el préstamo de libros.

Robert Blohm, Unidad Criminal de Goteburgo, que me explicó cómo está organizado el cuerpo de policía. A pesar de ello, he inventado una manera de trabajar para «mis» agentes.

Stig Christoffersson, presidente de la Asociación Local de Marstrand, por el tiempo dedicado a responder a mis infinitas preguntas sobre Marstrand y su historia.

Terje Fredh, Lysekil, que ha descrito los transportes durante la Segunda Guerra Mundial, sobre todo el traslado de las reservas de oro de Suecia.

Tobias Nicander, jefe de salvamento en la Central de Salvamento Marítimo de Goteburgo.

Claes Ringqvist, oficial de guardia de la Vigilancia Costera de la Región Occidental, que me detalló el procedimiento en caso de alarma por accidentes graves, en este caso, el hallazgo de un submarinista muerto en el fiordo de Marstrand.

Y un agradecimiento muy especial a:

Niklas Rosman, mi marido, ¡por tu apoyo!
Anette Ericsson, fotógrafa.
Astrid Hasselrot, escritora.
Cina Jennehov, editora de Damm Förlag.
Yvonne Hjelm, redactora de Damm Förlag.
Joakim Hansson, agente literario de la Nordin Agency AB.
Helena Edenholm, bibliotecaria de la biblioteca de Marstrand.
Malin y Björn Enarson, por vuestra hospitalidad durante mi visita a la editorial en Estocolmo.
Sven-Bertil Taube, por su generosa colaboración en la escena final.

Las siguientes personas han cuidado de mis hijos Erik y Johan para que yo pudiera escribir esta novela:

Johanna y Robert Blohm, vecinos que a pesar de tener tres hijos siempre se ofrecen.
Ulla y Rolf Bernhage, mis magníficos padres, que siempre me apoyan.
Marinette y Lars Thorsell, tía materna y esposo, nombrados abuelos honoríficos.

Mikael y Patrik Thorsell, mis primos y compañeros de juego favoritos de mis hijos.
Lillan y Claes Rosman, mis suegros.

Gracias por sus opiniones a:

Annette Enarson, Eva Claesson, Helena Edenholm, Kia Persson, Malin Nicander, Maria Claesson, Minna Gerholt-Lisnell, Sandra Abrahamson, Gärd Sagvall, Johanna y Robert Blohm, y Stig Christoffersson.

Precisiones:

El verso que aparece en la página 240, anónimo, se encuentra en diferentes versiones en internet y es una bendición tradicional irlandesa. Aquí se ha modificado el texto ligeramente para acomodarlo a la novela; entre otras cosas, se ha cambiado la palabra *road* del original por *hills*.

La autora asume toda la responsabilidad sobre posibles errores.

Todos los personajes, salvo Reidar, que también en la realidad regenta los kayaks de Marstrand, son de ficción y no guardan relación con personas vivas ni muertas.

No se puede entrar en el puerto de Hamneskär con un práctico o una patrullera policial. El puerto, al igual que la bocana, es muy pequeño y poco profundo. Fyrmästargången, la calle en que viven Sara y Lycke, no se encuentra entre Malepertsgatan y Rosenbergsgatan, sólo en la fantasía de la autora.

Marstrand es mi lugar en el mundo.

Ann Rosman, abril de 2009